ATELIER

BARBARA KADLETZ

SCHATTENKÜHLE

ROMAN

ATELIER

EDITION ATELIER WIEN

Für Erna

»Zweifellos werden nach meinem Tode, wenn mein Mund verstummt und mein Arm erlahmt ist, noch mancherlei Märchen von sensationslüsternen Lügenseelen über den einstigen Kampf um den Wienerwald erfunden und gesponnen werden! Das läßt sich nicht ändern!«

Joseph Schöffel, »Erinnerungen aus meinem Leben«, 1905

»Daß Wälder einen bedeutenden Einfluß auf das Klima ausüben, ist eine unbestrittene Thatsache. Ausgedehnte Wälder bringen durch die Lebensthätigkeit ihrer Blätter eine große Verdunstung wässriger Flüssigkeit hervor, schwängern die Atmosphäre mit Wasserdünsten und tragen daher nicht nur zur Vermehrung der Niederschläge hauptsächlich bei, sondern mildern auch auf dreifache Art, nämlich durch Schattenkühle, Verdunstung und Strahlung, die Hitze des Sommers, sowie sie im Winter durch Nebelbildung intensive Fröste verhindern. Wir leiden schon jetzt unter einem wahrhaft exzessiven Klima. Nehmt uns noch unsere Wälder, die uns noch einigen Schutz gewähren, und wir werden verdammt sein, wie Dante im ›Fegefeuer‹ singt: ›a sofferir tormenti caldi e geli‹ – die ›Marter der Hitze und Kälte zu leiden‹.«

Joseph Schöffel, Neues Wiener Tagblatt, 1870

Sonntag, Gegenwart.

Vielleicht hätte man doch in einen neuen Nachnamen investieren sollen, dachte Josef Schöffel müde. Hätte ihn bloß die lächerliche Summe von dreihundertzweiundachtzig Euro sechzig plus Beilagengebühren gekostet und die ganze Angelegenheit ein bisschen weniger peinlich gemacht.

Ungelenk stieg er über den kleinen Drahtzaun, den sie um das Denkmal errichtet hatten, blickte sich um und pinkelte dem Alten ans Bein. Der schaute eh nicht hin, denn sein arroganter Blick war in die Ferne gerichtet, in eine Zukunft voller visionärer Projekte für diese kleine Stadt. Es fühlte sich gut an. Nach Genugtuung. Schließlich war der Alte an allem schuld. Denn wäre da nicht diese Namensgleichheit, dann wäre wohl alles anders gekommen. Dann würde er bestimmt woanders leben und nur hin und wieder zur Erholung in diesen Wald gehen, wie alle anderen auch. Aber so ... Der alte und der junge Schöffel. Das hatte sich der Bürgermeister ausgedacht. Denn wenn einer mit diesem Namen sich für ein Projekt einsetzt, dann kann das doch nur ein gutes sein, nicht wahr? So schnell hatte er gar nicht schauen können, da war er schon zum lokalen Maskottchen der Partei geworden. Ihr Ombudsmann Josef Schöffel. Das Ombudsmännlein. »Ein Männlein steht im Walde ganz still und stumm.« Er summte, dann presste er noch ein wenig, aber da kam nichts mehr. Bedauernd schloss er seine Hose. Blickte sich wieder um. Niederösterreichische Kleinstädte. Alle sehen sie gleich aus, Kirche, Pestsäule, *Raiffeisenkasse*, und aus der Ferne winkt immer irgendwo ein *Lagerhaus*. Und jetzt sollte also dieser Glaskubus her. Josef Schöffel schnalzte unwillig mit der Zunge, wuchtete sich über die Umzäunung zurück auf den Platz und beschleunigte seine Schritte. Er spürte nun ganz deutlich den tadelnden Blick der Statue in seinem Rücken. Eine geschmackvolle Bronze des renommierten Künstlers Viktor Tilgner, im Ersten Weltkrieg unangenehmerweise von Buntmetalldieben gestohlen, aber dann ehebaldigst nachgegossen und durch eine Kopie ersetzt, die dem Original aus dem Jahr 1895 rein optisch in nichts nachstand. Happy End.

In Josef Schöffels Jackentasche klimperte es leise, beruhigt schloss er die Finger um die dort verstauten Münzen. Er lächelte. Er würde sich jetzt erst einmal eine kleine Umdrehung gönnen. Im Kopf überschlug er die Menge seines Kleingeldvorrates und eilte in Richtung des alten Kaugummiautomaten, der seit Jahr und Tag tapfer an der Fassade des ehemaligen Gasthauses *Zur Freude* hing. Josef Schöffel mochte alles an ihm. Das klobige Design und dass das Ding rein mechanisch funktionierte, ohne irgendeinen Schnickschnack. Am allerbesten aber waren die Geräusche, die der Automat machte: wenn man klackernd eine Münze einwarf und den kleinen schwarzen Griff herumdrehte. So klang für ihn Vorfreude. Und dann musste man auch noch all seine Geschicklichkeit anwenden, um den Kaugummi aufzufangen, der immer urplötzlich in einer unglaublichen Geschwindigkeit aus dem Automaten rollte. Selbstverständlich genau in dem Moment, wenn man glaubte, das Ding sei inzwischen endgültig kaputt, und schon wütend draufhauen wollte. Hielt er schließlich seine Ausbeute in der Hand, ohne dass sie zuvor auf den Boden gefallen war, dann stellte sich bei ihm das wohlige Gefühl des ersten Tageserfolges ein. Ganz zu schweigen vom stillen Triumph über seine Eltern, die ihn in seiner Kindheit geflissentlich an allem vorbeigezogen hatten, was Spaß machte, unnötig Geld kostete oder Karies verursachte.

Er steckte sich zufrieden die große rote Kaugummikugel, die der Automat heute ausgespuckt hatte, in den Mund. Sie war hart, glatt und kalt. Behutsam versuchte er die kompakte Zuckerschicht der Kaumasse zu knacken, ohne sich dabei eine Plombe auszubeißen, und genoss den chemischen Erdbeergeschmack, der sich in einem plötzlichen Flash in seinem Mund ausbreitete. Langsam begann er zu kauen und weiterzugehen, zuerst schwerelos glücklich im Zuckerrausch, dann, mit zunehmendem Härtegrad des Kaugummis, verbissen und mechanisch, sein Kiefer gab ihm den Rhythmus vor. Als sein Blick auf ein großflächiges Werbebanner an einem Bauzaun fiel, ging sein Kauen nahtlos in ein aggressives Malmen über. Denn das dort auf dem Plakat, das war er, und neben seinem feisten Gesicht stand in beschwingten *Comic-Sans*-Lettern:

Arbeiten in den Wipfeln des Wienerwaldes. Dein nachhaltiger Office- & Relax-Space. Einatmen und Losstarten. Kreativ sein im Waldbad. Werde Teil der Josef-Schöffel-Winner-Woods-Community und folge uns auf Social Media.

Er starrte sich selbst an. Jemand hatte ihm einen Schnurrbart aufgemalt und »Stop!« auf seine Stirn geschrieben. Konzentriert malmte er die letzte verbliebene Erdbeerkraft aus seinem mittlerweile steinharten Kaugummi, nahm ihn aus dem Mund und klebte ihn seinem Plakatwand-Ich auf die Stirn. »top!« stand da jetzt noch. So schnell kann's gehen, dachte Josef Schöffel, und dass man in Zukunft einen Edding eingesteckt haben sollte, wenn man unterwegs war.

Er drehte sich um und marschierte weiter, nun aber mit deutlich weniger Groove, denn ohne den Kaugummi und das stete Beißen war er ganz außer Takt geraten.

Außerdem ging es jetzt bergauf. Josef Schöffel schnaufte. Vielleicht seufzte er auch. Das wusste man bei ihm nie so genau, was da überwog, die Erschöpfung oder die Melancholie.

Auf der Anhöhe angekommen, sah er schon von Weitem die bunten Zelte der beiden Widerständler. Er überlegte, was er jetzt noch schnell erledigen könnte, um ein wenig Zeit zu schinden. Einen Umweg über den Wald-Fitnessparcours machen? Ein paar der kahlen Bäume bestimmen? Ein Reh schießen? Ihm fiel einfach nichts Gescheites ein. Also räusperte er sich, legte in seinem Kopf den Song »Don't Stop The Party« auf und versuchte – genauso cool wie Dartspieler Peter »Snakebite« Wright auf die Bühne –, direkt auf die Zelte zuzugehen.

Josef Schöffel liebte Darts mindestens genauso sehr wie alte Kaugummiautomaten. Als Dartspieler durfte man übergewichtig sein und schweigsam, und man trug einen Namen, den man sich selbst ausgesucht hatte. Und, vielleicht der größte Vorteil: Statt ins Office ging man zum täglichen Training ins Pub, in einem funky Shirt, das man entspannt über die unförmige Wampe ziehen konnte. Nicht so wie diese furchtbar enganliegenden Hemden, die er aus professionellen Gründen tragen musste. Die spannten und standen vorne zwischen den Knöpfen immer ein wenig offen, und er war die ganze Zeit damit beschäftigt, unauffällig an ihnen zu zupfen und zu zerren. Aber der Bürgermeister hatte da so seine Vorstellungen. Nicht dass er sich dazu konkret geäußert hätte. Aber es reichte Josef Schöffel, wie der Chef ihn von oben bis unten musterte, wenn er einmal nach seinem eigenen Geschmack gekleidet im Büro erschien. Mit so einem leicht angewiderten Ausdruck im Gesicht. Und dabei konnte er noch von Glück reden. Der Bürgermeister der Nachbargemeinde war Jäger und legte auch im Alltag Wert auf das dazu passende Lodengewand. Im Büro grüßte er mit »Waidmannsheil«, und wenn man Pech hatte, traf man ihn im Garten des Gemeindeamtes beim Ausweiden eines Tieres an. Ob das erlaubt war? So hygienetechnisch? Man hörte jedenfalls, dass es in der Nachbargemeinde oft für alle Angestellten Wild zu Mittag gab.

Josef Schöffel fluchte leise, fast wäre er ausgerutscht. Seinen coolen Walk-on hatte er damit ordentlich verpatzt. Ohnehin fehlte ihm für eine ernsthafte Dartkarriere noch der passende Spitzname. Unten, in seinem Bürocomputer, führte er in einem Exceldokument eine Liste, in die er alle seine Ideen eintrug, aber so richtig gefiel ihm bis jetzt nichts. Top, dachte er, während er weiter durch den Matsch stapfte, ja, das wäre es vielleicht. »Schöffel the Top.« Aber müsste es nicht »Schöffel on top« heißen? Oder »Top-Schöffel«? Aber das war wohl eher etwas für Klingelschilder. Ach, hätte man im Englischunterricht nur besser aufgepasst, das rächte sich jetzt! Dann würde man ein Leben als Dartstar führen, mit einer johlenden Menschenmenge in verrückten Kostümen hinter sich, das wäre schon was. Nicht dieses ewige Herumsitzen mit den grölenden Frühschoppenopfern auf den diversen Dorffesten hier in der Gegend. Wenn schon Grölen, dann mit Humor und Klasse, *Ally-Pally*-Style. Aber dazu müsste man auch erst einmal mit dem Dartspielen beginnen. Also mehr proaktiv als imaginär.

Etwas stach ihn in den Knöchel. Verärgert zupfte er eine kleine dornige Kugel aus seiner Socke. Gab es um diese Jahreszeit noch Kletten? Oder was sollte das sonst sein? Er versuchte, das lästige Ding weit wegzuwerfen, aber es blieb an seinen Fingern kleben. Energisch schüttelte er seine Hand, um die piksende Nervensäge loszuwerden. Das war gerade eindeutig viel zu viel Natur für seinen Geschmack, aber bald schon würde man auf der gesamten Anhöhe dank des

Projektes ohnehin trockenen und ebenen Boden unter den Füßen haben. Genau hier, anstelle von Disteln, Kletten und Brennnesseln würde nämlich die Fassade des Glaskubus beginnen, und Natur gäbe es dann nur noch auf den dafür vorgesehenen Waldbadeplätzen, da, wo es erwünscht war, bloßfüßig über moosige Pfade zu spazieren und sich dabei selbst zu spüren. Selbstverständlich auf eine positive Art, nicht auf diese rutschige Matsch-Art, wie es jetzt noch der Fall war. Vielleicht war dieses Winner-Woods-Office-Space-Projekt ja doch eine Verbesserung. »Weniger Matsch für den Wienerwald, dafür stehe ich mit meinem Namen, Ihr Josef Schöffel.« Er sah die Plakate schon vor sich. Dann fielen ihm die bunten Zelte direkt vor seiner Nase wieder ein. Wieso waren diese zwei Biozausel überhaupt hier? Wieso konnten die nicht in der Lobau sein oder sich an irgendwelchen Verkehrsknotenpunkten ankleben, so wie all die anderen Umweltaktivisten, und gegen Straßen, Tunnel oder den Klimawandel an sich demonstrieren? Davon hätten doch alle Beteiligten viel mehr!

Er überlegte, wie er auf sich aufmerksam machen sollte. Normalerweise, wenn er hier vorbeikam, um die beiden zum Aufgeben ihres Protestes zu bewegen, lungerten sie immer schon in Funktionsdaunenjacken vor ihren Behausungen herum und spielten Karten, aber heute war noch niemand zu sehen. Nur die Protestbanner wehten im Wind, ein wenig schief und ausgeblichen, aber weithin erkennbar schrien sie ihm ihre Parolen entgegen:

Wienerwald – Damals wie heute – Fette Beute!
Mobilisiert die Leute!
Für morgen! Schon heute!

Wie klopft man eigentlich an, bei so einem Zelt, überlegte Josef Schöffel und tappte unschlüssig herum. Fast wäre er dabei über eine der gespannten Halterungsschnüre gestolpert. Er räusperte sich. Probierte es mit einem dezenten Hüsteln, verschluckte sich dabei aber so unglücklich, dass er unangenehm laut und bellend husten musste. Er spürte, wie ihm die Röte ins Gesicht stieg.

Mit einem Ratsch ging der Zelteingang auf und eine Frau streckte ihren Kopf heraus. »Na, Sie sind aber früh dran heute, Herr Schöffel, guten Morgen!«

Er hustete weiter.

»Oje, soll ich klopfen?«

»Nein, nein, danke, es geht schon«, krächzte er, »ich hab mich nur verkutzt.«

»Hier.« Sie reichte ihm einen Becher und schenkte ihm aus einer outdoortauglichen Schnabelkaraffe Wasser ein. Die energetisierten Heilsteine am Grund des Gefäßes machten ein freundliches, klackerndes Geräusch.

Wie beim Kaugummiautomaten, dachte Josef Schöffel und fühlte sich schon ein wenig besser.

»Schöffel, du Trottel!« Er zuckte zusammen und fuhr herum. »Geh weg, wir wollen dich hier nicht!«

»Herr Gruber«, Josef Schöffel starrte auf den Hochstand neben den Zelten und überlegte, wie lange ihn der Alte von da oben aus wohl schon observiert hatte. Unglaublich, dass der da überhaupt noch raufgekommen war. »Wie nett, Sie auch noch hier?«

»Ich bin so lange hier, wie du da bist, Schöffel.«

Josef Schöffel lächelte müde und zuckte mit den Schultern. »Ach kommen Sie, Herr Gruber, es ist nur ein Gebäude.«

Der Alte im Hochstand schnaubte verächtlich. »Ja, das sagen sie immer, und schon ist alles planiert und der Boden versiegelt!« Und er begann wie üblich zu skandieren:

»Wienerwald – Damals wie heute! – Fette Beute!
Mobilisiert die Leute!
Für morgen! Schon heute!«

»Herr Gruber«, Josef Schöffel blickte ihn freundlich an.

»Sie verschwenden hier bloß Ihre Zeit. Wieso sind Sie denn nicht in der Lobau oder blockieren den Verkehr und protestieren gegen den Klimawandel, so wie alle anderen Umweltaktivisten auch? Das wäre doch viel sinnvoller!«

»Weil ich hier gebraucht werde, das sieht man doch.«

»Ja, sieht man.« Josef Schöffel nickte und blickte sich um. Irgendwo klopfte ein Specht, ansonsten war alles still. »Hier ist offensichtlich Gefahr im Verzug.«

»Na, schau sie dir doch an, deine Baugrube, eine Schande ist das! Nur weil heute Sonntag ist und keine Arbeiter da sind ...«

»Kaffee?« Die Frau steckte wieder ihren Kopf aus dem Zelt und blickte Josef Schöffel fragend an.

»Wienerwald – Damals wie heute – Fette Beute! Mobilisiert die Leute! Für morgen! Schon heute!«, tönte es wieder hinter ihnen.

»Ich weiß nicht recht, Frau Leitner. Ich lese grad so einen Krimi. Da werden die Opfer allesamt mit einem mit Rohrreiniger versetzten Getränk getötet.«

»Klingt spannend, den kenn ich noch gar nicht.« Renate Leitner lächelte und deutete auf den Wasserbecher in seiner Hand. »Wär' aber schon zu spät jetzt, oder?«

»Stimmt«, Josef Schöffel erwiderte ihr Lächeln, »dann könnte ich gleich auch eine Tasse Kaffee nehmen, nicht wahr?«

Renate nickte, kroch aus dem Zelt und begann, an einem futuristisch anmutenden Campingkocher Wasser aufzusetzen.

»Er hat kein Social Media.«

»Wie bitte?«

»Deswegen ist er nicht bei den ganzen Klima-Demos und Besetzungen. Er weiß nie, wer sich wann wo genau trifft.«

»Ach.«

»Außerdem fühlt er sich alt, wenn er dort ist. Er war ja schließlich schon bei der Au-Besetzung in Hainburg und in Zwentendorf mit dabei, aber es interessiert sich heutzutage halt keiner so recht für seine Heldengeschichten von früher.«

»Schade eigentlich. Hat bestimmt einiges erlebt, der Herr Gruber.«

»Sagen wir's mal so: Er ist gerne mitmarschiert, aber Joseph Schöffel war er keiner.«

»Ja, aber wer ist das schon?«

Renate zuckte mit den Schultern. »Wie heißt denn der Krimi mit den bösen Getränken?«

»Schöffel, saufst du jetzt auch noch unseren Kaffee, du Schmarotzer?« Der Alte war im Zeitlupentempo vom Hochstand geklettert und setzte sich in einen der Campingstühle vor dem Zelt.

Josef dachte nach. »Hm. Fällt mir grad nicht ein. Aber ich bring Ihnen das Buch beim nächsten Mal einfach mit rauf.«

»Geh, wenn S' so lieb wären, ich hab hier ja viel Zeit zum Lesen.«

»Kein Rückgrat«, brummte der Alte und schnappte sich eine Tasse. »Aber das merkt man ja schon am Vornamen. Dass es nicht einmal für ein Ph am Ende gereicht hat.«

Josef Schöffel pustete in seinen dampfenden Kaffee. »Ja, wirklich bedauerlich.« Er dachte nach. »Und zweiten Vornamen hab ich auch keinen.«

»Wirklich nicht? Das ist aber fad.« Renate Leitner schüttelte den Kopf.

»Tja, meine Eltern ...«

»Ich kann euch übrigens hören, gell, wenn ihr so redet über mich, auch wenn ich dort oben sitze! Ich bin noch nicht taub!« Hans Gruber deutete auf den Hochstand.

»Ich hab ja gleich drei Vornamen.«

»Wirklich?«

»Ja, aber am Ende haben mich dann doch alle immer nur Renate gerufen.«

»Und ich bitt euch gar schön, aber das kann man doch nicht gleichsetzen miteinander!«

»Hans? Wovon sprichst du?«

»Na, entschuldige, aber wir, wir haben damals gegen den gesamten Staat Österreich gekämpft! Diese Kinder da, das sind doch nur Trittbrettfahrer. Dass ihr überhaupt auf die Idee kommt, dass mich das interessieren könnte, daran sieht man schon, dass ihr zwei keine Ahnung habt!«

»Alles klar«, Renate wandte sich wieder Josef Schöffel zu. »Dabei hätte ich ›Angie‹ so cool gefunden. Das ist mein zweiter Vorname, nach meiner Znaimer Urstrumpftante Angela, wissen Sie. Aber das hab ich nicht durchgesetzt.«

Josef Schöffel nickte. »So etwas klappt selten.«

»Und Spitznamen haben Sie auch keinen?«

»Nur weil die da zufällig auch manchmal in der Lobau und auf irgendwelchen Verkehrsknotenpunkten herumlungern und dabei unsere Proteststrategien von damals abkupfern«, Hans Gruber fuchtelte mit den Armen in der Luft herum, während er sprach, »heißt das doch noch lange nicht, dass ich mich dafür interessieren müsste!«

»Leider nein.« Schöffel zuckte mit den Schultern. »Hat sich nie was Gutes ergeben.«

»Solche lächerlichen kleinen Störaktionen! Einer wie ich, der beschützt lieber den Wienerwald!« Hans Gruber strich sich stolz über seinen etwas ausgedünnten grauen Haarzopf. »So wie der Schöffel sich das damals gewünscht hat in seinen Memoiren, die heute keiner mehr kennt! Dabei sollte das Schullektüre sein, SCHULLEKTÜRE!« Er stand auf und hob den Zeigefinger: »Ich darf's euch kurz zitieren. Zuerst blablabla, und dann: ›Wenn der Wienerwald, was nicht unmöglich ist, wieder einmal von einem Spekulationskonsortium‹«, er deutete mit dem ausgestreckten Finger vielsagend auf Josef Schöffel, »›bedroht werden sollte, sollte sich zu rechter Zeit ein Mann finden, der denselben‹ – also damit meint er den Wald – ›mit Erfolg verteidigt!‹«

»Und du glaubst, du wärst dieser Mann?« Renate Leitner rührte in ihrem Kaffee und bot Josef Schöffel den frei gewordenen Campingstuhl an.

»Ja, warum denn nicht, Renate?« Hans Gruber begann auf und ab zu gehen und stieg dabei geschickt über die gespannten Zeltschnüre. »Irgendjemand muss es ja tun! Oder siehst du hier sonst noch wen?«

Renate blickte an sich hinunter. »Nein, hier ist sonst niemand.«

»Na siehst! Obwohl ich natürlich schon auch gern so einen Anklage-Schimmelbrief vom Wiener Bürgermeister bekommen hätte wie die ganzen Lobau-Protestler, weißt eh, für meine Widerstandssammlung, muss ich zugeben. Aber wir sind hier ja im tiefsten Niederösterreich. Da schicken s' lieber persönlich wen vorbei von der Partei zur Betreuung, gell, Schöffel?« Der alte Gruber klopfte Josef Schöffel jovial auf die Schulter. »Das nenn ich einen Service.«

Sonntag, 1910.

Joseph Schöffel hackte. Joseph Schöffel schaufelte. Die Arbeit ging ihm nur langsam von der Hand. Vor ihm, hinter ihm, über ihm, wohin man blickte: Wald, Wald, Wald. Hatten sie alles ihm zu verdanken, dass der noch da war, dieser Wald. Aber erwiesen Sie ihm jetzt, im Alter, auch ein wenig Respekt dafür? Nein. Das Volk war undankbar und vergesslich. Wenn sich die Leute überhaupt einmal an irgendwas erinnerten, dann höchstens an das Böse, das ihnen zugefügt worden war, aber das Gute, das vergaßen sie sofort! Sein alter Freund Baron Possinger hatte dahingehend schon recht gehabt. War er damals auch noch so sehr in der Gunst der Massen gestanden, heute war er für sie verschollen und vergessen. Da konnte auf dem Gedenkstein, den sie ihm hinten im Wald anno dazumal hingestellt hatten, noch so sehr »Zur bleibenden Erinnerung« draufstehen, heute wollten sie ihn nur noch loswerden. Manchmal, wenn es schon recht dunkel war, hatte sich Joseph Schöffel früher an sein verwittertes Denkmal herangeschlichen und es von den gröbsten Überwucherungen befreit. Aber irgendwann hatte er es wieder aufgegeben, denn das Ganze war schließlich eine recht peinliche Angelegenheit. Und für so etwas wie Grabpflege zu Lebzeiten war er dann doch nie Wiener genug gewesen.

Er hackte jetzt mit zunehmender Verbissenheit, es galt, keine Zeit zu verlieren. In den nächsten Tagen oder schlimmstenfalls morgen schon würden sie dastehen und ihn aus seinen eigenen vier Wänden schmeißen. Delogierung in die Waisenanstalt, die er ihnen einst aus Barmherzigkeit gestiftet und hingebaut hatte, das musste man sich einmal mit all seiner ironischen Grausamkeit auf der Zunge zergehen lassen. Er hieb mit der Spitzhacke in die Erde und überging einen stechenden Schmerz in den Gelenken. Dabei war er doch stets ein vermögender Mann gewesen! Realitätenbesitzer! Bankrott, das konnte doch nicht stimmen. Da musste doch irgendein Irrtum vorliegen. Loswerden, das wollten sie ihn, jetzt, wo seine liebe Frau tot war. Aber mit gutem Gewissen! Das Waisenhaus war da natürlich die eleganteste Lösung. Eine ehrenvolle Unterbringung für den einstmaligen Wohltäter und Bürgermeister im Kreise seiner Zöglinge. Ihn ekelte. Vor der Habgier dieser Menschen, was auch immer sie mit seiner Immobilie und seinen Besitztümern vorhatten, und vor ihrer Undankbarkeit. Was hatte er nicht alles in selbstlosem

Engagement für diese obskure und unscheinbare Gegend hier getan? Als er damals angekommen war, hatte er ein ungepflastertes, dunkles und überschuldetes Nest vorgefunden und sonst gar nichts. Die zur Gemeinde gehörenden Realitäten waren zum Großteil verfallen, höchstens eine Republik von Ratten trieb dort ihr Unwesen. Alles war im desolatesten Zustand gewesen! Und die Grundstücke rund um den Ort, nichts mehr als abgewirtschaftete Hutweiden, kaum gut genug für das örtliche Vieh! Wo man hinsah, Berge von Unrat, Schmutz und Geröll. Und die Menschen, die hier hausten, das waren doch Wilde, Wilde! Die Kinder hatten mit herumliegenden Totenschädeln aus den Türkenkriegen Kegeln gespielt! Und was nicht noch alles! Das waren die Zustände! Er, und nur er hatte sich hier aus Philanthropie und weil man ihn in das Amt des Bürgermeisters genötigt, ja gepresst! hatte, um alles gekümmert. Um den Straßenbau, die Kanalisierung, die Gasrohr- und schließlich die Trottoirlegung, mit neuartigem Klinkerpflaster, nicht mit ordinärem bröckelnden Granit, damit der Pöbel schön flanieren und ihn dabei vergessen konnte. Sogar ein Theater hatte er ihnen hingestellt, fürs Gemüt! Und einen lebensgefährlichen Felsvorsprung hatte er wegsprengen lassen, damit sie besser vorwärtskamen. Eine zweite Amtszeit hatte es gebraucht, um alles zu schaffen! Damals hatten sie ihm noch einen Ehrenbürgermeistertitel angedient und wollten ihn mit dem Eisernen Kronenorden dekorieren, aber wenn er heute mit seinem mit Silber beschlagenen Gehstock durch den Ort promenierte, kam kein Gruß, kein Wort der Ehrerbietung. Ihm war eher so, als würden die Leute die Straßenseite wechseln, wenn sie ihn sahen.

Wütend schaufelte er die aufgelockerte Erde zur Seite und lehnte sich dann ein wenig an die Wand der Grube, die er schon ausgehoben hatte. Es war einfach nicht gesund, wenn einem schon zu Lebzeiten ein Denkmal gebaut und Gebäude gewidmet wurden, er hätte das unterbinden müssen damals, als er noch die Möglichkeit dazu gehabt hatte. So eine öffentliche Heiligsprechung, die implizierte einfach einen frühen, publikumswirksamen Heldentod und kein langsames Verblassen, wie er es gerade vorexerzierte. Er wusste, dass sie ihn hinter seinem Rücken »Seine Mumifizienz« nannten und dass das eine oder andere abenteuerliche und ehrenrührige Gerücht über ihn die Runde machte. Nein, kein Ehrenmann sollte so alt werden wie er.

Er konsultierte zum x-ten Mal seinen Kompass, auch jetzt stimmte das Ergebnis mit seinen Aufzeichnungen überein. Also grub er wieder weiter. Seinen Gelenkrheumatismus spürte er gerade gar nicht so stark wie üblich, Gichtanfall kündigte sich auch keiner an, das musste er ausnutzen. Wann war er eigentlich so morsch und müde geworden? Damals, beim Ungarischen Regiment in Großwardein, als er noch dritter Feldwebel unterm Hauptmann Chr..., Chr..., wie hieß er denn noch gleich, dieser versoffene Kerl? Es wollte ihm gerade partout nicht einfallen. Na, jedenfalls damals hätte er diesen Schatz in Nullkommanichts geborgen. Oder zu seiner Zeit als diensttuender Kadettfeldwebel der zehnten Kompanie unter dem Kommando dieses Monstrums Major Fleischhacker, dieses größten Leuteschinders seiner Zeit, damals war er schneidig und in Form gewesen! Allein aus lauter Angst vor dessen Stockstreichen hätte er gegraben wie fünf Männer auf einmal. Er schnaufte. Laut und ausgiebig. Er musste sich zusammenreißen. Sich beruhigen, leiser sein. Niemand durfte ihn hier bemerken. Vorsichtig stützte er sich ab, wartete, dass sich sein Herzschlag ein wenig beruhigte. Irgendetwas bröckelte. Da, ja da, wenn man sich dagegen lehnte, bewegte sich etwas. Er überging seine Erschöpfung, schob das Herzrasen auf die Aufregung und begann mit bloßen Händen zu wühlen. Die Erde gab nach, hatte er etwas freigelegt? Eine Art Gang vielleicht? War da etwa schon die Höhle? Er schnappte die Schaufel, arbeitete weiter, konzentriert. Der Schweiß rann ihm von der Stirn und der Rotz lief ihm aus der Nase, direkt hinein in seinen Bart, der auch schon einmal besser getrimmte Zeiten erlebt hatte. Es war ihm egal, er musste sich zusammenreißen. Nur kurz noch einmal zusammenreißen. Hauptsache, es bröckelte, und wie!

Direkt vor ihm lag jetzt ein dunkler Gang. Er ließ sich auf die Erde sinken. Laut seinen Aufzeichnungen sollte es die Höhle von seiner Karte sein. In der Euphorie küsste er seinen Kompass, diesen treuen alten Gefährten, der ihm schon so viele gute Dienste geleistet hatte. Damals, bei der Wienerwald-Enquetekommission beispielsweise, als sie sich komplett verlaufen hatten oder als ihn das Unwetter beim Forellenfischen im Höllental überrascht hatte. Sein Herz pochte immer noch ungesund schnell. Er musste sich beruhigen. Und fuhr gleich wieder hoch. Stimmen? Was waren das für Stimmen hinter ihm? Waren das Wanderer? Die hatten ihm jetzt gerade noch gefehlt, wieso hielten die sich nie an die vorgegebenen Wege? So schöne Schilder hatte er diesbezüglich für die Gegend hier fertigen lassen. Damit alle den Wald genießen konnten, ohne ihm zu schaden. Hier an dieser Stelle dürfte gar niemand unterwegs sein. Das war nicht gut für die sensiblen Böden und Wildpflanzen, außerdem könnten kleine Tiere, die sich hier versteckten, gestört werden. Er duckte sich weg und hoffte inständig, dass sie ihn nicht entdeckten. Ach, wie hatte er nur in so eine missliche Lage geraten können? Er, ein Gentilhomme, versteckte sich wie ein Dieb im Wald vor Wanderern, die vom Weg abgekommen waren. Manchmal wünschte er sich wirklich, er hätte seinerzeit einfach zugesehen, wie diese korrupte Bande, diese profitgierige K.-u.-k.-Mafia mitsamt ihrem Staatsgüter-Verschleuderungs-Bureau den Wald einfach abgeholzt und verkauft hätte. Er hätte sich zurücklehnen, an der geologischen Reichsanstalt seine Kristalle züchten und mit der gütigen Wilhelmine an seiner Seite ein ruhiges Leben führen können. Aber nein, er hatte sich wichtigmachen und für den Erhalt dieses Waldes kämpfen müssen. Und nicht nur das, auch noch in die Politik hatte es ihn getrieben! Er verfluchte seinen ausgeprägten Gerechtigkeitssinn, seinen aufbrausenden Charakter, der ihn sein Leben lang nur in Schwierigkeiten gebracht hatte. Man sah ja, wohin das alles führte. Verdreckt und außer Atem stand man dann da, zwar inmitten des eigenen Lebenswerks, aber trotzdem quasi delogiert von den einstigen Bewunderern, auf der verzweifelten Suche nach einem Schatz, den es vermutlich gar nicht gab.

Er schüttelte den Kopf. Letztendlich bereute man es dann ja doch immer, dass einem nicht alles ein wenig gleichgültiger war. Aber wer konnte schon aus seiner Haut? Er ganz bestimmt nicht, ein gewisser Hang zu einer unverblümten Sturheit war ihm schon in seiner Kindheit attestiert worden.

Sonntag, Gegenwart.

»Oh bitte, da ist ja noch so einer!« Josef Schöffel hatte seinen Kaffee ausgetrunken und spazierte ein wenig am Rand seiner Baustelle herum. Kaum vorstellbar, dass aus diesem Erdloch bald ein ganzes Bürogebäude wachsen sollte. Aber das computergenerierte Bild, das am Bauzaun neben seinem Konterfei samt Winner-Woods-Werbebanner angebracht war, zeigte es ganz genau. Ein mehrstöckiger Bau würde sich hier bald erheben, aber dank der kompletten Holzverschalung und Begrünung würde er sich exzellent in die waldige Umgebung einbetten. Außerdem wurde CO_2-neutral gebaut, darauf hatte er großen Wert gelegt bei der Planung, sogar die Decken und Wände der Innenräume würden klimaschonend aus atmungsaktivem Sperrholz gefertigt werden. Von einer antiquierten Betonbauweise, die ihm hier von den beiden Protestlern andauernd unterstellt wurde, war das alles weit entfernt! Man konnte quasi das ganze Gebäude recyceln, aber das wollten die einfach nicht verstehen. Und zu allem Überfluss war da jetzt offensichtlich noch so einer von denen. Mitten in der Baugrube, zwischen schwerem Gerät. Den musste er sofort loswerden, bevor sich der hier auch noch breitmachen konnte. Morgen Vormittag mussten alle Spuren des Protestes beseitigt sein, das hatte er dem Bürgermeister so versprochen.

»Wo hattet ihr denn dieses Original versteckt?« Er wandte sich wieder an Hans und Renate. »Respekt, ihr seid ja fast eine richtige Bewegung, so mit drei Leut! Blöd nur, dass ihr bis morgen um zehn Uhr von hier verschwunden sein müsst, alle drei, mit all eurem Zeug! Sonst wird das geräumt, diesmal ist es wirklich ernst!«

»Geh bitte, mach dich nicht so wichtig, Sepperl, von wem redest du denn überhaupt?« Der alte Gruber schaute ihn irritiert an.

»Na, von dem Typen, der sich illegalerweise dort unten im Bauloch herumtreibt. Der mit der riesigen Rotzbremse und dem K.-u.-k.-Charme! Wusste gar nicht, dass die Von-und-Zus dieses Landes jetzt auch in Umweltschutzaktivismus machen. Der ist bestimmt von den ›Fürsten for Future‹, hahaha.«

»Ha. Ha. Ha. Renate, wovon redet der bitte? Schöffel, wovon redest du?«

»Na, von dem da!« Schöffel deutete mit dem Kinn in Richtung Waldrand. »Von dem lächerlichen Tropf in dieser Hofratsverkleidung im Bauloch, der gleich eine Anzeige wegen unbefugten Betretens von mir bekommen wird! Gerade ist er hinter einem Bagger verschwunden und versucht sich zu verstecken. Oder ist das so ein Reichsbürger-Staatsverweigerer, der seinem Prepper Room da unten entstiegen ist? Wusste gar nicht, dass ihr da ideologisch so offen seid, mein lieber Herr Gruber! Ihr nehmt auch einen jeden auf in eurer Protestbewegung, arm.«

»Schöffel, ich seh nichts, da ist niemand, halluzinierst du? Renate, jetzt halluziniert der schon!«

»Das gibt's doch nicht, tun Sie nicht so unschuldig! Ich hol den einmal her, und dann erklären Sie mir, was Sie drei hier genau vorhaben.«

Josef Schöffel ging betont lässig zur Baustellenabsperrung, um von seiner inneren Anspannung abzulenken. Wieso waren die plötzlich zu dritt? Wieso behauptete der Querulanten-Gruber, den neuen Aktivisten nicht zu kennen? Was machte der Typ bloß da unten? Planten die irgendeinen gemeinsamen Sabotageakt? Das war doch sicher ein Gruber'scher Weggefährte aus Hainburg- und Zwentendorf-Tagen, der sich an den Gerätschaften zu schaffen machte. Und obwohl alles sich in ihm sträubte, ging er tapfer auf die Grube zu. Es half nichts, er musste diesen Typen sofort konfrontieren, sonst flog hier womöglich noch alles in die Luft, und was dann los war, wollte er sich gar nicht erst ausmalen.

»Hallo!«, rief er also zaghaft und wedelte ein wenig mit den Armen. Keine Reaktion. Er räusperte sich. »Ähem, Entschuldigung.« Er räusperte sich noch einmal. »Ähem, Sie da! Verzeihung, könnten Sie einmal zu mir heraufkommen?« Er winkte der Gestalt, die gerade in einer merkwürdigen Verrenkung versuchte, sich hinter einem Bagger ihrer antiquierten Oberbekleidung zu entledigen.

Was war da bloß im Gange? Was machte der da? Josef Schöffel blickte auf die Uhr. Nichts als Schwierigkeiten.

Und in weniger als vierundzwanzig Stunden musste hier doch alles in Ordnung sein! Er räusperte sich: »Hallo, der Herr?!«

*

Der alte Schöffel schwitzte. Er war außer Atem. Der Kragen, nein, sein ganzer Aufzug war ihm plötzlich zu eng. Hemd, Weste, Frack und erst die Hose, alles erdverkrustet und verdreckt, er musste raus, raus aus diesem Gefängnis. Er strampelte sich mühsam aus seinem Jackett, die Kette der Taschenuhr verhedderte sich dabei ganz unglücklich. Mode! Dieser Aufwand an Toilette! Er hatte das alles immer schon verachtet, und zu Recht, wie sich gerade wieder herausstellte. Aber bei so einer delikaten Angelegenheit wie dieser Schatzsuche hieß es, den Schein zu wahren und adrett im Sonntagsgewand gekleidet zu sein. Er durfte sich keine Unachtsamkeit erlauben, keinerlei Verdacht erregen. Er wurschtelte herum, dann stopfte er erschöpft sein Hemd zurück in die Hose. Das musste jetzt erst einmal reichen an Stattlichkeit. Er blickte sich unauffällig um. Hoffentlich sah ihn niemand. Der honorable Joseph Schöffel nur in Hemd und Hose angetan! Das würde nicht nur etwas zum Tratschen geben, sondern ihm den endgültigen Todesstoß versetzen, wäre es doch ein weiterer Beweis für seine »offensichtliche« Senilität. Einem wie ihm passierte keine Nachlässigkeit solcher Art. Einer wie er schwitzte lieber mit Würde, anstatt sich gehen zu lassen und sein Jackett abzulegen. Selbst beim Wandern mit seinem besten Freund Kürnberger früher war er stets adrett und tadellos gekleidet gewesen. Aber nach all den körperlichen Anstrengungen und den Beschmutzungen des Obergewandes musste er kurz ablegen, um alles wieder so halbwegs in Ordnung zu bringen. Außerdem war es auf einmal auch viel zu mild für die Jahreszeit, ihm kam es vor, als hätte es mindestens zehn Grad mehr, seit er sich durch die Höhle gekämpft hatte. Musste wohl an der körperlichen Betätigung und am plötzlichen Sonnenschein liegen. Nun, wenigstens erwärmten sich so seine müden alten Knochen.

Er sah sich um und überlegte, wo er hier eigentlich gelandet war, außer vermeintlich in einer anderen Klimazone. Er kramte nach seinem Kompass. Ein Schatz war auf den ersten Blick jedenfalls nicht zu sehen. Er befand sich in einer Art Grube und neben ihm stand anstelle einer Truhe voller Gold und Geschmeide ein riesenhaftes gelbes Ungetüm. Bestimmt an die drei bis vier Meter hoch, eine Konstruktion, wie er sie noch nie gesehen hatte, kolossal, futuristisch, beängstigend. Eine Raupe in Maschinengestalt wie aus einem der bizarren Stummfilme von Georges Méliès.

»Hallo, der Herr?!«

Er zuckte zusammen und fuhr herum. Jetzt hatte ihn doch jemand entdeckt! Vor ihm, am oberen Rand der Grube, stand ein fetter, ungekämmter Kerl und blickte fragend zu ihm hinunter.

»Ja, ähm, Ihnen auch einen guten Tag.« Automatisch wollte er seinen Hut lüften, um ein letztes bisschen Anstand zu zeigen, aber der saß gar nicht mehr auf seinem Kopf. Deshalb verhungerte ihm die höfliche Geste auf halber Höhe und er begann sich verlegen und umständlich am Kopf zu kratzen. Der Hut. Wo hatte er den Hut gelassen? Als er aus dem Haus gegangen war, hatte er ihn bestimmt noch aufgehabt. Aber dann, beim Graben! Ja, da war er ihm andauernd ins Gesicht gerutscht, wie früher dieser elende Windischgrätz-Tschako beim Militär, und er hatte ihn irgendwann entnervt zur Seite gelegt. Diese Nachlässigkeit! Aufstampfen könnte er gerade vor lauter Wut über sich alten Esel. Jetzt war ihm doch eine Unachtsamkeit unterlaufen. Nein, er war nicht mehr in Form. Braver als Hänsel und Gretel hatte er seine Spur beim Einstieg in die sagenumwobene Höhle hinterlassen!

Er wurde nervös. Überlegte, was jetzt zu tun war. Ob er auf der Stelle umkehren sollte? Aber da war immer noch dieser Herumtreiber, der ihn freundlich von oben herab anblickte und nicht auf die Idee kam, einfach weiterzugehen. Er konnte ja schlecht wieder im Erdboden verschwinden und durch den Gang zurück zu seinem Hut kriechen. Irgendeine Erklärung tat hier not! Vielleicht hatte ihn der Kerl sogar erkannt und würde allen erzählen, dass er den alten Schöffel in einer Erdgrube oben im Wald gesehen hatte, beim Schaufeln und Graben! Das war Öl auf die Mühlen seiner Delogierer! Vielleicht würden sie ihn gar für verrückt erklären lassen und ihn, schlimmer als ins Waisenhaus, wieder in den Gugelhupf vom Kaiser Joseph stecken. So wie damals, als er dort, des Subordinationsverbrechens vor der Front bezichtigt, auf seine Hinrichtung hatte warten müssen, die dann freundlicherweise doch nicht stattgefunden hatte. Dem Parere vom diensthabenden Chefarzt sei Dank! Ihm wurde heute noch ganz anders, wenn er daran dachte. Nein, er hatte nicht all das überstanden, um sich jetzt von diesem ungekämmten Einfaltspinsel da oben – oder, noch schöner, von seinem eigenen Hut! – einen Strich durch die Rechnung machen zu lassen. Da hätte er ja gleich im Gugelhupf bleiben können damals, bei seinem Zimmergenossen, der ununterbrochen, Tag und Nacht, an den Mond telegraphiert hatte.

Nein, zuerst musste er diesen Landstreicher loswerden. Dann hier noch schnell den Schatz finden, damit die angeblichen Schulden für sein Haus begleichen, schleunigst all seine verbliebenen Ehrenämter niederlegen und einen behaglichen Lebensabend in der Gnade der Vergessenheit in seinem schönen Anwesen verbringen. Allein. Sollten andere sich doch mit seinen Taten rühmen, sollte sein Denkmal ruhig zuwachsen! Eigentlich, dachte Joseph Schöffel, eigentlich wollte er doch am liebsten nur noch seine Ruhe haben.

»Sagen Sie, guter Mann, wo sind wir hier eigentlich genau?« Spontan hatte er sich dazu entschlossen, sich als verwirrten alten Wanderer auszugeben, vielleicht erkannte ihn der Kleine da ja gar nicht. Verwandelte er sich eben zu dem, für den ihn ohnehin schon alle hielten, einen altertümlichen, skurrilen Narren.

»Sie stehen mitten auf meiner Baustelle.«

»Auf einer Baustelle?«

»Ja, ich baue hier. Ein Bürogebäude, um genau zu sein.«

»Ein Bureau? In dieser Gegend?« Joseph Schöffel blickte sich um. »Wer würde hier ein Bureau erbauen? Hier ist doch gar nichts.«

»Ja eben! Das ist es ja gerade.«

»Aha. Sie erbauen hier ein Waldbureau? Na, die Wildschweine und Rehe werden sich bestimmt freuen, wenn sie ein schönes Dienstzimmer bekommen, anstatt gejagt zu werden.«

»Ja, schauen Sie! Hier steht's dran.« Der junge Vagabund, der anscheinend doch gar keiner war und seinen Rotwild-Nachsatz höflich überhört zu haben schien, zeigte auf ein großes Transparent, das am Rand der Grube angebracht war. »Das hier, das bin ich. Er deutete auf eine lebensgroße Lithographie in Farbe, in einer Qualität, wie Joseph Schöffel sie noch nie gesehen hatte. »Und das«, er deutete rund um sich, »das ist mein Projekt.«

Joseph Schöffel las:

»Arbeiten in den Wipfeln des Wienerwaldes. Dein nachhaltiger Office- & Relax-Space. Einatmen und Losstarten. Kreativ sein im Waldbad. Werde Teil der Josef-Schöffel-Winner-Woods-Community und folge uns auf Social Media.«

»Was ist denn das wieder für eine Narretei?«, platzte es aus ihm heraus. Kurz hatte er über diesen Unsinn, diesen merkwürdigen deutsch-englischen Kauderwelsch, den er da hatte lesen müssen, tatsächlich seine prekäre Lebensabendsituation, seinen Plan dagegen und seinen verräterischen Hut vergessen.

»Ach so, verstehe, dann sind Sie wirklich von der Gegenseite.« Der Kleine schaute enttäuscht. »Also, das Protestlager ist da hinten, aber das wissen Sie ja bestimmt schon längst.« Der Kerl streckte ihm jetzt seine feiste Hand entgegen. »Soll ich Ihnen einmal heraushelfen aus der Grube, weil protestiert wird dort drüben!«

»Nein danke, sehr freundlich.« Joseph Schöffel hob abwehrend die Arme. »Protestiert hab ich mein Lebtag schon genug. Ich frage mich eher, warum hier der Name Joseph Schöffel verwendet wird auf diesem öffentlichen Aushang? Ich wüsste nicht, dass der hier etwas gestiftet hätte.«

»Nein, nein, der Herr, das ist ein Missverständnis, das ist mein Name da auf dem Plakat. Und mein Projekt. Also«, er räusperte sich, »so indirekt jedenfalls. Mein Name unter, na ja, sagen wir einmal ›meinem‹ Projekt.« Er deutete in einer hinweisenden Geste auf sich selbst: »Josef Schöffel, angenehm.«

»Bitte?« Der alte Schöffel starrte den vermeintlichen Baumeister an. »Sie? Sie sind ein Schöffel?«

»Ja, genau, so, wie es da dransteht. Aber ich bin ein Josef ohne ph. Das ist der Unterschied. Also zum echten Wienerwald-Schöffel.«

»Zum echten Wienerwald-Schöffel?«

»Ja, der Wienerwald-Schöffel eben, den haben Sie doch gemeint, oder? Sie wissen schon, der mit dem Denkmal am Hauptplatz unten ...«

Ein Denkmal am Hauptplatz? Von welchem Hauptplatz redete der Kerl? Wenn er eines mit Sicherheit wusste, dann dass dort bestimmt kein Denkmal von ihm oder irgendjemandem sonst herumstand.

»... dieser Alte mit dem Schnauzer und der Stirnglatze, der immer so arrogant auf alle herunterschaut, zwischen der Pestsäule und dem *Hartlauer*!«

Joseph Schöffel lächelte bemüht jovial, während er fieberhaft nachdachte. Die ganze Sache hier war höchst kurios! Aber dieser Rübezahl hatte ihn offensichtlich nicht erkannt, obwohl er vermutlich von ihm sprach. Egal, er durfte jetzt nicht lange fackeln, musste die Gelegenheit, die sich ihm hier bot, schleunigst am Schopfe packen. Der Wirrkopf schien im Besitz von außergewöhnlichen Baugeräten zu sein, Maschinen, wie selbst er sie noch nie gesehen hatte, und er stammte, im Gegensatz zu dieser Witzfigur, aus einer waschechten Bergbeamtenfamilie! Die Sache mit dem Hut musste fürs Erste hintangestellt werden, zugunsten eines kleinen Abenteuers. Wer so einfältig war, im Nirgendwo am Waldesrand ein Bureaugebäude zu errichten, der war möglicherweise auch zu überzeugen, mit ihm nach diesem Schatz zu suchen. Vielleicht musste er seinen Plan ein wenig adaptieren. Aber machte das nicht jeder gute Feldherr? Wozu war er vierzehn Jahre beim Militär gewesen, sicher nicht, um sich nur schikanieren zu lassen. Er deutete dem Kleinen, zu ihm hinunterzukommen.

»Sie sagen also, Sie bauen hier.«

Der junge Kerl nickte unsicher und blieb stehen, wo er war.

»Das ist wirklich interessant, Herr Schöffel. Wissen Sie denn, was man sich erzählt über diesen Platz?«

»Ja, ja, ich weiß schon, dass er unter Naturschutz steht.« Der Kleine hatte begonnen, nervös an seinen Nägeln zu kauen. »Und dass hier diese spezielle Käferart lebt und dass man wegen der nicht bauen darf.« Und mit jedem Wort bekam er einen panischeren Gesichtsausdruck.

»Ist mir alles bewusst, aber wir haben das prüfen lassen, und ein unabhängiges Expert*innengremium ist zu dem Schluss gekommen, dass ...«

Joseph Schöffel hatte keine Geduld, weiter zuzuhören. Zugegeben, es war ein wenig plump, aber er fuhr trotzdem dazwischen, in dieses Jammertal der Worte, denn er hatte keine Zeit zu verlieren.

Ein Blick in den Himmel, und es war klar, die Sonne stand schon in einem recht ungünstigen Winkel für weitere große Taten. Derartigen Dampfplauderern und Schwadroneuren, das wusste er aus diversen quälend langen Reichsrats- und Landtagsausschussdebatten, musste man sofort das Wort abschneiden, wenn hier heute noch irgendetwas passieren sollte.

»Ganz ausgezeichnet, mein lieber junger Freund«, fuhr er also dazwischen, »was Sie da alles herausgefunden haben, aber was Ihnen die Herren Experten mit Sicherheit nicht anvertraut haben, ist, dass genau hier, an dieser Stelle ein sagenumwobener Schatz vergraben sein soll und Sie derjenige sein werden, der ihn bergen wird! Na, wie hört sich das an für Sie?« Er probierte sich an seinem gütigen Bürgermeisterlächeln von anno dazumal, als er diesem Ort noch vorgestanden hatte. War ihm ein wenig eingerostet, aber es ging schon. Man musste sie bei der Gier und bei der Eitelkeit packen, die Menschen. Wenn er eines gelernt hatte, dann war es das. Zeitlebens war er umgeben gewesen von vielerlei Strebern, die jede Gelegenheit dazu genutzt hatten, für ihre Person Vorteile herauszuschlagen. Überall gierige Wettkriecher und Aasgeier, und siehe da, auch die Augen des Kameraden hier hatten schon zu glänzen begonnen. »Also mein Lieber«, fuhr er fort, »wenn Sie die Güte hätten, eine Ihrer faszinierenden Maschinen anzuwerfen, also ganz dezent, ohne großes Brimborium, nur so unter uns, als kleine Unterstützung beim Graben, dann kann ich nicht ausschließen, dass Sie und ich nicht schon heute Abend zwei gemachte Männer sein werden. Lassen Sie uns keine Zeit verlieren!« Ein wenig grauste er sich vor sich selbst und seinem kriecherischen Angediene, das er an anderen zeitlebens kritisiert hatte, aber was sollte er denn machen? Ihm waren die Hände gebunden. Er war auf dieses feiste Kerlchen und seine Gerätschaften angewiesen.

Um seiner Einladung zur gemeinsamen Schatzsuche noch die nötige Dramatik zu verleihen, versuchte er schon einmal probeweise auf eine der Maschinen zu klettern. Wenn der Fettwanst da sie bedienen konnte, warum dann nicht auch er? Das lag ihm doch gewiss im Blut, der Großvater Bergmeister, der Vater Bergrat und die drei Brüder Bergbeamten, die fünf Schwestern Bergbeamtengattinnen, er würde das schon schaffen.

»Moment einmal, warten Sie, wir können doch jetzt nicht einfach drauflosgraben hier, was fällt Ihnen ein? So etwas muss doch abgesprochen werden, mit dem Baustellenkoordinator. Und der ist nicht da. Heute ist doch Sonntag.« Der Kleine stand zeternd am Grubenrand und Joseph Schöffel bemerkte, wie er seine Ungeduld kaum mehr im Zaum halten konnte. Zügle dich, dachte er, zügle dich, Joseph, aber schon platzte ein ungehaltenes »Na jössasna!« aus ihm heraus und er warf zu allem Überfluss auch noch mit einem gespielten Entsetzen die Hände in die Luft. »Sonntag ist's! Ja, na dann schnell zum Gebet, guter Mann, bevor es zu spät ist! Ihr Lohn mag im Himmelreich auf Sie warten, aber meiner steckt hier unter der Erde.« Schnaubend ließ er von der Maschine ab, die ihm ohne Hilfe des Einfaltspinsels rein gar nichts brachte, und griff wieder zu seiner Schaufel. Er musste sich beruhigen. Er brauchte den Kerl. Er quälte sich ein Lächeln ab, senkte die Stimme. »Herr Schöffel, kommen Sie! Da kann sich doch keiner aufregen, wenn zwei Ehrenmänner wie wir hier ein wenig, nun, Feldforschung betreiben, gerade an einem Sonntag. Der wahre Forschertrieb kennt doch keine Feiertage.« Er blickte prüfend in das Gesicht des Kleinen. Hatte er den Glanz in dessen Augen doch falsch gedeutet vorhin, bei der Erwähnung des Wortes »Schatz«? Er irrte sich sonst selten in seinem Gegenüber. Die meisten Menschen hatte er lesen können wie ein offenes Buch. Nicht, weil er so ein sensibler Beobachter gewesen wäre, nein, da machte er sich nichts vor. Es war, weil die Menschheit so eindimensional war, alle folgten sie immer nur ihren niedrigsten Instinkten, ständig bedacht auf ihren eigenen Vorteil und auf ihr eigenes Wohlergehen. Vielleicht hatte er den Schatz nicht gut, nicht schillernd genug beschrieben? Er merkte, dass er unkonzentriert war, nervös. Ihm rannte die Zeit davon, das war nicht gut. Das nahm ihm die Überzeugungskraft. Nein, er war nicht mehr in Form.

»Guter Mann!« Der Kleine sah ihn jetzt fast streng an, der glaubte offensichtlich, ein wenig an Oberwasser gewonnen zu haben. »Ich kann hier nicht so mir nichts, dir nichts zu graben anfangen. Ich wiederhole mich nur ungern, aber es ist Sonntag, dies ist eine offizielle Baustelle, und wir machen uns strafbar, wenn wir sie betreten. Selbst wenn es mein Projekt ist.«

»Nun gut, wenn Sie mir nicht helfen wollen, dann grabe ich eben alleine!« Er hatte beschlossen, seine Strategie noch einmal ein wenig abzuändern. Denn dieser ungepflegte Typ da, der war sicher nicht der Chef des gesamten Bauprojektes, auch wenn er das behauptete. Sonst würde sich der doch ganz anders benehmen und hätte ihn wohl schon längst entfernen lassen. Der Kerl war unwichtig, ein Untergebener, ein Subalterner. Und solange dessen Vorgesetzte ihm hier keinen Ärger machten, konnte er weiterarbeiten, er hatte ohnehin schon viel zu viel Zeit verloren. Er überlegte, wo er weitergraben sollte. Welche Stelle am vielversprechendsten wirkte. Vielleicht musste man auch in der Höhle nach einem Hinweis suchen? Er würde noch einmal die handgefertigte Karte und seinen Kompass konsultieren müssen.

»Ja, bitte schön«, plärrte der Kleine derweil von oben weiter auf ihn herunter, »graben Sie nur, aber dann wundern Sie sich auch nicht, wenn Sie einer anzeigt oder verklagt. Das ist nämlich höchst illegal, was Sie hier machen.«

»Ach was«, Joseph Schöffel machte eine wegwerfende Handbewegung, »wer wird mich denn hier gleich vor das Reichsgericht zerren wollen? Obacht, junger Mann, dort habe ich schon so manches Verfahren für mich entschieden. Schauen Sie, in Wahrheit will ich Ihnen doch nur helfen und Ihnen etwas Gutes tun! Wieso sind Sie denn so schroff zu mir?«

»Aha, da bin ich aber gespannt, was das für eine Art von Hilfe sein soll?«

»Na, Sie könnten heute noch reich werden, wenn Sie sich mir anschließen! Kommen Sie, wir bergen gemeinsam diesen Schatz, der hier vergraben ist! Dann führen Sie ein herrlich entspanntes Leben im Luxus und besitzen allerlei Realitäten, anstatt sie mühevoll zu erbauen, wie dieses lächerliche Waldbureau!«

*

Josef Schöffel spürte, wie sich eine bleierne Müdigkeit auf ihn senkte. Was hatte er nur getan, dass er sich neben den beiden Protestlern nun auch noch mit einem offensichtlich geistig verwirrten Pensionisten in K.-u.-k.-Hofratsverkleidung auf Schatzsuche herumschlagen musste? Wenigstens schien der alte Schnauzbart da unten kein Bomben bauender Umweltaktivist zu sein, der in den nächsten Minuten aus Protest gegen das Projekt alles in die Luft sprengen würde, aber dennoch. Was sollte er jetzt bloß machen? So tun, als ob er ihm glaubte und ihm bei der vermeintlichen Schatzsuche helfen, um dabei unauffällig herauszufinden, aus welchem Heim er entlaufen war? Oder ihn einfach weitergraben lassen und hoffen, dass er irgendjemandem abgehen würde, der ihn dann hier abholte? Eigentlich schien er ja ganz harmlos zu sein. Aber wenn er wieder auf die Baugeräte kletterte? Da konnte wer weiß was passieren. Vielleicht sollte er die Polizei rufen? Die könnte dann gleich auch das Protestcamp räumen, das wären zwei Fliegen mit einer Klappe. Aber der Schorsch würde sich wieder aufregen, wenn er ihn am Sonntag wegen so einer Lappalie anrief, und dann gleich auch dem Steff davon erzählen. Außerdem war die gesamte Polizeistation gerade beim Heimspiel der örtlichen Fußballmannschaft im Einsatz, da war der Schorsch noch grantiger, wenn er ihn von dort wegholte. Er seufzte. Wie hatte sich dieses Bauprojekt, mit dem er sich endlich einen Namen machen wollte, nur in so etwas Schweres und Lästiges verwandeln können? Ganz heiser war er auch geworden von dem verkrampften, aufgeregten Sprechen mit dem verwirrten Alten. Da kam ihm das kleine Protestcamp hinter der Baustelle fast schon wie ein Hort des Friedens und der Entspannung vor, so im Verhältnis. Schlimm. Er starrte in die Grube. Beobachtete den senilen Hofrat, wie er herumspazierte und prüfende Blicke in alle Ecken warf. Irgendwie kam er ihm bekannt vor. Als hätte er ihn irgendwo schon einmal gesehen, in einer jüngeren Version. Vermutlich war er ihm auf einer Veranstaltung der Gemeinde begegnet oder er hatte ihn mit irgendeiner Angelegenheit im Büro sekkiert. Egal, er würde momentan nicht darauf kommen. Überhaupt merkte er, dass er gerade nicht mehr so recht konnte, seine Nervensägenresilienzkraft war aufgebraucht. Und obwohl er kein gutes Gefühl dabei hatte, den Alten mit all den schweren Baumaschinen allein zurückzulassen, hob er nun die Hand zum Gruß und murmelte ein »Na, dann viel Glück, auf Wiederschaun!« in die Grube. Das Gespräch würde sich nur weiter im Kreis drehen und zu nichts führen, und er brauchte seine ganze verbleibende Energie für die beiden echten Protestler, die sich in der Zwischenzeit bestimmt nicht in Luft aufgelöst hatten. Tick, tack. Die Zeit lief gegen ihn. Morgen Früh, zehn Uhr musste er sie alle los sein. Sonst würde die Verantwortung für sein Winner-Woods-Projekt in die Hände eines anderen gehen, da war der Steff mehr als deutlich gewesen.

Er lehnte sich an einen Baumstamm außer Sichtweite. Ließ sich auf den Boden sinken. Wollte nur ein wenig durchatmen. Eine kurze Pause. Dann würde er weitersehen. Weitermachen. Ganz bestimmt. Er fischte eine Tafel Schokolade aus seiner Jackentasche. Seufzend schob er sich ein Stückchen nach dem anderen in den Mund. Kaute, malmte, schmeckte, verschwand für einen gnädigen Moment in den ultimativen Endorphin- und Serotonin-induzierten Trost. Irgendwann, als er alle Taschen auf Süßigkeiten untersucht und alles aufgegessen hatte, was er noch gefunden hatte, inklusive einem alten Karamelllutschbonbon, auf dem schon ein wenig bröseliger Tascheninhalt geklebt hatte, beschloss er, doch wieder zur Baustelle zurückzukehren. Sein Gewissen hatte sich gemeldet. Er musste den verwirrten Alten aus der Grube holen, der tat sich doch sonst noch weh. Er musste herausfinden, wohin der gehörte, und ihn nach Hause bringen. Mühevoll rappelte er sich hoch. Los, dachte er, du schaffst das. Du bist erwachsen. Du bist eine öffentliche Person. Das ist deine Baustelle. Du musst dich kümmern. Das ist deine Verantwortung. Du bist ein, ein, na ja, ein Schöffel. Und plötzlich wusste er, warum ihm der alte Hofrat so bekannt vorkam. Der sah doch genauso aus wie der Wienerwald-Schöffel. Dass er da nicht gleich draufgekommen war! Der hängende Schnauzbart, die finsteren Triefaugen, die ihn immer quer über den Hauptplatz verfolgten, und auf dem pompösen Gemälde im Sitzungssaal des Gemeindeamts auch, die leicht untersetzte Gestalt. Ihm wurde heiß. Möglicherweise war der doch kein verwirrter Alter. Vielleicht war das ein waschechter Protestler und in Reminiszenz an den prominenten Waldretter so verkleidet und hergerichtet! Er musste sofort zurück. Vielleicht bastelte der doch an einer Bombe. Oder kettete sich an. Oder klebte sich fest. Oder, bei seinem Glück, alles auf einmal. Er hastete so schnell er konnte zurück zur Baugrube, aber es war niemand mehr da. Außer Atem ließ er seinen Blick schweifen, aber der Alte war wie vom Erdboden verschluckt, im wahrsten Sinn des Wortes. Na wunderbar. Statt auf dumme Wortspiele sollte er sich besser auf die Situation hier konzentrieren, denn ihm war nicht wohl bei der Sache. Was führte dieser Typ im Schilde? Diese lächerliche Story über den vergrabenen Schatz, das war doch ein Ablenkungsmanöver gewesen. Aber wozu? Hatte der in der Zwischenzeit die Geräte manipuliert? Aber diese historische Schöffel-Verkleidung, wozu wäre die dann gut gewesen? Vielleicht plante der hier eine besonders perfide Medienkampagne gegen ihn? War etwa alles schon auf Social Media, während er hier noch dumm herumstand und in der Nase bohrte?

Und wohin hatte der Typ in dieser Grube überhaupt so schnell verschwinden können? Schnaufend setzte Josef sich an den Rand des Aushubs und versuchte, so wenig plump wie möglich in den Graben hinunterzuspringen. Er musste der Sache auf den Grund gehen. Ha, schon wieder so ein nerviges Wortspiel. Was war nur mit seinem Hirn los? Er atmete tief durch. Komm, sei erwachsen, sagte er sich erneut wie ein irres Mantra vor, du kannst das. In seinem Magen zwickten derweil Schokolade und Karamellzuckerl, er musste sauer aufstoßen. Richtig übel war ihm auf einmal. Trotzdem ließ er sich ganz langsam auf seinem Hosenboden den Grubenrand hinuntergleiten und versuchte, dabei nicht zu fallen oder abzurutschen. Ging doch ganz gut.

Hinter ihm erhob sich Gelächter. »Der Walfisch robbt zurück in sein Becken, hahahaha!«

Er fuhr herum.

»Sehr elegant, Schöffel, wie du da gerade hinunter... äh ...gestiegen bist.« Hans Gruber wischte sich ein paar Lachtränen aus den Augenwinkeln. »Na, siehst du dir aus der Nähe an, was du alles angerichtet hast?« Der Alte machte eine übertrieben ausladende Geste und deutete auf die Baugrube. »Ja, schau nur genau hin, alles dein Werk, die kaputte Wiese, der zerstörte Boden, die toten Tiere, du kannst wirklich stolz sein auf dich, Sepperl.«

Josef Schöffel starrte hinauf. Und auf einmal spürte er eine massive Wut in sich aufsteigen. Er hatte Lust loszubrüllen und gleichzeitig auch Lust zu heulen. Sehr, sehr leid tat er sich auf einmal, wie er da so stand, ungelenk und dreckig und ein wenig außer Atem, gedemütigt von zwei alten Männern, die ihre Späße mit ihm trieben. Und das an seinem freien Tag! Auf seiner Baustelle! Wo sein Projekt entstand! Nach jahrelanger schlecht bezahlter Arbeit für dieses lächerliche Kaff, Arbeit, die ihm nicht einmal Spaß machte!

Wütend begann er, durch die Grube zu stapfen, diesen Protestkasperl in Schöffel-Montur würde er sich jetzt vorknöpfen, der versteckte sich doch ganz bestimmt noch irgendwo hier unten!

Und dann kam gleich der Gruber auch noch dran. Na warte, die würden ihn jetzt kennenlernen! Alle diese Leute, die glaubten, sie konnten mit ihm machen, was sie wollten. Ihn behandeln, wie sie wollten. Damit war jetzt Schluss. Er würde sich Respekt verschaffen, cool und souverän, wie Peter »Snakebite« Wright. Überlegenheit und Autorität ausstrahlend würde er alle Protestler hier zum sofortigen Aufgeben zwingen! Und dann würde er ganz gelassen dabei zuschauen, wie sie ihre Schaufeln und Zelte und Thermoskannen zusammenpackten und sich mit eingezogenem Schwanz nach Hause trollten. Sein persönlicher 9-Darter!

»Schööööffel!«, hörte er sich also wie von Sinnen schreien. »Schööööffel!« Irgendwie musste man den verkleideten Komiker ja rufen und »Arschloch«-brüllend, wie es ihm eigentlich auf der Zunge lag, wollte er hier in aller Öffentlichkeit dann doch nicht beobachtet werden. »Kommen Sie sofort heraus, Sie Feigling! Wenn hier einer gräbt, dann bin das wohl immer noch ich!« Er stampfte mit dem Fuß auf. »Ja! Ich! Ich. Grabe. Hier! Auf meiner Baustelle! Meiner! WO? Sind? Sie? Stellen Sie sich, kommen Sie heraus und erklären Sie, was Sie hier manipuliert haben!« Er drehte sich um und deutete mit erhobener Faust zum alten Gruber. »Und Sie, Sie brauchen gar nicht so blöd zu grinsen, denn das hier ist immer noch meine Baustelle! Und wenn Sie sich nicht endlich schleichen mit Ihrer »Made in China«-Multifunktions-Umweltverschmutzung hier, dann bau ich mein Gebäude eben einfach um Sie herum! Ist mir doch wurscht!« Er drehte sich wieder weg und rannte wie von Sinnen durch die Baugrube. »Schöffel!«, brüllte er wieder. »Sabotage-Schöffel, wo sind Sie?!«

»Verrückt geworden.« Hans Gruber stand am oberen Rand des Lochs und schaute irritiert hinein. »Jetzt ist uns der verrückt geworden.«

Renate Leitner stellte sich neben ihn, fischte etwas aus einem Sackerl und kaute versonnen. Dann streckte sie Hans die Tüte hin.

»Geh, lass mich in Ruh mit diesem importierten CO_2-Erzeuger-Diät-Fraß und schau dir lieber den an!«

Sie zuckte mit den Schultern und kaute weiter. »Ich schau ja!«

Josef Schöffel hatte in der Zwischenzeit damit begonnen, wahllos Pflanzen auszurupfen und sie samt der Wurzel durch die Gegend zu schleudern. Dabei schrie er immer noch lauthals seinen eigenen Namen.

»Wieso brüllt der eigentlich die ganze Zeit ›Schöffel‹?«

»Kannst du bitte hinunterschlucken, bevor du mit mir sprichst?« Angewidert putzte sich Hans Gruber imaginäre Essensreste von seiner Outdoorjacke.

»Da ist doch nichts. Und außerdem, alles aus heimischer Produktion, keine Sorge.« Renate setzte sich an den Rand der Grube und ließ die Beine baumeln.

Von dort heraus tönte jetzt: »Der ist weg! Wieso ist der einfach weg? Der kann doch gar nicht weg sein, das ist doch unmöglich! Wie soll man denn hier bitte so mir nichts, dir nichts verschwinden, wenn's doch gar keinen richtigen Ausgang gibt! Da braucht man doch eine Riesenleiter!« Der Schöffel in der Grube stapfte wild gestikulierend im Kreis. »Sie!«, rief er plötzlich drohend und deutete wieder auf Hans Gruber. »Das haben bestimmt Sie sich ausgedacht! Sie glauben wohl, Sie können sich über mich lustig machen, aber da haben Sie sich geirrt!«

Hans Gruber schaute weiter irritiert. »Sag ich's doch, verrückt geworden.«

»Jetzt hören Sie schon auf mit Ihren permanenten Beleidigungen! Sie packen jetzt Ihr lächerliches Zelt ein und verschwinden! Sonst lass ich das planieren. Ja genau! Höchstpersönlich fahr ich da drüber, wenn es sein muss!«

»Oje, grad vorher wollten S' noch rundherum bauen um mich, Schöffel. Renate, hast du das gehört? Jetzt wird er zum Schmalspur-Amokläufer mit Planierraupe.«

»Ach Hans, jetzt lass ihn doch einmal. Siehst du doch, dass es dem grad nicht so gut geht da unten.« Renate streckte aus der Höhe Josef Schöffel ihr Sackerl entgegen, der starrte sie verwirrt an.

»Was ist das?«

»Reiswaffeln.«

»Oh, nein danke.«

»Siehst du«, Hans Gruber wackelte mit dem Kopf, »dieses Zeug will nicht einmal der blade Schöffel.«

»Obwohl.« Josef Schöffel streckte eine Hand aus, um das Sackerl aufzufangen. »Ich nehm doch gern eine, vielen Dank.« Und mit zwei wütenden, krachenden Bissen hatte er schon die erste Waffel inhaliert. »Gar nicht so schlecht«, schnaufte er.

»Oje, noch so einer, der beim Essen nicht den Mund halten kann.«

Renate schaute besorgt in die Grube. »Vielleicht sollten Sie schön langsam mal wieder heraufkommen?«

Josef Schöffel kaute, nickte und blickte sich um. Dieser Sabotage-Schöffel war wirklich weg. Und er wusste nicht, was der im Schilde führte. Das war nicht gut. Das alles hier war gar nicht gut. Außerdem, fiel es ihm gerade siedend heiß ein, hatte er, bevor er hineingeplumpst war, im Eifer des Gefechts gar nicht daran gedacht, wie er aus dem Loch wieder herauskommen sollte. Normalerweise war er hier ausschließlich mit dem Baumeister unterwegs, und der erklärte ihm immer alles aus einem gebührenden Sicherheitsabstand zu sämtlichen Aushub- und sonstigen Tätigkeiten. Hektisch schob er sich eine Reiswaffel nach der anderen in den Mund, kaute, überlegte. Dieser Schöffel-Typ, der hatte doch auch irgendwie in die Grube hinein- und wieder hinausgelangen können! Das musste er dann doch auch schaffen. Aber wie? Vor diesen beiden Umweltschützern würde er sich jedenfalls nicht die Blöße geben und wie ein Walross die Böschung hinaufkriechen und dabei immer wieder abrutschen.

Irgendwo musste es hier doch eine Leiter geben. Allein schon für die Bauarbeiter.

»Jetzt weißt du nicht, wie du da wieder herauskommen sollst, gell, Schöffel?« Der Alte feixte.

Josef Schöffel tat geschäftig. Eine Leiter, er musste nur eine Leiter finden. Dann raus aus dem Loch und ab nach Hause. Über das Protestcampproblem würde er dann morgen nachdenken. Über den alten Schöffel-Aktivisten am besten gar nicht mehr. Schließlich gab es keine Zeugen. Also hatte es ihn auch nie gegeben. Und das Gespräch mit dem Bürgermeister war erst um zehn Uhr. Bis dahin konnte, nein: musste er sich noch irgendeine plausible Ausrede einfallen lassen. Er stapfte im Kreis.

Hans Gruber lachte immer noch. »So, ich hol mir jetzt ein Bier, Renate. Und dann setz ich mich zu dir und wir schauen uns an, wie der Herr Schöffel da wieder aus seiner eigenen Grube herauskommt.«

Sonntag, 1910.

Schmutzig, müde und mit leeren Händen kämpfte sich Joseph Schöffel durch die Höhle zurück in seinen Alltag. Es hatte zu dämmern begonnen. Er würde am nächsten Tag wiederkommen müssen, heute weiter nach dem Schatz zu graben, hatte keinen Sinn, vor allem nicht mit dieser lächerlichen Schaufel. Was er brauchte, das waren diese futuristischen großen Geräte, die der Fettwanst nicht hatte anwerfen wollen. Überhaupt, diesen kleinen Möchtegern-Schöffel, den musste er zuallererst loswerden, falls der wieder da war. So ein Einfaltspinsel durfte seinen Plänen keinesfalls im Wege stehen. Ungeheuerlich, wie dieser dümmliche Tropf mit ihm umgesprungen war. Nein, morgen hieß es, den wirklich verantwortlichen Bauleiter zu finden und ihn auf den Schatz anzusprechen. An einem Montag war der gute Mann doch bestimmt anwesend. Er musste alles auf diese Karte setzen. Auf diesen unbekannten Herrn, auf dessen Gier und enorme Maschinen hoffen, und dass sie ihn schnellstmöglich zu dem Schatz führten. Vielleicht konnte er aber auch unauffällig die Bauarbeiten für dieses Waldbureau aus der Distanz beobachten und wie zu Militärzeiten genau im richtigen Moment zuschlagen, falls die Arbeiter zufällig auf etwas stießen. Schöffel seufzte. Alles natürlich nur gesetzt den Fall, dass es diesen Schatz überhaupt gab. Aber so durfte man gar nicht denken. Wer so dachte, der konnte gleich stante pede ins Waisenhaus ziehen und dort lebendig verwesen. Nein, er hatte die Karte, er hatte alle verfügbaren Quellen studiert und er kannte diese Ecke des Wienerwaldes wie seine Westentasche, von seiner Zeit in der Enquetekommission natürlich, aber auch vom privaten Wandern und Jagen. Es gab nicht so viele Möglichkeiten, wo der Schatz konkret vergraben sein konnte, man konnte die etwaigen Standorte ganz gut eingrenzen. Es war machbar. Aber nicht mehr heute. Außerdem lag ja an der Einstiegsstelle zur Höhle immer noch sein verflixter Hut, allzeit bereit, ihn und seine Pläne zu verraten.

Würde er eben noch eine bange Nacht in seinem Haus verbringen müssen und hoffen, dass seine Delogierer erst dann auftauchten, wenn er schon längst wieder weg und auf Schatzsuche war. Die so gewonnene Zeit würde er dafür nutzen, sich auszuruhen und seinen Tornister aus Regimentszeiten mit den notwendigsten Sachen zu packen, um eventuell auch draußen übernachten zu können. So wie früher im Feld. Wozu war er vierzehn Jahre beim Militär gewesen und pensionierter Oberleutnant? Alles war besser, als seinen Lebensabend gefangen in der geheuchelten Fürsorge der um ihn angeblich so bemühten Stadtgemeinde zu verbringen. Nein, auf den letzten Metern des

Lebens würde er seine Autonomie auch nicht mehr aufgeben. Dass die nicht den Anstand hatten, einfach höflich auf sein Ableben zu warten, bevor sie seine Besitztümer verschacherten, war das denn zu viel verlangt? Aber nein, wo denke er hin, sie meinten es doch nur gut mit ihm, vor allem jetzt nach seinem tragischen Verlust! Da war es doch nicht schön, in so einem großen Anwesen alleine zurückzubleiben. Um seine Gemütsverfassung wären sie besorgt, keinesfalls vereinsamen wollten sie ihn lassen, ihn, der so viel für diese Stadt getan hatte.

Nein, so alt zu werden, war wahrlich kein Vergnügen. Jetzt einmal abgesehen von den körperlichen Schmerzen, die ihn ohnehin tagtäglich seit der Militärzeit begleiteten. Es war die Seele, die ihm viel mehr wehtat, die Art, wie die Menschen ihn behandelten. Ihn, einen der – bei aller Bescheidenheit – honorigsten Bürger dieses Ortes, der stets nur das Beste im Sinn gehabt hatte für die Bevölkerung und ein Lebtag gegen Misswirtschaft und Korruption angekämpft hatte, wollten sie ausgerechnet mit geheuchelter Fürsorglichkeit loswerden. Gut, diesen Ort in seinen Memoiren als abgewirtschafteten, obskuren Flecken und seine Bewohner als Rotte von Gewohnheitsmenschen und Pöbel zu bezeichnen, das war vielleicht nicht sehr freundlich gewesen, konnte sein, dass ihm der eine oder andere das noch ein wenig übel nahm. Möglicherweise war er auch ein bisschen zu schnell vorgegangen mit den Ortsverschönerungen. Die eine oder andere Erneuerung war vielleicht ein wenig überstürzt gewesen. Aber war es letztendlich nicht gut ausgegangen? Hatte er dieses unbedeutende, verarmte Kaff nicht zu einer viel bewunderten kleinen Stadt gemacht? Hatte er nicht seine Majestät, den Kaiser, mehrmals zu Besuch gehabt, ganz zu schweigen von der jungen Kronprinzessin Stephanie? Kamen nicht die Sommerfrischler in Scharen aus der Hauptstadt, um sich zu erholen und hier ihr Geld auszugeben? Das alles war doch keine schlechte Bilanz für einen Ort wie diesen. Vorsichtig kroch er dem Ende des Höhlenganges entgegen. Oft würde er es seinem Körper wohl nicht mehr zumuten können, sich hier durch zu quälen. Seine geschrumpften Muskeln und sein morscher Rücken wehrten sich mittlerweile bei jeder Bewegung. Stolz auf sich war er trotzdem. Hatte er doch tatsächlich den Zugang zu dieser sagenumwobenen Höhle gefunden und freigelegt. Wenn ihn jetzt bloß seine alten Freunde Kürnberger, Schlögl und Hyrtl sehen könnten, die wären begeistert! Steckte wohl doch noch etwas von dem jungen, schneidigen Kadetten und dem wissbegierigen Journalisten, der er einst gewesen war, in ihm. Oder war es wirklich das geballte Erbe seiner Bergarbeitervorfahren, das hier im Alter doch noch durchkam? Seine Frau würde wohl nur den Kopf schütteln und etwas über eitle Löwen, die sich stets wichtigmachen und übernehmen mussten, sagen. Er lächelte ein wenig bei der Erinnerung an sie, gleichzeitig spürte er, wie ihm die Tränen kamen. Wie hatten sie ihn alle nur so alleine lassen können? Wie konnte es sein, dass er mit all seinen gesundheitlichen Problemen noch am Leben war, während ihm rundherum alle Liebsten wegstarben? Hatte er wirklich zwei Kriege, eine Verurteilung zum Tode und diesen mysteriösen Mordaufruf gegen sich überlebt, nur um jetzt hier durch den Gatsch zu kriechen?

»Den hält sein Starrsinn am Leben«, hatte er einmal einen im Reichsrat über sich sagen gehört. »Den will doch nicht einmal der Tod haben, weil er Angst hat, dass der mit ihm über den hiesigen Parlamentarismus zu debattieren anfängt«, ein anderer. Und: »So einer wie du, der ist doch viel zu stur zum Sterben«, das hatte seine Frau lächelnd zu ihm gesagt und ihm dabei über die Wange gestrichen, kurz bevor sie für immer gegangen war, und er ihr in seiner Verzweiflung versprochen hatte, ihr schnellstmöglich nachzufolgen. Nun, offensichtlich hatten sie alle recht gehabt, der Tod schien nur mäßig an ihm interessiert zu sein.

Mit letzter Kraft schob er sich aus der Höhle und schnappte nach seinem alten Hut, der ihn an der Einstiegsstelle erwartete wie ein treuer Kamerad. Schon wieder kamen ihm die Tränen. Wegen einer Kopfbedeckung. Was war bloß los mit ihm? Schnell setzte er ihn sich auf den Kopf, ohne die kleine Spinne zu bemerken, die erschrocken das Weite suchte, nachdem ihr neues Domizil so brutal entwendet wurde. Notdürftig bedeckte er den Höhleneingang und sein Werkzeug mit ein paar morschen Zweigen und Ästen, klopfte sich den Staub von den Schultern, straffte sich ein wenig und machte sich auf den Rückweg in den Ort. Die größte Schwierigkeit stand ihm ohnehin noch bevor, denn es hieß, sich nach Hause zu schleichen, ohne auf sich aufmerksam zu machen. Sonst würden die örtlichen Schildbürger womöglich noch auf die Idee kommen, ihn in ihrer grenzenlosen Güte und Fürsorglichkeit gleich noch heute Abend abzutransportieren.

Er schob sich leise ächzend durch die Gassen. Wirklich, eine Schande war das. Er, der ehemalige Bürgermeister, musste sich wie ein Dieb durch seinen eigenen Ort stehlen. Stets auf der Hut vor der schönen Beleuchtung, die er selbst hatte installieren lassen, damit die hiesigen Einfaltspinsel nicht dauernd über irgendetwas stolperten oder in einen Graben fuhren. Zum Glück hatte er es mit der Errichtung der Laternen aus Kostengründen nicht allzu weit gebracht, damals ein großes Ärgernis für ihn! Aber heute konnte er dafür durch die eine oder andere unbeleuchtete Gasse huschen. Manchmal war es eben doch gut, wenn man nicht alles an Verbesserungen durchbrachte. Eine späte politische Erkenntnis. Hätte er sie bloß früher gehabt, sie hätte ihm eine Menge Ärger erspart.

Er war nun fast im Zentrum angelangt, jetzt hatte er es nicht mehr weit. Sicherheitshalber straffte er sich noch einmal, ignorierte ein unangenehmes Stechen im Kreuz und setzte ein gequältes Lächeln auf. Falls ihn doch jemand sah, sollte man seinen Auftritt für einen unschuldigen Abendspaziergang halten. Zwei Straßen noch, dann hatte er es geschafft.

Plötzlich war lautes Gelächter zu hören. Sakrament, das durfte doch nicht wahr sein. Da, aus dem Gasthaus, stolperte gerade der alte Rudolf, dieser unsägliche Hochstapler. Joseph Schöffel versteckte sich hinter einem Baum. Der hatte ihm jetzt gerade noch gefehlt!

Aber anscheinend war der Rudolf heute in Begleitung von dieser überwuzelten Soubrette, die immer so unangenehm outrierte. Was für ein Glücksfall! Die beiden torkelten nun laut plaudernd und schwankend über die Straße und zogen alle Aufmerksamkeit auf sich. Joseph Schöffel konnte in ihrem Windschatten fast gemütlich die letzten Meter bis zu seinem Haus spazieren, wo er erleichtert und ganz vorsichtig die Türe hinter sich zuzog und erst einmal aufatmete. Hungrig biss er in ein mürbes Kipferl, das noch vom Frühstück am Tisch lag, und überlegte. Jetzt hieß es, strategisch vorzugehen, um seine morgige Schatzsuche bestmöglich zu planen. Doch was machte sein alter Körper? Der befahl ihm, sich erst einmal hinzusetzen. Oder zu legen. Alles an ihm war plötzlich Schmerz. Pulsierender, alles durchdringender, gemeiner Schmerz, gepaart mit einer unerträglichen Müdigkeit, gegen die auch seine Sturheit gerade nicht ankam. Er ließ sich auf seine Chaiselongue im Salon fallen und starrte entkräftet vor sich hin. Eine große Traurigkeit überkam ihn mit einem Mal. War es nicht eigentlich egal? Wozu kämpfte er hier noch? Was hatte er denn noch groß von seinem Leben zu erwarten, überhaupt jetzt, wo er verwitwet war? War es nicht sogar besser, wenn sie ihn in das Waisenhaus verfrachteten, dann war er wenigstens nicht mehr alleine? Sollten sie ihn doch allen Besitzes berauben, ihn entmündigen und lebendig begraben. Was interessierte es ihn? Er brauchte doch ohnehin nichts mehr. Vielleicht, überlegte er, war es ja nur aus alter Gewohnheit, dass er hier so erbitterten Widerstand leistete, und gar nicht aus Überzeugung? Er wollte doch überhaupt gar nichts mehr, außer liegen, liegen, liegen.

Montag, Gegenwart.

»Was soll das heißen, die sind noch da?« Der Bürgermeister ließ sein Smartphone sinken und starrte ihn an.

»Na ja, dass die eben noch da sind. Also waren, wie ich zuletzt ...«

Der Bürgermeister schnitt ihm das Wort ab. »Also was jetzt? Sind oder waren, Schöffel? Gegenwart oder Vergangenheit?«

»Sind.« Josef Schöffel schaute bekümmert. »Vermute ich. Wie ich heute früh noch kurz nachgesehen hab, um sie ans Aufgeben zu erinnern, da waren sie halt noch da.«

»Heute in der Früh? Aber es ist in der Früh! Das heißt also, die sind immer noch da! Wie gibt's das, Schöffel, wie kann das sein? Wir hatten eine Abmachung!«

»Ja, ich weiß, aber die wollen eben nicht weggehen, da kann man nichts machen.«

»Wirklich, Schöffel, das gibt's doch nicht! Was tun Sie eigentlich die ganze Zeit? Gehen Sie da nur hin und bitten die lieb, dass sie ihre Zelte abbrechen? Da muss man doch drohen! Verklagen werden wir die! Und ihr lächerliches«, der Bürgermeister hob die Hände zu einer Gänsefüßchengeste, »›Protestcamp‹ wird geräumt, so schnell können die gar nicht schauen! Das haben wir doch alles hundert Mal besprochen, Schöffel! Was ist denn nur los mit Ihnen?«

»Ja eh.«

»Ich habe mich auf Sie verlassen!«

Josef Schöffel ruderte unsicher mit den Armen. Immer, wenn er so vor dem Bürgermeister stand, wusste er plötzlich nicht mehr wohin mit seinen Extremitäten, die standen plötzlich so lästig ab von ihm. Er unterdrückte den Impuls, einen Finger in den Mund zu nehmen, um zur Nervenberuhigung ein wenig an seinen Nägeln zu kauen.

»Ja, aber Steff, also Herr Bürgermeister, der alte Gruber ist doch an die achtzig! Den kann man doch nicht einfach so bedrohen und dann aus dem Weg räumen lassen.«

»Na, gerade den! So ein Altachtundsechziger, wie der einer ist, der versteht doch nur eine Sprache, und zwar Gewalt! Friedlicher Protest, dass ich nicht lache! Der war sicher einmal bei der RAF oder bei der Antifa oder wie die früher geheißen haben und hat mit Steinen um sich geschmissen und Bomben gebaut in Hainburg oder in Zwentendorf.«

Josef Schöffel unterdrückte ein Seufzen. Was jetzt kam, konnte er im genauen Wortlaut mitsprechen, so oft hatte er es schon gehört. Er schaltete auf Durchzug und nickte an den passenden Stellen. Es war wie eine irre Choreografie, die sie einstudiert hatten und nun in einer täglichen Revue zum Besten gaben. Jetzt kam die Stelle, wo er lächeln und das Nicken zu einem Headbang-artigen Crescendo steigern musste, auch der Kopf des Bürgermeisters war schon hochrot. Irgendwann wird er einfach explodieren, dachte er, und dass dann wohl er und die arme Jassi aus dem Sekretariat seine Reste von der Wand kratzen würden müssen.

Josef Schöffel spürte, wie sein Kiefer anfing wehzutun vor lauter Lächeln, ein gutes Zeichen, denn das hieß, die Tirade seines Chefs neigte sich langsam dem Ende zu. Außer natürlich, der Bürgermeister hatte sich ein paar neue Strophen zu seinem Sermon ausgedacht, um seinem Vortrag noch mehr Nachdruck zu verleihen. Dann hieß es tapfer sein. Josef Schöffel intensivierte zur Sicherheit sein schmerzendes Lächeln.

Schon komisch eigentlich, dachte er. Dass sie jetzt wieder per Sie waren, der Steff und er. Weil normalerweise, na ja, da war man eben per Sie und dann irgendwann einmal per Du, aber in die Gegenrichtung? Da fiel ihm ansonsten kein weiteres Beispiel ein. Es wär halt wegen dem Respekt, hatte der Steff gemeint, da sollte man sich besser wieder siezen, jetzt, wo er der Bürgermeister war. Das würde einfach seriöser wirken. Konnte sich ja ohnehin keiner mehr daran erinnern, dass sie einmal in derselben Klasse gewesen waren. Außerdem wär das ja bitte auch in der Volksschule gewesen, und das wär ja nun wirklich lange her. Und so ein Herumgeduze im Büro, jetzt, wo die Partei ohnehin ein wenig im Verruf war, das könne er sich eben nicht leisten. So ein Verdacht auf Freunderlwirtschaft, der dürfe gar nicht erst aufkommen hier.

War er eigentlich auch schon so grau, da um die Schläfen herum? Josef Schöffel kaute jetzt doch ein wenig an seinem Daumennagel. Irgendein Hautfetzerl stand da unangenehm ab. Wann war denn das passiert? Der Steff rannte doch ständig durch den Wald und spielte Tennis, seit er fünf war, so einer alterte doch nicht vor der Zeit? Verstohlen warf Josef Schöffel einen Blick zum Fenster und hoffte, seine Spiegelung darin zu sehen. Aber das Licht fiel gerade ungünstig für etwaige Beobachtungen des eigenen Alterungsprozesses, die Vormittagssonne hatte vielmehr damit zu tun, mit voller Kraft das Schild am baufälligen Balkon des Nachbarhauses anzustrahlen.

Zur Freude, stand da auf einem großen, ausgeblichenen Schild. Ach, dachte er, vielleicht ob der aktuellen Steff-Umstände gerade ein wenig zu verklärt, in der *Freude*, da war er immer gern gewesen, schon als Kind. Wegen dem Spielplatz im Gastgarten, auf dem er unter »Aber nicht zu wild!«-Ermahnungen seiner Eltern die Wartezeit auf sein Pinocchioschnitzel verbringen durfte, während seine Mutter und sein Vater in ihren ewigen Dialog vertieft für ein paar selige Minuten dankbar seine Existenz vergaßen. Und er ihre. Familie, das hatten er und seine Eltern alsbald festgestellt, das war einfach nicht das Richtige für sie. Die beiden Erwachsenen waren ohne ihren Sohn besser dran, nur leider hatten sie das erst begriffen, als die Bescherung schon angerichtet gewesen war. Seufzend hatten sie festgestellt, dass die Gesellschaft sich geirrt hatte, als sie mit ihren Ansprüchen an eine ordentliche Familie so lange Druck auf sie ausgeübt hatte, bis sie entnervt klein beigegeben und doch noch ein Kind bekommen hatten. Der heranwachsende Josef hatte sich dann auch redlich bemüht, seine Eltern nicht allzu sehr zu stören, und da er ohnehin gern allein war, hatten sich die drei so gut wie möglich ergänzt. Zumindest so lange, bis die Großmutter auf den Plan getreten war, um dieses arme, introvertierte Kind unter ihre Fittiche zu nehmen.

Josef Schöffel erschrak. Um Himmels willen, die Großmutter! Die hatte er in diesem ganzen Irrsinn ja komplett vergessen! Er blickte weg vom ausgeblichenen *Freude*-Schild, hin auf den sich auf- und zuklappenden Mund des Bürgermeisters. Verdammt! Heute war Montag. Montag! Was hieß, dass gestern Sonntag gewesen war. Und Sonntag war Omabesuchstag. Und er? Hatte einfach nicht an sie gedacht. Also gar nicht. Vor ihrem *Augarten*-Service hatte er sie sitzen gelassen, wo der Kaffee langsam ausgekühlt und das Schlagobers in sich zusammengefallen war. Er war erledigt. Das hier mit dem Steff und dem Protestcamp auf der Baustelle und diesem alten Zausel auf

Schatzsuche, das war eine Sache. Aber die Oma einfach so zu vergessen, das war eine ganz andere Dimension. Er war tot, schlicht und ergreifend tot. Diesen Fauxpas würde er nie wieder gutmachen können, unmöglich. Und die Rache der Alten würde furchtbar sein. Er schaute wieder zum Fenster hinaus. *Zur Freude* stand da immer noch in großen Buchstaben, jetzt wie zum Hohn. Und er wünschte sich nichts sehnlicher, als sich kurz, also nur für einen klitzekleinen Moment, in dem guten alten Gasthaus vor der Welt verstecken zu dürfen. Um eine Runde zu schaukeln. Oder einfach nur, um mit einem Cola-Rot in der Hand der coolen Kellnerin hinter der Bar der Kellerstüberldisco zuzulächeln. Aber bis auf das Schild war von der *Freude* schon lange nichts mehr übrig. Das Haus war entkernt und stand als baufällige Ruine mitten im Ort herum. Vermutlich war sie auch Teil irgendeines zukünftigen Immobiliengroßprojektes des Bürgermeisters. Vorsorgewohnungen wahrscheinlich. Mit einer Vorsorgedisco im Keller. Josef Schöffel musste lächeln.

»Na, Hauptsache, du amüsierst dich. Sag einmal, findest du das lustig? Willst du mich sabotieren, oder was? Setzt du das Projekt absichtlich in den Sand?« Der Steff war in seiner Wut offensichtlich wieder ins alte »Du« hineingerutscht.

»Nein, natürlich nicht!«, krächzte Josef. Zu lange nichts gesprochen, er räusperte sich umständlich.

»Ich darf dich nämlich daran erinnern«, fuhr der Bürgermeister fort, ohne auf seine Erwiderung zu warten, »dass dein Name überall draufsteht auf der Winner-Woods-Sache! Dafür stehst DU gerade! Wenn ich DU wär, dann würd ich jetzt ganz schnell aufhören zu grinsen und die zwei linken Kasperln von der Baustelle holen. Sonst, ich wiederhol mich nur ungern, aber noch einmal zum Mitschreiben: WAREN das deine Baustelle und dein

Projekt. Dann kannst dich bei den Kollegen nebenan gleich für einen neuen Job beraten lassen, weil hier hast du dann keinen mehr, Herr SCHÖFFEL!« Mit hochrotem Kopf drehte sich der Steff um und stieß beinahe mit Jassi zusammen, die genau in diesem Moment sein Büro betreten wollte.

»Hoppla«, lachte sie. »Na, Sie haben's aber eilig.«

»Ja, im Gegensatz zu euch hab ich Wichtigeres zu tun, als hier allen und allem im Weg zu stehen!« Der Bürgermeister stapfte aus dem Zimmer und versuchte dabei lautstark, die Tür hinter sich zuzuschmeißen, verfehlte aber den Knauf.

»Hoppla«, lachte Jassi erneut, hob ihren Fuß und beförderte die Tür mit einem sanften Tritt hinter dem Steff ins Schloss.

»Und tschüss«, zischte sie und drehte sich dann kopfschüttelnd zu Josef Schöffel um.

»Was ist denn nur los mit dir? Das gibt's doch nicht, dass du mit diesen zwei Alten da oben nicht fertigwirst?!«

Er seufzte und setzte sich auf die Fensterbank. Drei Alte, dachte er. Wenn man den obskuren Schatzsucher von gestern Nachmittag dazuzählte, dann waren es mittlerweile drei.

»Ernsthaft, Josef, du weißt doch, dass die nicht richtig weitermachen können auf der Baustelle, solange das Protestcamp noch da ist. Deine Unfähigkeit zum Durchgreifen kostet den Steff eine Lawine! Du musst jetzt endlich mal die Polizei einschalten. Hier«, sie streckte ihm ein Telefon entgegen, »ruf den Schorsch an! Sonst bist du wirklich weg von dem Projekt, glaub mir. Die in St. Pölten schauen bestimmt auch nicht mehr lange zu, ich sag's dir nur. Der Steff telefoniert und tippt schon die ganze Zeit mit denen herum. Du hattest doch allen eine Räumung für heute zehn Uhr versprochen!«

»Mhm.« Er schwieg nachdenklich und schaute aus dem Fenster.

»Josef?«

»Ja, ja. Eh.« Er wischte ein bisschen auf der schmutzigen Fensterscheibe herum. »Sag, kannst du dich eigentlich noch an die *Freude*-Disco erinnern?«

»Wie bitte?«

»Da, gegenüber, im alten Gasthaus *Zur Freude* damals, im Keller, weißt noch?«

Jassi starrte ihn entnervt an. »Josef! Wovon redest du bitte? Du sollst jetzt die Polizei anrufen, das Camp räumen lassen und nicht aus dem Fenster schauen!«

»Ja eh.« Er malte mit dem Zeigefinger ein lächelndes Smiley auf die Scheibe.

»Was stimmt eigentlich nicht mit dir? Die alte Tranklerhütte da gegenüber, die ist doch jetzt wurscht! Das Einzige, was dich grad interessieren sollte, auch im Hinblick auf deinen Arbeitsplatz, ist, was du mit den Protestlern da oben beim Winner-Woods-Projekt machst!«

Tja, nun. Was sollte er mit denen machen? Josef Schöffel schaute weiter auf den Eingang der *Freude* hinunter. »Ich war wirklich total verliebt in die Kellnerin damals«, murmelte er dann, »keine Ahnung, was aus der geworden ist.« Er wischte über das Smiley auf der Scheibe.

»Wie bitte?«

»Ach nix.«

»Josef! Jetzt reiß dich zusammen! Die Protestler! Die müssen da weg!« Die Jassi senkte ihre Stimme und versuchte es mit einem verständnisvolleren Tonfall. »Kann ich vielleicht irgendwas tun? Brauchst du Unterstützung? Soll ich den Schorsch für dich anrufen, irgendetwas organisieren? Du weißt, ich helf dir gern, du musst nur was sagen ...«

»Nein, nein, Jassi, vielen Dank, das passt schon!« Josef spazierte betont locker zu seinem Schreibtisch zurück. »Das ist sehr freundlich von dir, aber ich kümmere mich schon um alles, so wie immer, keine Sorge!«

»Klar, so wie immer.« Die Jassi nickte mit leicht verzweifeltem Gesichtsausdruck und wandte sich zur Tür. Josef hob beide Daumen und probierte ein zuversichtliches Lächeln, das ihm sofort erstarb, weil er wieder an die Oma denken musste. Aber das sah die Jassi im Hinausgehen ohnehin nicht mehr, und auf dem Weg zurück in ihr Büro setzte sie sich schon einmal probeweise auf den Platz ihres angezählten Kollegen im Sitzungssaal, flüsterte leise »dead man walking« und drehte sich einmal im Kreis.

Josef Schöffel starrte panisch auf die Uhr an seiner Bürowand. Vierzig Minuten noch. Dann war hier für alle offizielle Mittagspause. Und er konnte unauffällig verschwinden. Für den Nachmittag würde er im *Outlook*-Kalender einfach einen Außentermin eintragen. Dann würden sie annehmen, er wäre im Protestcamp und er könnte sich gleichzeitig um die Oma-Angelegenheit kümmern. Ja, so konnte man es machen.

Er ließ sich in seinen ergonomischen Drehstuhl fallen, rollte ein wenig hin und her. Die Oma-Angst kam jetzt in Wellen. Er schaute noch einmal auf die Uhr. Dann auf den Bildschirm. Achtunddreißig Minuten. An Büroarbeit war nicht zu denken. Er öffnete das Dokument mit seinen Darts-Spitznamen-Überlegungen. Dann schloss er es wieder. Starrte auf den erschienenen Bildschirmschoner, das Logo der Stadtgemeinde drehte sich dort in einer endlosen Schleife um sich selbst. Er tippte auf irgendeine Taste. Gab erneut sein Passwort ein. Überflog das offene Dokument, an dem er zuletzt gearbeitet hatte. Der Cursor blinkte aufmunternd. »Schreib weiter!«, rief er, »komm, dann hast du es hinter dir.« Auch das schloss er sofort. »Das Dokument wurde geändert. Soll es gespeichert werden?«, fragte ihn das Programm. Er drückte wieder irgendetwas. Hoffte, dass es speichern gewesen war. Dachte an die Oma.

Starrte auf die Uhrzeit am unteren Bildschirmrand. Fünfunddreißig Minuten noch. Was passierte eigentlich, wenn man auf diese Taste drückte? Er betrachtete das Keyboard, seltsam, was es da alles gab. Befehlstasten, die er noch nie gesehen hatte. Er probierte eine aus. Und dann gleich noch die nächste. Und die übernächste. Er tippte sich langsam durch die gesamte Tastatur. Qualitätssicherung, wirklich eine sehr gute Idee zur Zeitüberbrückung bis zur Mittagspause. Einmal ausführlich testen, ob die Hardware auch richtig funktioniert, wann machte man das schon? Immer erst, wenn es zu spät war. Dabei war das doch genauso wichtig wie nun, na ja, der Feueralarm vielleicht. Da musste man auch jedes Jahr einmal überprüfen, ob die Sirenen noch einsatzfähig waren. Sehr gut also, dass er sich dieser Sache jetzt professionell annahm. Einunddreißig Minuten. Er seufzte. Die Hardware-Qualitätssicherung hatte nur vier Minuten gedauert. Vor ihm erschien wieder der Bildschirmschoner. Hinter dem mäandernden Gemeindelogo konnte er seine Spiegelung erkennen. Er sah sich selbst dasitzen. Sah, wie die Jassi und alle anderen ihn hier sahen. Einfach irgendeinen Typ, der keinen eigenen Stil und keine Persönlichkeit hatte. Ein treuer Zuarbeiter, ein Handlanger ohne Ambitionen. Einer, der immer in der Warteschleife hing und hoffte, gar nicht erst durchgestellt zu werden, weil er sich dann um etwas würde kümmern müssen. Einer, der gerade dabei war, an dem ersten autonomen Projekt seines Lebens kolossal zu scheitern. Und keinen überraschte es.

Er drückte sich noch einmal durch alle Tasten. Gab es nicht auch eine Tastenkombination, mit der man die Bildschirmanzeige komplett umdrehen konnte? Das wäre ganz lustig jetzt, vielleicht würde er sie ja zufällig finden? Aber wie machte man das dann wieder rückgängig? Er googelte lieber ein wenig nach Dartpfeilen. Und dann nach den Terminen für die nächsten Dartevents. Eigentlich könnte er sich einmal Urlaub nehmen, um bei einem Dartturnier live dabei zu sein. Aber so ganz alleine? Obwohl das Publikum bei den Events, die im Fernsehen übertragen wurden, ja immer sehr nett und gesellig wirkte. Da blieb man bestimmt nicht lange allein, und wenn doch, war es auch okay. Er scrollte durch die Termine und die Austragungsorte. Checkte wieder die Uhrzeit. Hatte Angst vor der Oma. Überlegte, was er essen könnte. Ihm war total nach irgendetwas Süßem. Ob er noch irgendwo einen Vorrat von irgendetwas hatte? Er stand auf und begann, sein Büro systematisch abzusuchen, bis er ein Sackerl mit Keksen fand. Eigentlich waren die zum Anbieten für etwaige Gäste hier im Büro gedacht, aber die wussten ja nicht, dass sie theoretisch mit diesen Knabbereien hätten bewirtet werden sollen. Er schob sich mechanisch einen mit Milchschokolade überzogenen Keks nach dem anderen in den Mund. Die Packung war fifty-fifty: fünfzig Prozent Milchschokolade, fünfzig Prozent Bitterschokolade. Er pickte sich nur die guten, milchschokoladenen heraus. Die anderen ließ er im Sackerl und verschloss es wieder, malmte, kaute, schluckte und verräumte die Packung. Eine Minute später holte er sie wieder aus der Schublade. Vielleicht hatte er ja doch einen von den guten Keksen übersehen? Er wühlte durch das Sackerl und fand nichts. Leerte den gesamten Inhalt vor sich auf den Schreibtisch. Ging die Kekse einzeln durch und warf sie wieder zurück. Keine Milchschokolade. Der Steff betrat, ohne zu klopfen, sein Büro und marschierte, ohne ihn zu beachten, direkt zum Fenster und blickte hinaus. Josef stopfte die Kekspackung so schnell er konnte in die Schreibtischschublade und putzte unauffällig die Brösel vom Schreibtisch. Dann versuchte er sich schnell etwaige Krümel mit dem Hemdsärmel aus dem Gesicht zu wischen. Da klebte bestimmt noch etwas im Mundwinkel. Er tippte irgendeine Taste. Der Cursor blinkte. Sein Herz raste. Die Zeit stand still. Der Steff starrte aus dem Fenster.

»Du hast es gut«, hob er dann plötzlich an. Steffs Stimme war jetzt ganz ruhig. Hatte nichts mehr von dem Wutausbruch von vorhin. Viel zu ruhig war die, voller Verachtung.

»Wie bitte?« Josef wischte sich noch einmal unauffällig über den Mund. Gab schnell sein Passwort ein. Klickte die Dartseiten weg. Stellte das Arbeitsdokument von vorhin wieder her.

»Du hast es gut, du hast keine Träume. Ich meine, schau dich doch an, wie du hier sitzt, zufrieden und glücklich vor dich hin tippst, nebenbei ein paar Kekse in dich hineinstopfst. Das ist wirklich beneidenswert.«

»Ah.«

»Weißt du, du kannst dir nicht vorstellen, wie ich mich fühle.« Der Steff rieb sich nachdenklich das Kinn. »Na wenigstens die Jassi, die kann mich ein bisschen verstehen, der geht's wie mir, die hat auch noch ein paar Ambitionen.« Der Steff schaute immer noch aus dem Bürofenster auf die verwaiste Terrasse des Gemeindeamtes. »Immer ist es schirch und finster hier, die Heizschwammerl haben sie uns verboten, immer muss man für alle mitdenken und mitarbeiten und verdient einen Scheiß, den man dann auch noch versteuern darf. Wieso kann ich nicht im Silicon Valley oder in Dubai leben, so wie alle coolen, ambitionierten Leute, die wirklich etwas erreichen wollen, ha? Stattdessen sitze ich hier fest mit Typen wie dir, die alles sabotieren mit ihrer Unfähigkeit. Wahrscheinlich machst du das nicht einmal absichtlich, dir passiert das einfach so, gell?« Der Steff musterte ihn jetzt wie ein lästiges Insekt. Dann schnappte er einen Stempel von Josefs Schreibtisch, wegen dem er vermutlich ursprünglich gekommen war, und ging federnden Schrittes wieder hinaus. Die Tür ließ er dabei lautstark ins Schloss fallen, diesmal erwischte er den Knauf.

Josef starrte ein wenig vor sich hin. Dann öffnete er mit zitternden Fingern die Schreibtischschublade, holte die Packung mit den verbliebenen bitterschokoladenen Keksen und aß einen nach dem anderen auf, obwohl sie ihm gar nicht schmeckten. Wie ging das nur beim Steff und bei der Jassi, wie schafften die das? Wie ging das bei seiner Großmutter? Wieso passten sie alle so gut hierher und er anscheinend nicht? Was machten die anders? Hatte es einen bestimmten Moment gegeben, in dem er falsch abgebogen war? Als er eine falsche Entscheidung getroffen und sich dadurch für immer ausgeschlossen hatte? Er dachte an seine Kindheit, an seine Eltern. Und dass die schon nicht hierher gepasst hatten. Wohnung statt Einfamilienhaus. Agnostisch statt katholisch. Universität statt Lehre. Einzelkind statt Geschwister. Holz statt Plastik. Basteln statt Gameboy. Urlaub am See statt am Meer. Kunst statt Sportverein. Kopf statt Körper. Guten Tag statt Grüß Gott. Wahrscheinlich hatte er nie eine Chance gehabt. Es war Zeit, zur Oma zu gehen.

Montag, 1910.

Joseph Schöffel erwachte von einem Klopfen und Rufen.

»Herr Schöffel? Sind Sie zu Hause? Herr Schöffel!«

Verflixt, er war einfach eingeschlafen! Noch dazu auf seiner ungemütlichen Mahagoni-Chaiselongue, das würde wieder Rückenprobleme geben, neben dem Muskelkater von dem ungewohnten Graben und Schaufeln und Kraxeln. Er richtete sich mühevoll auf und blinzelte. Wie spät war es bloß? Draußen war es bereits hell. Das war gar nicht gut.

Hatte er die letzte Möglichkeit zu seiner Flucht verschlafen? Wo waren seine üblichen altersbedingten Schlafstörungen, wenn er sie einmal brauchte?

»Komisch«, hörte er eine Stimme sagen. »Normalerweise ist er immer gleich bei der Tür!«

»Wird ihm wohl hoffentlich nichts zugestoßen sein?«

Er schwitzte und versuchte, sich so ruhig wie möglich zu verhalten. Vielleicht würden sie, wenn er nicht reagierte, von ihm ablassen und erst später wiederkommen. Es bestand eine minimale Chance. Dem Sonnenstand nach zu urteilen schien es noch recht früh zu sein, vielleicht vermuteten sie ihn auf einem Morgenspaziergang oder bei der Morgentoilette.

»Herr Schöffel?«

Er erkannte die Stimme seiner Nachbarin. Möglicherweise konnte er sie abwimmeln? Aber wer war der andere? Wollten sie ihn schon abholen?

Er warf einen Seitenblick auf seine *Ungethüm*. Sieben Uhr. Eigentlich zu früh für einen Beamten vom Waisenhaus. Aber ideal für die Baustelle. Die Arbeiter wären schon da, doch der kleine untersetzte Schöffel bestimmt noch nicht. Der wirkte wie ein Langschläfer, faul und behäbig. Er konnte hoffen, auf den Baustellenleiter persönlich zu treffen und ihn davon zu überzeugen, sofort loszugraben. Er beschloss, sich fürs Erste einmal totzustellen.

»Vielleicht schläft er ja noch, der Herr Schöffel«, sagte die ihm unbekannte Stimme.

»No, da kennen Sie den gnädigen Herrn aber schlecht! Um die Uhrzeit hat der normalerweise schon seinen morgendlichen Spaziergang durch den Ort absolviert und sein Frühstück fertig eingenommen.«

»Ja, wenn das so ist, werde ich eben warten.«

»Hier vor der Tür?«, rief die Nachbarin erstaunt.

Hier vor der Tür?!, dachte Joseph Schöffel alarmiert.

»Ja, warum denn nicht? Irgendwann wird er doch einmal heraus- oder hereinkommen müssen, nicht wahr, gnä' Frau.«

»Ja das schon, aber ...«

»Na sehen Sie, ist doch nicht schlimm! Ich vertreibe mir schon die Zeit. Vielen Dank, dass Sie mich hergeführt haben. Ich setze mich hierher, auf dieses Bankerl, das ist ja recht kommod zum Warten, und lasse mir dabei von der Morgensonne ein wenig die Glieder wärmen.«

»Ja also, wie Sie meinen, der Herr. Aber die Sonne, na ja, die ist ja noch nicht so berühmt ...«

Die Bank! Joseph Schöffel fluchte leise zischend. Wieso, in drei Teufels Namen, hatte er überall im Ort Ruhebänke aufstellen lassen? Noch dazu eine vor seiner Haustüre? Wieso war er so ein überambitionierter Bürgermeister gewesen? All sein Ehrgeiz fiel jetzt auf ihn zurück!

Ermattet lehnte er sich wieder an den harten Polster seiner Chaiselongue und versuchte, so flach zu atmen wie möglich. Dabei überlegte er, wie lange er und sein angegriffener Bewegungsapparat es wohl noch auf diesem durchaus repräsentativen, aber so gar nicht bequemen Möbelstück würden aushalten können. Er ließ seinen Blick durch den Raum schweifen. Seine Frau schaute ihn belustigt von oben herab aus einem viel zu pompösen Goldrahmen heraus an.

»Ja, ja, mach dich nur lustig über deinen alten Esel, so wie immer.« Er nickte dem Gemälde an der Wand zu und wusste, wie ihn seine Frau auslachen würde, könnte sie ihn jetzt so sehen. Gefangen auf der teuren Chaiselongue, die er sich eingebildet hatte, weil der alte, viel gemütlichere Diwan, der hier jahrelang gestanden hatte, schon so abgewetzt gewesen war.

Wilhelmine hatte auf dem neuen, ungeliebten Möbelstück, das sie nur »das Anklagebankerl« genannt hatte, dann konsequent seine Gäste platziert, wenn sie zu früh eingetroffen waren und auf ihn warten mussten. Dann hatte sie ihnen amüsiert dabei zugesehen, wie sie unauffällig hin und her rutschten, um eine halbwegs agreable Sitzposition zu finden, bis er erschien. War er dann schließlich in den Salon geeilt, war seinen Besuchern die Erleichterung, sich von dem unbequemen Möbelstück erheben zu dürfen, förmlich ins Gesicht geschrieben. »Na, so freuen sich wenigstens immer alle, deinen Vater zu sehen«, hatte Wilhelmine dann zu Olga gesagt, und Mutter und Tochter hatten lachend den Raum verlassen. Mit ihren eigenen Gästen, so vermutete er, war Wilhelmine ohnehin schnurstracks zum alten Diwan ins kleine Nebenzimmer spaziert, all seinen Verboten zum Trotz. Dorthin hatte er das alte Trumm nämlich verbannen lassen, es ganz zu entsorgen, hatte er dann doch nicht übers Herz gebracht, schließlich war der Diwan der Lieblingsplatz seiner Frau gewesen. Wie oft hatte er sie dort sitzen und lesen oder Handarbeiten verrichten gesehen, und es hatte ihm immer einen kleinen Stich versetzt, dass sein Perfektionismus in Sachen optischer Erscheinung und Repräsentanz ihrer gemeinsamen Lebensqualität im Wege stand. Ihr waren die Meinung und das Geschnattere der Leute über etwaige aus der Mode geratenen Möbel- und sonstige Stücke egal. Überhaupt kümmerte sie sich wenig um eine gute Nachrede, und das war auch ein Glück, denn seit seiner Kampagne gegen die K.-u.-k.-Mafia und den Verkauf des Waldes hatten sie viel an öffentlichen Schmähungen und Drohungen einstecken müssen. Umso mehr hatte er deswegen stets darauf geachtet, seinen Gegnern keine weiteren Angriffsflächen zu bieten, und ein tadelloses Auftreten inklusive eines tadellos möblierten Salons gehörten da eben dazu.

Konsequent und demonstrativ hatte er sich also nie wieder auf den alten Diwan gesetzt und sich bei gelegentlichen Disputen mit seiner Frau auch nicht entblödet, ihr mit der Entsorgung desselben zu drohen. Was war er doch oft für ein halsstarriger und unsympathischer Narr gewesen! Nun, wenigstens, wie zu einer späten Strafe, rutschte er selbst auf der harten Chaiselongue unter dem spöttischen Blick seiner Frau herum und wartete auf Erlösung.

»Du könntest jetzt auch gemütlich auf dem Diwan sitzen«, sagte ihr Bildnis. Und er flüsterte: »Ja, ja, ist schon gut, du hast ja recht.« Er wandte sich ein wenig beschämt von ihr ab, nur um sich selbst in die mahnenden Augen zu starren. Denn gleich neben seiner Wilhelmine hing er höchstpersönlich, goldumrahmt und in Öl gepinselt. Er starrte sich an.

Ursprünglich hatte er die Anfertigung dieses Porträts verhindern wollen, es gab wahrlich schon mehr als genug Abbildungen von honorablen Herren in einem gewissen Alter, die sich ihre Wichtigkeit in Form eines Ölgemäldes bestätigen ließen, da musste er der Welt nicht noch ein Bildnis mehr hinterlassen. Aber seine liebe Frau hatte mit Nachdruck darauf bestanden, dass er sie unter keinen Umständen dort alleine an der Wand herumhängen lassen konnte. Außerdem wolle sie ihn immer gerne bei sich haben, auch wenn er nicht zu Hause sein konnte, weil er wieder einmal wegen Ehrbeleidigung vor Gericht erscheinen oder sich im Reichsrat in quälend langen Sitzungen mit stumpfen Strebern und Spatzenhirnen streiten musste. Und so war es geschehen, dass auch er sein eigenes Porträt für den heimischen Salon bekommen hatte. Beim Modellstehen für das Bildnis hatte er wenigstens gelernt, über einen längeren Zeitraum hinweg stillzuhalten, das kam ihm nun in dieser misslichen Chaiselongue-Situation zugute.

Er betrachtete sich. Hatte er eigentlich noch irgendwas gemein mit diesem stattlichen Herrn auf dem Gemälde? War das wirklich einmal er gewesen? Der entschlossene

Blick, das dunkle, volle Haar, der Frack mit den lächerlichen Abzeichen? Er fuhr sich ans Kinn. Auch dieses Goderl hatte er damals noch nicht gehabt. Oder war der Maler bloß höflich gewesen? Proportional zum Volumen seines Kinns hatte er jedenfalls irgendwann damit begonnen, sich umso liebevoller um seinen Bart zu kümmern, quasi als Ablenkungsmanöver. Seiner Frau war das natürlich sofort aufgefallen. »Typisch Löwe«, hatte sie gesagt, »eitel bis dort hinaus.« Und dann hatte sie ihm erklärt, dass es das Wichtigste für sein Sternzeichen war, von anderen bewundert zu werden. Und dass seine übermäßige Bescheidenheit, die er gerne an den Tag legte, in Wahrheit auch nur eine Form von Eitelkeit wäre. Er hatte ihr da stets heftig widersprochen, aber es hatte an ihm genagt. War er eitel? Hatte er es genossen, im Mittelpunkt zu stehen, mehr, als er es sich eingestehen wollte? Nachdenklich strich er sich über seinen Bart. Dünn und struppig hing der gerade demotiviert in seinem Gesicht herum. Eine sehr müde Version dessen, was früher einmal sein ganzer Stolz gewesen war. Ja, seinen Schnauzbart hatte er immer gemocht. Ihn zu zwirbeln beim Nachdenken, das hatte so angenehm beruhigend auf ihn gewirkt. Je aufgewühlter er innerlich war, desto mehr wurde gezwirbelt, zumindest so lange, bis seine Frau ihm sanft die Hand aus dem Gesicht gezogen und ihn mit einem Kuss abgelenkt hatte. Jetzt wuchsen ihm dafür die Haare aus der Nase.

Er starrte weiter auf sein Bildnis. Auch sein Blick hatte sich über die Jahre verändert. Etwas richtig Melancholisches hatte der bekommen. Ihm wäre das zuerst gar nicht aufgefallen, aber seine Frau war irgendwann dazu übergegangen, ihn zärtlich »mein Bernhardiner« zu nennen, weil sie seinen Blick so treuherzig fand. Treuherzig. Er seufzte. Nur sie hatte ihn so sehen können. Für die Welt war er halsstarrig, reizbar, überambitioniert, verbittert und zynisch. Für seine Frau treuherzig und, ja, liebenswert. Mit ihr war vermutlich der letzte Mensch gegangen, der an seinem Wesen noch etwas Einnehmendes hatte erkennen können, nicht einmal bei seiner eigenen Tochter war er sich da noch sicher, sie hatte eine gute Partie gemacht und war schon lange ausgezogen. Und der gierige Pöbel da draußen, der wollte sich nicht nur seine Immobilie erschleichen, der wollte ihm auch all die schönen Erinnerungen nehmen, die diesem Hause noch innewohnten. Alles, was die Spuren seiner Frau und ihres gemeinsamen Lebens noch trug, hinausschleppen und verhökern oder, schlimmer noch, sich in ihre eigenen jämmerlichen Salons stellen und damit protzen. Die Wut auf seine Delogierer meldete sich mit voller Kraft zurück. Nein, alleine schon für das Andenken an seine Frau musste er den Schatz finden und sein Anwesen retten. Seine Sachen, die waren ihm egal. Aber ihre Dinge, niemals. »Verlierst du uns, verlierst du sie«, raunten sie ihm aus allen Ecken zu. »Wir sind die einzige Verbindung, die es noch gibt zwischen euch.«

Er versuchte so leise und behutsam wie möglich aufzustehen, unbemerkt von dem Kerl vor der Tür. Es war an der Zeit, seinen alten Tornister aus Kriegstagen zu suchen, ihn mit dem Nötigsten zu füllen und sich auf den Weg zum Schatz zu machen. Verschwörerisch zwinkerte er dem Gemälde seiner Frau zum Abschied noch einmal zu und beschloss, dass es das Erste wäre, was er ändern lassen würde, wenn er die Barschaften des Schatzes erst einmal in Händen hielt, nämlich ihrem Porträt einen passenderen Rahmen zu geben und ihren Diwan wieder in das Wohnzimmer zu rücken. Die Chaiselongue würde er dem Pöbel als Präsent vor die Türe stellen, sollten sie die doch delogieren.

Montag, Gegenwart.

Im Laufschritt verließ Josef Schöffel das Gemeindeamt in Richtung seiner Oma. Endlich hatte er unter dem Mittagspausenvorwand weggehen können, und nun musste er versuchen, die Sache irgendwie zu kitten. Ihm war übel. Er hatte Angst. Er war vernichtet. Vernichtet und geliefert. Konnte er nicht eigentlich auch genauso gut gar nicht mehr hingehen? War er nicht ohnehin gestorben für die Alte? Er spürte, wie bei dem Gedanken, nie wieder zu ihr zu müssen, eine sanfte Erleichterung anklopfte. Schnell schob er ihn zur Seite. Nein! Er war schuldig. Und sein Gewissen sagte ihm ganz genau, was zu tun war. Sofort hinzugehen nämlich! Dann um Entschuldigung zu winseln und zu hoffen, dass sie ihm irgendwann, eines schönen Tages verzeihen würde. Vergeben, nein. Vergessen noch weniger. Aber zumindest so weit verzeihen, dass dieses unangenehme Gefühl, das an ihm nagte, und alles andere, was ihn ausmachte, erbarmungslos überschattete, wieder verstummte. Damit er sich wieder auf irgendetwas anderes außer auf diese Schuld und eine diffuse Angst vor Bestrafung konzentrieren konnte in seinem Leben. Er wollte die Oma sofort sehen, um zu wissen, wie schlimm es wirklich um ihn stand. Zwischen ihm und der Großmutter musste einfach immer alles gut sein, dann konnte er auch in seinem restlichen Leben funktionieren, das war seit seiner Kindheit so. Er hetzte weiter. Alles kitten, und zwar schnell, diesen Fauxpas irgendwie aus der Welt schaffen, die Harmonie wiederherstellen. Bloß wie? In Gedanken ging er seine Möglichkeiten durch. Am besten wäre es, irgendeine Ausrede zu finden. Was er brauchte, das war ein wasserdichtes Alibi. Etwas Plausibles. Er könnte beispielsweise einen Unfall vortäuschen. Irgendetwas Schlimmes, das ihn davon abgehalten hatte, anzurufen und abzusagen, fingieren. Nur ein kleiner Stolperer oder Verknackser würde da nicht reichen, eine plötzliche Unpässlichkeit schon gar nicht. Das waren alles keine ECHTEN Gründe, um den Sonntagsbesuch zu verpassen, für die Alte waren das höchstens lahme Ausreden. Er kannte ihre Beschwerden über »die Bedienerin«, die sich erdreistete, bei Fieber nicht bei ihr anzutanzen und zu putzen, sondern stattdessen faul im Bett herumlag und eine Vertretung schickte. Bei der Großmutter standen immer alle unter Simulationsgeneralverdacht, so lange, bis das Gegenteil stichhaltig erwiesen war, und selbst dann blieb ein Restzweifel vorhanden. Er bewunderte die liebe Svetlana sehr dafür, dass sie zu Hause blieb, wenn sie krank war, er könnte das nicht. Einfach so anrufen und absagen, ein geradezu irrwitziger Gedanke. Er überlegte weiter. Ja, es müsste schon ein schwerer Unfall sein, mindestens. Etwas mit Koma oder Milzentfernung oder abgetrennten Gliedmaßen. Etwas, das es zumindest in den Lokalteil der Zeitungen geschafft hätte. Aber so etwas jetzt noch nachträglich zu inszenieren? Schwierig. Er kannte zwar den zuständigen Redakteur bei der Bezirkszeitung, aber den musste er wegen des Winner-Woods-Projekts bei Laune halten, den konnte er wegen so einer Geschichte nicht auch noch anhauen. Außerdem hatte er ja gar nicht genug Zeit, etwas Glaubwürdiges auf die Beine zu stellen, nein, er hatte doch überhaupt keine Zeit! Ihm schossen vor lauter Angst und Wut und überhaupt allem die Tränen in die Augen. Was konnte er der Alten bloß auftischen? Die Protestcampler vielleicht? Ja, das wäre eine Möglichkeit! Die könnten ihn gekidnappt haben. Oder in ihrem Zelt eingesperrt. An einen Baum gekettet oder noch besser: Sie hatten ihn festgeklebt und dann einbetoniert! Er schnaufte und wischte sich die Tränen aus dem Gesicht, aber es kamen immer noch neue nach. Lächerlich! Total lächerlich war das alles!

Ihm fiel einfach nichts Gutes ein! Nichts! Es war alles nicht plausibel, völlig unglaubwürdig sogar!

Geplagt von argem Seitenstechen wegen seines ungewohnten Gerennes und der verängstigten Schnappatmung quälte er sich weiter durch die Gassen. Wieso hatte er sich kein Taxi genommen? Dauernd fuhr er öffentlich und hetzte durch die Gegend, aber ein Taxi zu nehmen, auf die Idee kam er gar nicht. Taxi fahren, das war irgendwie etwas für die anderen. Für die Smalltalker, die keine Angst davor hatten, sich mit dem Chauffeur zu unterhalten und blitzschnell auszurechnen, wie viel zehn Prozent Trinkgeld noch mal waren, während sie nonchalant die Geldscheine reichten. Lieber zu Fuß gehen und stundenlang auf die Öffis warten, als sich dieser Situation auszusetzen. Fahrradfahren wäre vielleicht eine Lösung. Er hielt sich die schmerzende Seite und hastete weiter. Aber zum Radfahren brauchte man ja ein Fahrrad, und um ein Rad zu erstehen, musste man in ein Geschäft gehen oder schlimmer noch: jemand Wildfremden von *Willhaben* treffen und ein Verkaufsgespräch führen, und das stand definitiv nicht dafür. Deshalb: zu Fuß gehen. Da hatte man wenigstens seine Ruhe. Was machte man eigentlich noch mal schnell bei Seitenstechen? Ach ja, genau, Tempo verringern und tief durchatmen. Leider gerade keine Option für ihn. Er ruderte, schnaufte, hechtete lieber ungelenk weiter, fast hätte er den alten Postboten, den er seit seiner Kindheit kannte, umgerannt, als der gerade pfeifend das Nachbarhaus der Großmutter verließ.

Da war er also. Er blickte auf die Uhr. Nur ungefähr vierundzwanzig Stunden und dreiundzwanzig Minuten zu spät. Eine Lappalie. Gebannt blickte er auf die Oma'sche Hausfassade. Eine bleierne Schwere hatte sich plötzlich über ihn gelegt. Er betrachtete eingehend den großmütterlichen Vorgarten. Dann bewunderte er die Architektur der umstehenden Häuser, als sähe er sie zum ersten Mal. Beobachtete zwei Feuerwanzen beim Kämpfen oder bei der Vermehrung, so genau wusste man das bei denen ja nie. Er dachte daran, wie er früher oft gemeinsam mit der Oma spazieren gegangen war, als sie es noch aus ihrer Wohnung und die Stiegen hinunter geschafft hatte.

Über die Jahre war sie auf diesen Runden immer langsamer geworden, am Ende im Zeitlupentempo dahingeschlichen. An jeder Ecke hatte sie angehalten und vorgegeben, irgendetwas genauer betrachten zu wollen, eine Blume, eine groteske Person oder eben eine Feuerwanze. Zu Beginn hatte er gedacht, sie würde vielleicht stehen bleiben, um ihm etwas Bedeutungsvolles zu sagen und durch das Innehalten versuchen, seine volle Aufmerksamkeit zu bekommen. Aber nein. Sie hatte nur versucht, unauffällig nach Luft zu schnappen, sich kurz auszuruhen. Wieso konnte sie nicht einfach sagen, dass sie eine kleine Pause brauchte? Er hatte es nicht verstanden. Lieber hatte sie so getan, als würde sie sich für einen Kanaldeckel interessieren, als das kleinste Anzeichen einer Schwäche zu zeigen oder es gar einzugestehen. Am Ende ihrer Stop-Motion-Spazierrunden waren sie dann immer in die nächstgelegene Konditorei gegangen. Die Oma hatte für sie beide Kaffee mit Schlagobers bestellt und eine Mehlspeise dazu, und er hatte lustlos gegessen und getrunken, ohne etwas zu schmecken. Eine lächerliche Portion von einem Kuchen war das gewesen, die in ihm nur eine unstillbare Sehnsucht getriggert hatte, eine Sehnsucht danach, was er später, wenn er endlich alleine wäre und Ruhe vor der Alten hätte, alles verschlingen würde, um sich zu trösten. Welcher Trottel begnügte sich schon mit einem gesitteten Stück Kuchen, wenn er auch die ganze Torte haben konnte? Nur so langweilige, überkorrekte Maßhalter wie seine Oma. Zwischen den Versicherungen, wie gut ihm alles schmeckte, nickte er stets höflich und lächelte gequält zu ihren Ausführungen und Ansichten, die sie unbekümmert mit dem ganzen Lokal teilte, weil sie so laut sprach. Und die sie entstellten, als das, was sie war: eine ungerechte, gemeine Person. Er rührte dazu im Takt mit dem Löffel im Kaffee, vertieft in detaillierte Vorstellungen einer genussvollen, hochkalorischen Food-Coma-Selbstzerstörung, die nicht mehr allzu weit entfernt war.

Er atmete tief ein. Das Seitenstechen hatte aufgehört. Es half nichts, seinen Besuch noch weiter hinauszuzögern. Mittlerweile hatte er seine Verspätung auf solide vierundzwanzig Stunden und dreißig Minuten ausgebaut. Eine runde Sache also. Er würde da jetzt hineingehen und Abbitte leisten. Am besten, man machte es wie bei einem Pflaster. Einfach abreißen. Kurz und schmerzhaft alles über sich ergehen lassen.

Ihm war schlecht.

Er drückte auf die Klingel, um sich anzukündigen, sperrte aber gleichzeitig schon die Haustür auf und hastete ins Stiegenhaus. Zu warten, bis die Alte mit ihrem Rollator bei der Wohnungstür angelangt war, um den Summer zu betätigen, hielt er heute nicht aus. Seine Nervosität war mit einem Schlag zurück. Er musste zu Kreuze kriechen und sich entschuldigen. Jede Sekunde, die er dafür früher eintraf, war eine gute Sekunde. War eine Sekunde, die er nicht noch später kam. Er nahm gleich zwei Stiegen auf einmal, um die Vorgartenbetrachtungsverzögerung wieder aufzuholen. Fast wäre er dabei gestolpert. Er fühlte sich elend. Er hatte Angst, und gleichzeitig verachtete er sich für diese irrationale Furcht, die ihm die Alte seit seiner Kindheit einflößte. Jeden Sonntag, bevor er zu ihr kam, nahm er sich vor, ihr dieses Mal anders entgegenzutreten. Erwachsen, gereift. Selbstsicher. Souverän. Cool und gewitzt wie Peter Wright.

Aber nach maximal zwanzig Sekunden in ihrer Gegenwart fiel dieser Vorsatz sofort wieder wie ein Kartenhaus in sich zusammen und er wurde zu einem ängstlichen Kind. In ihrem Beisein hörte er auf magische Weise auf, sich selbst zu gehören. In dem Moment, in dem er ihre Wohnung betrat, ging er in ihr persönliches Eigentum über und wurde zu einem exakt auf ihre Bedürfnisse kalibrierten Enkelautomaten. Er kannte wirklich niemanden, der dermaßen unter der Fuchtel seiner Großmutter stand wie er. Selbst in der Arbeit machten sie sich schon lustig über ihn, weil er wegen der Alten nie Zeit hatte, zu den Matches des örtlichen Fußballvereines zu kommen, wie es sich gehörte für einen wie ihn. Einen, der hier noch etwas werden wollte im Ort. Weil er immer zeitgleich zum gemeinschaftlichen Socialisen am Fußballplatz und beim Wirten bei der Großmutter saß und ein Galamenü von *Essen auf Rädern* fraß.

Die anderen aus dem Ort, Leute wie der Steff, die verstanden das nicht. So ein Omabesuch zu den Festtagen in allen Ehren, aber jedes Wochenende? Sie kapierten nicht, dass er persönlich dafür verantwortlich war, die Großmutter glücklich zu machen. Er und nur er hatte diese Verpflichtung, durch sein bloßes Dasein, qua Geburt sozusagen. Er war der Alleinenkel. Und da war das ja wohl das Mindeste, was man von so einem verwöhnten Fratz wie ihm, so einem, der immer alles gehabt hatte im Gegensatz zu ihr, erwarten konnte. Sie vermittelte ihm das Gefühl, permanent etwas wiedergutmachen zu müssen, ohne so richtig zu wissen, was er eigentlich falsch gemacht hatte. Außerdem hatte er doch ohnehin nichts zu tun an einem Sonntag. Fad wäre ihm doch, so ganz ohne Frau und Kinder. Da war so ein Großmutterbesuch wirklich nicht zu viel verlangt, besonders weil seine Eltern, der letzte verbliebene Teil ihrer überschaubaren Familie, ja so weit weg waren, seit sie aus beruflichen Gründen fortgezogen und sich deswegen gar nicht mehr um die Oma kümmern konnten. So viel hatte die Oma zeitlebens für ihn getan, vor allem, als er noch ein kleiner Bub gewesen war, da konnte er jetzt auch einmal etwas zurückgeben. Er war doch wohl nicht eines von diesen egoistischen Einzelkindern, die immer nur an sich selber dachten? So war er doch nicht, oder? So hatte man ihn nicht erzogen. Nein, natürlich nicht.

»Hallo Oma!« Josef Schöffel schob die Tür vorsichtig auf und betrat die überheizte Wohnung.

Er beeilte sich, die Straßenschuhe auszuziehen, denn obwohl sie ihn aus dem Kabinett, in dem sie thronte, gar nicht sehen konnte, wusste die Alte doch immer, dass er die Schuhe noch anhatte, obgleich er schon auf ihrem teuren Teppich stand. Manchmal, wenn sie ihn vom anderen Zimmer aus fragte, ob er eh nicht vergessen hatte, sofort die dreckigen Schuhe auszuziehen, rief er laut »Ja!« Und putzte sie dann extra fest am eleganten Vorzimmerteppich ab. Dabei durchströmte ihn ein triumphales Gefühl der Genugtuung, und sein gezwungenes Lächeln, das er bereits für den Besuch aufgesetzt hatte, fühlte sich gleich ein wenig authentischer an.

Heute aber tapste er nur kleinlaut auf seinen löchrigen Socken durch das dunkle Vorzimmer und winkte ungelenk, als er ihr Zimmer betrat. Schmallippig saß die Alte auf ihrem wuchtigen Lieblingssessel von *Thonet* und starrte geradeaus. Sie hatte sich nicht einmal die Mühe gemacht aufzustehen und nachzusehen, wer da an der Türe geläutet hatte. Natürlich wusste sie, dass nur er es sein konnte, der hier angekrochen kam.

»Hallo Oma!« Josef Schöffel versuchte es mit einem unverbindlichen Lächeln. Er musste herausfinden, wie schlecht die Stimmungswetterlage war.

Schmallippiges Schweigen.

»Oma?«

Gerade als er in einen Entschuldigungssermon ausbrechen wollte, um die Stille zu füllen, merkte er, dass die Alte etwas vor sich hin murmelte.

»Wie bitte, Oma?«

Die Alte wiederholte ihr Gemurmel mit säuerlichem Gesichtsausdruck.

»Oma? Was hast du gesagt?«

Er ging ein paar Schritte näher an sie heran.

»Dass der Hallo schon gestorben ist, DAS hab ich gesagt!«, zischte sie jetzt. »Sitzt du auf deinen Ohren?«

Josef Schöffel sank der Mut, aber er lächelte tapfer weiter und probierte es noch einmal: »Ja, na ja, haha, na dann, also, servus Oma, grüß dich!« Er wollte ihr die Hand reichen, überlegte es sich im letzten Moment aber doch noch einmal anders.

Sie starrte ihn an wie ein Insekt, ähnlich wie der Steff vorhin. Josef lächelte so angestrengt, dass es wehtat. Die dramatische Pause dauerte an. Vor lauter Schweigepanik wollte er gleich noch einmal zu seiner Entschuldigung ansetzen. Er hielt diese Stille nicht aus. Hatte er noch nie. Deswegen redete er sich immer um Kopf und Kragen. Sie dagegen hielt ihr Schweigen normalerweise wochenlang durch.

»Ja, also Oma, wegen gestern, ich kann's dir erklären«, plärrte er los, in normaler Gesprächslautstärke mit der Alten zu reden, war schon seit Jahren nicht mehr möglich.

Natürlich hatte Josef Schöffel als vorbildlicher Enkel, der er war, dafür gesorgt, dass ihr die modernsten Hörgeräte angepasst worden waren, doch die Großmutter hatte sie kein einziges Mal getragen. Sie brauche doch kein

Hörgerät, hatte sie entrüstet und mit erhobenem Zeigefinger deutlich gemacht. Nur aus Höflichkeit dem armen Hörgeräteakustiker gegenüber habe sie so getan als ob, damit der gute Mann, wenn er sich schon auf den Weg zu ihr gemacht hatte, auch etwas verdiene. Auf das Argument, dass dieser vom Fach wäre und ihr auch eine gewisse hochgradige Taubheit attestiert hätte, war sie nicht eingegangen. Sie hatte es praktischerweise schlichtweg überhört.

Josef Schöffel saß bei seinen stundenlangen sonntäglichen Besuchen also zunehmend entkräftet und leer geschrien neben ihr, an den darauffolgenden Tagen im Büro hatte er dann selten eine Stimme und der Hals tat ihm weh. Eine Zeit lang hatte er wirklich alles probiert. Er hatte sie höflich gebeten, ihr geschmeichelt und sie schließlich angefleht, die Hörgeräte einzusetzen, damit er nicht so brüllen musste, aber sie war taub für seine Argumente. Sie würde sie nicht verwenden, da sie sie nicht benötigte. Aber er könne sie sich gerne nehmen, wenn sie ihm so wichtig wären.

Kurz hatte er gehofft, dass ihr geliebtes Theater vielleicht dabei helfen würde, dass sie doch noch ihre Hörapparate einsetzte, klagte sie bei ihren gemeinsamen Besuchen der diversen Häuser – man hatte früher mehrere gemeinsame Abonnements gehabt, als sie noch das Haus verlassen konnte – doch unablässig darüber, nichts mehr zu verstehen. Aber das lag selbstverständlich an der mangelhaften Qualität der Schauspieler und des Dargebrachten und daran, dass die Burg nicht mehr die Burg und Fred Liewehr schon lange tot war. Ohnehin schlief sie, sobald im Saal das Licht ausging und der Vorhang sich zur Vorstellung öffnete, immer öfter ein und erwachte erst zum Schlussapplaus, und da brauchte man nun wirklich nichts zu hören, da hatte sie schon recht.

Irgendwann hatte Josef kapituliert. Sie würde sich die Blöße, ein Hörgerät zu verwenden, niemals geben. Schwächen dieser Art waren etwas für die anderen, für die Faulen, für die, die eben nicht genug auf ihre Ohren geachtet hatten in ihrem Leben. Nicht so wie sie. Außerdem war so ein Gerät unästhetisch und störte ihr äußeres Erscheinungsbild. Und das äußere Erscheinungsbild, das hatte sie Josef seit seiner Kindheit eingetrichtert, das war das Allerwichtigste.

Die Oma wedelte unwillig mit der Hand: »Verschon mich mit deinen Ausreden!« Schon war ihr Mund wieder zu einem ganz dünnen Strich zusammengepresst.

»Aber Oma, ich möcht dir gerne erklären, was passiert ist!«

»Nun«, sie musterte ihn eingehend, »tot bist du ja offensichtlich nicht.«

»Nein, also Oma ...«

»Das freut mich für dich.«

»Bitte?«

»Na, dass du dich einer so guten Gesundheit erfreust!«

»Ja, danke Oma, sehr lieb von dir«, brüllte er in ihre Richtung.

»Für mich bist du trotzdem gestorben.«

»Aber geh, Oma ...«

Sie zeigte mit dem ausgestreckten Finger auf ihn: »Hier bei mir herumsitzen, meinen Kaffee trinken und mein Geld einstecken, das kannst du sehr gut, aber einen kurzen Anruf, eine kleine Mitteilung, dass du mich nicht zu besuchen gedenkst, darauf wärst du nicht gekommen, gell?«

»Oma, deswegen bin ich ja ... es tut mir sehr ... es war eine Verkettung! Eine Verkettung!« Er schwitzte. Also mehr als sonst in ihrer überheizten Bude.

»Sorgen hab ich mir gemacht! Fast gestorben wär ich vor lauter Angst!«

»Ja aber Oma, du hättest mich ja auch kurz anrufen …«

»Nein wirklich, ich bin so zornig auf dich, so ekelhaft bist du immer zu mir!«

»Aber Oma, so lass mich doch erklären!«

»Nein, wir beide, wir sind ab heute geschiedene Leut!«

»Aber Oma!«

Sie schüttelte energisch den Kopf. »Eigentlich kannst du gleich wieder gehen, ich mag dich nimmer sehen!«

Er seufzte tief. Die übliche Verzweiflung machte sich in ihm breit. Ein Gefühl der Ohnmacht begann genüsslich vor sich hin zu brodeln, und tief in ihm drinnen plärrte eine Kinderstimme: »Bitte sind wir wieder gut! Bitte, bitte sind wir wieder gut! Bitte lass uns wieder gut sein!« Er sah sich selbst, klein und ängstlich hinter der Oma her rennen, sich an ihrem kratzigen Rock festkrallen und weinen, während die Alte entrüstet aus der Wohnung stürmt und droht, ihn für immer alleine zurückzulassen.

Was jetzt kam, war das übliche Ritual. Selbstverständlich war ihr »Geh weg, ich mag dich nimmer sehen« in Wahrheit eine Aufforderung an ihn, sein ausgedehntes Entschuldigungsritual zu beginnen. Dazu saß er meistens zu ihren Füßen und bettelte sie an, wieder lieb zu sein, er betete das Mantra seiner Kindheit: »Entschuldige, entschuldige, bitte, bitte sind wir wieder gut!«

Die Alte starrte dazu auf ihn hinunter, bis sie irgendwann ein angewidertes »Steh auf!« hören ließ.

»Es tut mir leid.« Er wimmerte ein wenig und schüttelte den Kopf.

»Steh auf, hab ich gesagt.«

Mühsam erhob sich Josef von ihrem Lieblingsperserteppich, von dessen Kauf sie in einer beliebten Schnurre ihren Gäste gerne erzählte, und wartete.

»Na komm«, meinte sie schließlich nach langem Schweigen. »Mach uns halt das Essen warm, damit du wenigstens zu irgendetwas nützlich bist, nicht wahr. Bist sicher hungrig nach der Arbeit heute.«

Josef nickte und schlich in die Küche, wo die Plastikschalen von *Essen auf Rädern* schon von der Heimhelferin auf dem Küchentisch bereitgestellt worden waren. Erbsencremesuppe, Faschierter Braten mit Kartoffelpüree, Biskuitschnitte.

Er stach mit der Gabel in die Plastikdeckel und beobachtete dann die Suppe, wie sie sich in der Mikrowelle drehte. Zwei Minuten Auszeit.

Das Essen aufzuwärmen fühlte sich jede Woche wie ein erholsamer Kurzurlaub für ihn an.

Für das Hauptgericht gab es dann noch einmal vier Minuten fünfzig obendrauf. Er war sehr dankbar, dass es heute Faschierten Braten gab. Denn der Milchrahmstrudel beispielsweise, der durfte nur drei Minuten dreißig in die Mikro. Und die Alte bemerkte es immer, wenn man in der Küche herumtrödelte und so tat, als hätte man noch etwas Wichtiges zu tun. Sofort ließ sie sich dann die dort verstaute Keksschachtel bringen, um akribisch den Inhalt abzuzählen, ob man nicht heimlich genascht hätte, anstatt sofort zu ihr zurückzukehren. Alt und langsam, wie sie war, kam sie selbst kaum noch in die Küche, um alles im Blick zu haben, und vermutete deswegen allerhand Geheimniskrämereien und Intrigen hinter ihrem Rücken.

Ohne Verzögerungen servierte er ihr also das Essen auf ihrem Lieblingsteller aus *Augarten*-Porzellan, um sie wieder ein wenig gnädig zu stimmen. Er selbst aß seine Hälfte der Ration direkt aus der Plastikschale. Einem Patscherl wie ihm traute sie nicht zu, von ihrem teuren Geschirr zu essen, das hatte sich seit seiner Kindheit nicht verändert. Zu langwierig und teuer war die Anschaffung dieses Services gewesen, als dass sie es jetzt dieser unnötigen Gefahr aussetzen würde. Schweigend saßen sie vor ihrem dampfenden Braten, und er würgte wie jede Woche tapfer Bissen für Bissen des letscherten Essens hinunter.

»Das ist mir doch viel zu viel alleine«, hatte die Oma nämlich eines Tages theatralisch zu seufzen begonnen und bestimmt, dass Josef ab nun schon Sonntag zu Mittag anwesend zu sein hätte und nicht erst am Nachmittag zu Kaffee und Kuchen, wie früher. Seitdem teilten sie Woche für Woche das Menu surprise, das die weißen Plastikschalen enthielten, manchmal las Josef erstaunt das Kleingedruckte, um herauszufinden, was genau er sich da eigentlich gerade einverleibt hatte.

Das in Zellophanfolie eingeschweißte Stück Kuchen, das als Nachspeise beigefügt war, aß die Alte dann aber trotzdem jedes Mal allein auf, ohne mit ihm zu teilen. Sie achtete auf seine Linie.

Er wusste, dass sie sich für ihn genierte. Früher, als sie noch gemeinsam draußen unterwegs gewesen waren, da hatte sie immer auf die etwas stärkeren Leute gezeigt und gesagt: »Da, schau dir die an, Josef! Wie kann man sich nur so gehen lassen!« Und er hatte jedes Mal kaum gewusst, wo er hinschauen sollte, vor lauter Fremdscham für die Oma.

Er warf einen verstohlenen Blick zur Wanduhr, den sie natürlich bemerkte. Verdammt. Einen Tag verspätet hier sein und dann noch beim heimlichen Auf-die-Uhr-Schauen erwischt werden, wie ungeschickt konnte man sich eigentlich anstellen? Er versuchte, unschuldig weiterzukauen. Fünfunddreißig Minuten. Er war erst seit fünfunddreißig Minuten hier! Das war nichts! Rein gar nichts! Nicht einmal ein Viertel seines Besuchspensums hatte er geschafft und er fühlte sich schon so, als ob er seit mehreren Stunden hier wäre.

»Ist schon recht.«

»Hm, Oma?«

»Schau nur auf die Uhr. Bald schon, wenn ich nicht mehr bin, da wirst du dir noch wünschen, dass du die Zeit mit mir mehr genossen hättest.«

Er seufzte tief. »Aber natürlich genieße ich die Zeit mit dir, wir haben's doch immer so schön gemütlich zusammen!« Seine Stimme hatte etwas unangenehm Schrilles bekommen, er verabscheute sich in dieser Tonlage.

»Das fällt dir aber reichlich spät ein.«

»Oma, es tut mir leid. Ich war wirklich verhindert. Es war wegen der Baustelle.«

»Dein Bauprojekt, wo nichts weitergeht? Davon erzählst du mir jetzt auch schon seit Jahren.«

»Ja, aber, Oma, so was muss man planen, das weißt du doch. So etwas steht nicht von heute auf morgen, das ist ein Prozess, das braucht viel Vorlaufzeit. Das wird was richtig Großes!«

»Ich weiß nur, dass ich dich zu einem echten Schöffel erzogen habe. Einem Macher, keinem Zauderer und Träumer!«

»Ja, das ist es ja gerade! Der Schöffel, der ist schuld, dass ich nicht da war gestern, der hat mich abgelenkt!«

»Der SCHÖFFEL hat dich abgelenkt?«

»Ja!« Schau an, jetzt brüllte es sich fast von alleine, vor lauter Verzweiflung. Da musste er sich gar nicht mehr bemühen um eine laute Stimme. »So ein Querulant auf der Baustelle, der aussieht wie der Wienerwald-Schöffel!« Er stammelte weiter: »Ja, also der Joseph Schöffel persönlich quasi, nur eben ein Klimaaktivist! Und der ist schuld, dass ich nicht da war gestern!«

»Welcher Schöffel? Josef? Sprichst du jetzt schon in der dritten Person von dir oder was meinst du? Wie kann der Wienerwald-Schöffel daran schuld sein, dass du gestern nicht hier warst? Der ist doch schon dreimal tot! Du und ich, wir sind die letzten Schöffels hier in der Gegend, willst du mich für dumm verkaufen? Für so alt und verblödet hältst du mich also schon!« Die Alte war nun fast wieder so sauer wie zuvor. »Außerdem war gestern Sonntag. Da ist doch gar niemand auf deiner Baustelle.« Sie starrte ihn angewidert an. »Josef, ich schlage vor, du gehst jetzt wirklich, ich hab mich für heute schon genug geärgert über dich. Immer sind die anderen schuld bei dir, und so eine freche Ausrede habe ich überhaupt noch nie gehört! Du kannst ja bis Sonntag darüber nachdenken, wie du deine Großmutter behandelst. So dreist zu lügen, das habe ich dich bestimmt nicht gelehrt. Ich bin wirklich enttäuscht von dir. Ich mag dich heute nicht mehr sehen.« Dann hielt sie das Gemeindeblatt in die Höhe und deutete auf ein Foto vom Steff. »Kein Wunder, dass der Stefan Bürgermeister geworden ist und nicht du. Immer so zuvorkommend und lieb war der, schon als Kind die Höflichkeit in Person. Und fesch ...«

»Aber, Oma, so lass mich doch alles erklären, ich bitte dich, weil der Steff ...« Seine Stimme war wieder ganz schrill geworden. Er schaute sie flehend an, doch die Alte hatte den Kopf abgewandt und den Mund fest verschlossen. Da war nichts mehr zu ändern, sie würde ihn heute keines Blickes mehr würdigen. Normalerweise wäre sein innerer Jubel jetzt grenzenlos, wenn sie ihn vor Ablauf der sonntäglichen Besuchszeit wegschickte und meinte, er solle sich noch einen schönen Tag machen. Aber das galt für Situationen, in denen sie gut gelaunt war. Heute war das Wegschicken eine Bestrafung, denn sie wusste ganz genau, dass er sich vor lauter Angst vor ihrem Liebesentzug und ihrem Zorn die ganze Woche lang schlecht fühlen und panisch auf den nächsten Sonntag warten würde, die Gedanken nur darum kreisend, ob sie ihm jemals verzeihen würde.

Kleinlaut tapste er ins Vorzimmer und zog sich die Schuhe an, wobei er tunlichst versuchte, nicht auf ihren schönen Perserteppich zu treten. Gegenüber, an der Vorzimmerwand, hing ein Foto von ihm als ungefähr sechsjähriger Bub. Ernst blickte ihn der Kleine an. Er starrte zurück.

Früher, in seiner Kindheit, da war der Samstag sein Omatag gewesen. Dann hatte sie ihn gehütet, weil seine Eltern arbeiten mussten. »Ach, wenn wir die Oma nicht hätten«, hatte seine Mutter immer geseufzt, und die Oma hatte abgewunken und gleichzeitig auf so eine bestimmte Art gelächelt und gesagt, das mache sie doch gern. Eigentlich, erinnerte er sich, hat er die Tage mit der Oma als Kind sehr gemocht. Meistens unternahmen sie etwas gemeinsam, und wenn sie einkaufen waren, durfte er, was er bei seinen Eltern nie durfte: mindestens einmal für zehn Schilling lang auf dem Schaukeltier, das vor dem *Konsum* stand, reiten oder sich etwas zum Naschen aussuchen. Manchmal bekam er sogar noch ein Überraschungsei dazu geschenkt, und zwar dieses coole, bunte und große, aus Plastik, von dem seine Mutter sagte, es sei unpädagogisch und schlecht für die Umwelt. Und trotzdem war es auch damals schon irgendwie seltsam mit der Oma gewesen. Als ob sie ihn immer entweder ein wenig zu lieb oder zu wenig lieb haben würde. Weil manchmal, ohne dass er je so recht begriffen hatte, wann und warum, da war der Mund von der Oma urplötzlich zu einem ganz dünnen Strich geworden. Und die Oma auf so eine komische, unberechenbare Art böse auf ihn. Eine Art, die ihm nicht guttat. Dann hatte sie oft tagelang aufgehört, mit ihm zu reden, aber so, dass es kein anderer gemerkt hatte außer ihm. Er hatte sich dann ganz besonders bemüht, brav zu sein und ihr zu gefallen, aber trotzdem das Gefühl gehabt, es nie wirklich richtig machen zu können. Das Foto von ihm, das hier im Vorzimmer hing, war bei einem ihrer gemeinsamen Ausflüge entstanden, er konnte sich sogar noch daran erinnern, als die Alte es geknipst hatte. Sie waren an dem Tag wandern gewesen, zu einem ganz speziellen Ort, wie die Oma nicht müde geworden war zu betonen. Er erinnerte sich, wie er neben ihr her gestapft war, bemüht, mit ihrem Tempo Schritt zu halten. Es ging bergauf, das wusste er auch noch, auf einem Weg quer durch den Wald. Unterwegs hatte sie ihn mit ihrem Wanderstock immer wieder auf eine Pflanze oder einen Baum hingewiesen und gut gelaunt alte Geschichten und Sagen erzählt. Vom Teufel und wie man ihn am besten überlistete zum Beispiel. Aber auch, wie man es nicht machte, so wie der dumme Hans Puchsbaum. Irgendwann waren sie dann DA gewesen und er wusste noch, wie verwirrt er gewesen war. Denn normalerweise hatte er am Ende einer solchen Wanderung mit einem Spielplatz oder einer Aussichtswarte oder zumindest einem Obstbaum mit reifen Früchten zur Belohnung rechnen können. Aber an diesem Tag war da: nichts. Er hatte sich umgeschaut, ob ihm irgendetwas entgangen war, eine Schaukel im Wald oder ein Gehege mit Wildschweinen, aber alles, was er gesehen hatte, war ein verwitterter, mit Grünzeug überwachsener Stein gewesen, auf den die Oma leise schimpfend zugesteuert war. Er war gleich ganz nervös geworden, denn es war nicht gut, wenn sich die Oma so aufregen musste mitten im Wald. Denn möglicherweise war sie dann so aufgebracht, dass sie ihn einfach stehen ließ in ihrem Ärger, und dann wäre er ganz auf sich allein gestellt, auf so eine Hänsel-und-Gretel-Art. Nur dass er halt nicht umsichtig genug gewesen war, heimlich Steine auszustreuen, um wieder zurückzufinden. Er durfte in diesem Augenblick nichts falsch machen, Omas Laune stand auf der Kippe, er musste extra lieb zu ihr sein! Die gute Stimmung wiederherstellen! Aber wie? Nervös kaute er an seinen Nägeln, während die Oma in einem wütenden Furor damit begann, alle Pflanzen, die den vergilbten Stein überwucherten, ab- und auszureißen. Ob sie das durfte? Machte die Oma da nicht irgendetwas kaputt? Vielleicht gehörte das ja genau so überwachsen und begrünt? Oder sollte er ihr doch lieber helfen? Was war nur schlauer? Er wusste es nicht! Alles in seinem Leben lief immer auf diese eine Frage hinaus: Wie verhielt er sich bloß richtig, sodass niemand böse auf ihn war?

Als ihn die Oma in ihrem Zorn wieder bemerkt hatte, hatte sie ihm grob die Hand aus dem Mund gezogen und ihn angeherrscht, sich nützlich zu machen. Erleichtert über eine Handlungsanweisung, aber verängstigt durch die etwaigen drohenden Konsequenzen durch die Steinbesitzer, hatte er der Oma geholfen, die Pflanzen abzurupfen. Zu fragen, wozu sie das hier eigentlich alles machten, hatte er sich tunlichst gehütet. Irgendwann war unter den Überwucherungen dann eine Inschrift zum Vorschein gekommen und die Oma hatte darauf gedeutet.

»Lies doch einmal, was hier auf dem Denkmal steht«, hatte sie ihn aufgefordert. »Du bist ja schon ein großer Bub, das schaffst du sicher ganz alleine!«

Nervös hatte er auf die Buchstaben gestarrt. War das jetzt ein Lesetest? Hatte sie ihn deswegen hierhergebracht? Um zu schauen, ob er brav geübt hatte? Immerhin war er damals ja schon ein Vorschulkind gewesen. Er spürte noch die Erleichterung, als ihm ein Schriftzug tatsächlich bekannt vorgekommen war. Das war sein eigener Name, der dort stand!

»Gell, da staunst du!«, hatte die Oma zu ihm gesagt und ihm erklärt, dass der Stein ein Denkmal war, zu Ehren eines Mannes, der genauso geheißen hatte wie er. Und dann hatte sie mit einem ganz feierlichen Tonfall vorgelesen:

»*Zur bleibenden Erinnerung an Joseph Schöffel, dem mutigen und uneigennützigen Retter und Beschützer des Wie-*

nerwaldes, zu Ehren seines siegreichen Kampfes in der Sache des Rechtes und der Wahrheit während der Jahre 1870–1872. Zum Sporne und Beispiele für künftige Geschlechter. Gemeinschaftlich errichtet von den Dankverpflichteten Gemeinden des Wienerwaldes, Bürgern der Residenz und des Landes im Juni 1873.«

Die Oma hatte eine bedeutungsvolle Pause gemacht. »Verstehst du, was das heißt?«

Josef hatte einfach weiter auf die Inschrift gestarrt und überlegt, was jetzt besser wäre. Zuzugeben, dass er fast nichts verstanden hatte von dem, was sie da vorgelesen hatte, oder so zu tun, als ob er verstanden hätte und zu hoffen, dass sie ihm nicht dahinterkam? Nervös hatte er das Nägelkauen wieder aufgenommen und fieberhaft hin und her überlegt.

»Ein Schöffel kaut doch nicht auf den Nägeln!« Die Oma hatte ihm den Finger sofort wieder aus dem Mund gezogen, und er hatte seine Hände fest in die Hosentaschen gesteckt.

»Dieser Mann da, der so heißt wie du, der hat den gesamten Wald hier gerettet. Alles, was du siehst an Bäumen und Pflanzen und noch viel, viel mehr! Das hätte nämlich gerodet werden sollen. Verstehst du? Gefällt! Alle Bäume einfach weg! Und dieser Joseph Schöffel hat das unter Einsatz seines Lebens verhindert. Ein richtiger Held ist er gewesen.«

Der Josef hatte langsam genickt und seine Hände in der Hosentasche zu Fäusten geballt, damit sie ihm nicht wieder in den Mund rutschten.

»Und deswegen«, war die Oma fortgefahren, »bist du nach ihm benannt. Weil deine Eltern und ich ganz fest davon überzeugt sind, dass du, wenn du einmal groß bist, auch etwas mindestens genauso Wichtiges leisten wirst wie er.« Die Oma hatte geschnauft, weil sie sich warm geredet hatte, auf ihren üblichen Bluthochdruckpegel, wenn sie von Josefs vielversprechender Zukunft sprach.

»Solche Leute wie den Schöffel, die gibt's heutzutage nämlich gar nicht mehr, weißt du! Aus so einem Holz ist doch keiner mehr geschnitzt! So selbstlos und mutig! Der wär gestorben für diesen Wald, das sag ich dir! Regelrecht zum Abschuss haben sie ihn freigegeben, der Kaiser, alle, niemand hat ihn unterstützt! Aber er, er hat sich nicht beirren lassen! Unkorrumpierbar hat er gekämpft für diesen Wald, zum Wohl für uns alle! Was glaubst, sonst könnten wir hier nicht mehr wandern oder Brombeeren suchen gehen. Nichts als ödes Land gäb's hier. Und bei einem Gewitter, na, da wär erst was los! Ohne ein Hindernis würde das Wasser in den Ort da hinunterstürzen und alles überschwemmen!« Er wusste noch, wie sie ihn stolz angeschaut und ihm dann die Wange getätschelt hatte. »Jetzt bist du noch zu jung, ich weiß, aber bald schon wirst du erwachsen sein, und dann sollst du, was Mut und Beharrlichkeit betrifft, in die Fußstapfen von deinem berühmten Namensvetter treten! Vielleicht kannst du ihm zu Ehren hier ja einmal etwas bauen, eine Art Gedenkstätte, etwas Würdevolleres als dieses ungepflegte Denkmal, das würde deine Oma sehr freuen.« Sie hatte mit ihrem Wanderstab auf die Inschrift gezeigt und noch einmal laut vorgelesen: »*›Zum Sporne und Beispiele für künftige Geschlechter‹*. Das ›zukünftige Geschlecht‹, damit bist du gemeint, mein Lieber!« Sie hatte ihm ganz ernst in die Augen geschaut. »Werde deinem Namen immer gerecht, Josef, du bist ein Schöffel, vergiss das nie!«

Und dann hatte er sich zu dem Stein stellen müssen und die Oma hatte zur Erinnerung ein Foto von ihm gemacht. Sie hatte ihm über den Kopf gestrichen und gemeint, dass sie von nun an regelmäßig gemeinsam hierherkommen und sich ein wenig um das Denkmal kümmern würden, ob er sich denn schon darauf freue? Er hatte genickt und zur Belohnung hatte es eine heiße Schokolade mit Schlag und ein großes Stück Kuchen gegeben, weil er so brav gewesen war. Das Foto wurde, sobald es entwickelt war, eingerahmt und zu den anderen Bildern ins Vorzimmer gehängt.

Seufzend riss sich Josef vom Anblick seines jüngeren Ichs los und schlich zur Tür hinaus. Er hatte es vermasselt. Und keine Ahnung, wie er das alles im Laufe einer Woche wiedergutmachen sollte. Eigentlich gab es nur eine Möglichkeit, das Protestcamp musste so schnell wie möglich weg und dieses Bürogebäude asap errichtet werden. Er musste die Alte einfach nur endlich stolz auf sich machen, dann kam bestimmt wieder alles in Ordnung. Ja, das Winner-Woods-Projekt war seine Rettung.

Montag, 1910.

Entsetzlich, was man alles so ansammelt im Laufe eines Lebens, dachte Joseph Schöffel, während er auf der Suche nach seinem alten Tornister aus den Zeiten, als er noch Adjutant im Bataillon unter Baron Reitzenstein gewesen war, durch sein Haus schlich. Wenn er von den wenigen persönlichen Dingen seiner Frau einmal absah, dann waren seine restlichen Besitztümer hauptsächlich seelenloser Tand, dazu angetan, zu repräsentieren und eine gewisse gesellschaftliche Bedeutung zu suggerieren. Eine Urkunde hier, ein kostspieliges Präsent zu seinen Ehren da, es war ihm bislang gar nicht aufgefallen, dass er regelrecht in einem Museum der Memoiren an ruhmreichere Zeiten wohnte. Dabei war er doch zeitlebens gar nicht nachgekommen damit, alle Ehrungen und Würdigungen, die man ihm andauernd angetragen hatte, abzuwehren.

Er betrachtete einige von Mottenbefall gezeichnete Orden und Kokarden, die ihm gerade aus der Kommode entgegengefallen waren. Der da, der war für den Oberleutnant gewesen. Und der für den Etappenkommandanten, aber dieser da? Er konnte sich nicht mehr erinnern. Ein Glück, dass er nie auf den Vorschlag seines alten Gönners und Förderers Possinger eingegangen war, ihn als Polizeidirektor für Wien vorzuschlagen, das hätte ihm erst einen Haufen an würdevollem Mottenfraß beschert, frage nicht. Ohnehin hätte es ihm an der nötigen Schmiegsamkeit und Gefügigkeit für solcherart Amt gefehlt. Er hatte wie so oft höflich, aber sehr bestimmt refüsiert und es niemals bereut. Ohnehin gab es abgesehen von ihm genug andere geborene Esel, zu denen dieses Amt viel besser passte. Achtlos warf er die Stofffetzen wieder in die Kommode und kramte weiter.

Wo könnte man so einen Tornister noch verstauen? Er erinnerte sich einfach nicht, wo er ihn zuletzt gesehen hatte. Hier im Herrenzimmer war er jedenfalls nicht. Er schlich nach nebenan und ließ seinen Blick durch den geräumigen Salon schweifen. All dieses Zeug, das ihm hier die Sicht verstellte und im Weg herumstand! Die neugotischen Stühle, die Fauteuils, die Trumeaus, die Fenstervorhänge, die Draperien, die gewichsten, mit Orientteppich belegten Parketten! Alles war da, nur kein Tornister. Er betrachtete sein altes Gewehr, das verstaubt neben einem beachtlichen selbst geschossenen Geweih an der Wand hing. Ob er die Flinte mitnehmen sollte? Aber eigentlich war sie nur unnötiger Ballast. Die Zeiten, in denen er sein Leben mit einer Waffe in der Hand hatte verteidigen müssen, waren zum Glück vorbei. Beiseiteschaffen und verschwinden lassen, das wollten sie ihn zwar immer noch, wie man an seiner aktuellen Situation ja deutlich sehen konnte. Aber mittlerweile wurde immerhin ein wenig subtiler und weniger mörderisch vorgegangen als zu den Hochzeiten seines Kampfes gegen den Wienerwald-Verkauf.

Wenn er es nicht selbst erlebt hätte, er würde es nicht glauben, so absurd waren die Dinge, die damals in dieser Causa rund um ihn passiert waren. Als wäre es gestern gewesen, sah er beispielsweise immer noch den braven Forstwart Sladek plötzlich völlig aufgelöst in seinem Schlafzimmer stehen. Mitten in der Nacht – Wilhelmine und er waren bereits im Tiefschlaf gewesen – hatte das überrumpelte Hausmädchen den polternden Forstwart verängstigt ins Haus gelassen und ihn nicht davon abhalten können, in das herrschaftliche Schlafzimmer zu eilen, um dem gnädigen Herrn atemlos mitzuteilen, was ihm gerade zu Ohren gekommen war. Dass nämlich ein Kopfgeld auf ihn höchstpersönlich ausgesetzt worden war und unbekannte Kerle sich vorhin schon nach seiner, also des gnädigen Herrn Schöffels, Wohnadresse erkundigt hätten, die er, Forstwart Sladek, freilich nicht preisgegeben hätte! Gefolgt war ihm selbstverständlich auch niemand, aber es würde ihn nicht wundern, wenn der eine oder andere Mistkerl mit einem Meuchelmord an dem gnädigen Herrn Schöffel sein Glück zu machen versuchen würde! Auch davon, auf die Jagd zu gehen, hatte ihm Forstwart Sladek in seinem gehetzten Monolog dringend abgeraten! So gab es das Gerücht, dass, wenn ihn »versehentlich« ein Querschläger träfe, es nicht zum Schaden des Schützen sein sollte! Sladek hatte ihn mit großen Augen ängstlich angestarrt und war dann urplötzlich knallrot angelaufen. Vermutlich hatte der arme Kerl in seiner Aufregung erst in diesem Moment realisiert, dass er sich mitten im Schlafgemach des Herrn Schöffel und seiner Frau, die höchstselbst im Nachthemd vor ihm saß, befand. Wilhelmine war geistesgegenwärtig und nachsichtig wie immer mit einem Seufzer aus dem Bett geklettert, hatte sich einen Morgenmantel übergeworfen, das Hausmädchen zurück in ihre Kammer geschickt und dem verwirrten Tropf ein Bier und ein paar Würstel hergerichtet. Es war dann noch eine recht lustige Nacht geworden, Sladek hatte gar nicht mehr gehen wollen, so wohl hatte er sich bei ihnen gefühlt.

Ein rechter Irrsinn jedenfalls, was sein Engagement gegen die Abholzung und den Waldverkauf damals für absurde Blüten getragen hatte. Dass er da gar keine Angst um sein Leben gehabt hatte? Heute erschien ihm seine Nonchalance im Zusammenhang mit dieser Affäre fast ein wenig fahrlässig. Aber er war eben jünger gewesen und außerdem, nach vierzehn Jahren beim K.-u.-k.-Militär hatte er gefühlt ohnehin schon das Schlimmste in seinem Leben hinter sich gehabt, da waren ihm diese grotesken Drohungen wohl wie ein schlechter Scherz erschienen. War er eben nicht mehr jagen gegangen eine Zeit lang und insgeheim direkt ein wenig froh darüber gewesen, dass ihm diese oft unangenehmen gesellschaftlichen Zusammenkünfte mit noch unangenehmeren Zeitgenossen erspart geblieben waren. So hatte er mehr Zeit gehabt, seine wahren Freundschaften zu pflegen und etwas mit seiner Familie zu unternehmen. Die unzähligen Wildschweine, Rehe, Hirsche und Mufflons hatten es ihm bestimmt auch gedankt. Nur um die 50.000 Gulden Bestechungsgelder, die sie ihm angeboten hatten, um seine Berichterstattung rund um den Wienerwald-Skandal zu stoppen, war es ihm gerade im Moment ein wenig leid. Diese schöne Summe könnte er jetzt ganz wunderbar gebrauchen, um sich aus diesem angeblichen Bankrotteursschlamassel, dessen er hier bezichtigt wurde, herauszuziehen. Er schüttelte den Kopf.

50.000 Gulden, um ihm das Maul zu stopfen, damit der Wienerwald doch noch geschlägert und dann verkauft hätte werden können! Was hatten sie sich nur dabei gedacht, diese gewissenlosen Spekulanten? Dass er ernsthaft das Geld annehmen und die Sache, für die er jahrelang mit seinen Freunden und Verbündeten gekämpft hatte, einfach so verraten würde? Dass er so einer war? Oh sancta simplicitas! Lächerlich. Sogar mit dilettantisch gefälschten Dokumenten hatten sie ihm vor Gericht zu kommen versucht und wollten ihn damit desavouieren. Als ob er das nicht durchschaut und schon längst Gegenbeweise gesammelt gehabt hätte. Was für ein Schmierentheater. Am Ende war der Wald Wald geblieben, der Finanzminister hatte zurücktreten müssen und er war in den Reichsrat eingetreten und dann Bürgermeister geworden, so schnell konnte es gehen. Applaus und Vorhang.

Aber, wenn er jetzt so zurückdachte, eigentlich war es schon auch eine gute Zeit gewesen damals, auf eine gewisse Art. Es war schön gewesen, sich für etwas Sinnvolles einzusetzen, nach all den Jahren, die er beim Heer vergeudet gehabt hatte. Die vielen konspirativen Treffen mit seinen Freunden und Mitstreitern hatten ihm Freude bereitet, genauso wie das fieberhafte Arbeiten an den Enthüllungsartikeln für das *Neue Wiener Tagblatt*. Natürlich war sein enormes Engagement auch kräftezehrend und für seine Familie eine Belastung gewesen. Alleine die fünf Verfahren wegen Ehrenbeleidigung vor Gericht, die Leute hatten getuschelt, wo immer sie öffentlich vorübergeschritten waren! Ja, seine Familie hatte für das böse Maul ihres mit einem Mal berühmt gewordenen Familienmitgliedes mitbüßen müssen, und das hatte ihm sehr leidgetan.

Aber ein Blick in das schöne Bücherregal genügte, um sein schlechtes Gewissen wieder zu beruhigen. Befanden sich dort doch diese drei prägenden Jahre seines Lebens in Form von all seinen Kampf-um-den-Wienerwald-Publikationen aus jedweder Zeitung in Reih und Glied fein säuberlich nach Datum sortiert. Gesammelt und geordnet von seiner stolzen Wilhelmine, die stets hinter seinem Kampf gestanden und alle öffentlichen Schmähungen tapfer mitertragen hatte. Caritas omnia tolerat. Er trat näher zum Regal. Neben den Ausgaben des *Neuen Wiener Tagblatts* hatte Wilhelmine all jene Nummern des *Wanderer* geschlichtet, in denen er vor der Wienerwald-Kampagne mehrere Jahre lang feuilletonistische Artikel veröffentlicht hatte. Diese Geschichten, die unter dem Titel *Meine Sonntage* in unregelmäßigen Abständen erschienen waren, hatte seine Frau besonders gemocht. Er fing ein wenig zu blättern an und musste schnell ein paar Tränen wegblinzeln, weil er mit einem Mal ganz deutlich Wilhelmine vor Augen hatte, wie sie diesen Text zum ersten Mal gelesen und dabei laut aufgelacht hatte.

»Als ich am letzten Festtage rechtsab von dem ›Kaiserbrunnen‹ in der Steinrinne und zerstörten Holzriese des Saugraben hinanstieg, war ich einmal zur Abwechslung wilder Botaniker. Diese Felsenschlucht ist nämlich bei allen Pflanzenfexen renommirter Fundort. Nun habe ich die Botanik nicht wie Nestroys Knieriem die Astronomie, ›aus dem Büchel gelernt,‹ und ich habe mir das Wenige, was ich von der Pflanzenkunde weiß, auf empirischem Wege gesammelt. Das aber setzte seine nicht geringen Schwierigkeiten. Fragte ich einen Jungen, der mir bei meinen Gebirgswanderungen Pflanzen anbot, nach deren Namen, so wußte er gewöhnlich nicht besseren Bescheid, als daß er sie ›Bleaml‹ oder ›Buschen‹ schlechtweg taufte. Die im Dialekte gegebenen Auskünfte der Alten brachten mich auch nicht sofort auf die Strümpfe, und ich fand erst mühsam den Kausalnexus zwischen den Volks- und wissenschaftlichen Benennungen der Pflanzen. Ein Scholastiker des Mittelalters mochte sich nicht mehr über das Wesen der Dreieinigkeit abgemüht haben als ein moderner Botaniker, bis er schließlich ins Reine kommt, daß unter dem ›Schnalzal‹, der ›Teufelspeitschen‹ und dem ›Almliabl‹ die drei Variationen der Silene inflata, acaulis und alpestris

zu verstehen seien. Ganz zutreffend erscheint wohl Jedem die Bauerntaufe des betäubenden Lolch (Lolium temolentum) mit dem kurzangebundenen Namen: ›Unsinn‹ und ich empfehle ihn zugleich gehirnatrosischen Schriftstellern als Buchtitel für ihre gereimten und ungereimten Stylproben. Den Pflanzenfexen, die mit den Botanisierbüchsen als Seitengewehr die Berghöhen absteigen, wird eine bedenkliche Konkurrenz von den Wurzelgräbern bereitet, die weniger bescheiden auftreten, und mit einer wahren Berserkerwuth über die Kinder der Flora herfallen. Mit dem Stichmesser gehen sie den armen Pflanzen an das Leben und schleppen die Leichen in großen Buckelkörben ins Thal. Wo diese Vandalen aufgefallen, da wächst für die stillen Jünger der Wissenschaft sozusagen kein Gras mehr, und sie müssen nach ihnen die Rolle der Ruth übernehmen und kümmerliche Nachlese halten. In ganzen Wagenladungen wandert der sabinische Raub jener Wütheriche in die Apotheken und Brennereien, und werden daraus die Tränke und Elixiere gebraut und destillirt, welche die unheilbar Kranken angeblich wieder kerngesund machen sollen. Eine dunkle Sage spricht sogar davon, daß zu Zeiten, wenn der Hopfen einen hohen Preis hält, die Bierbrauer es nicht verschmähen, mit Enzian und Meisterwurz den Hopfenhändlern ein Paroli zu bieten und ein billigeres Surrogat in die Pfanne zu fälschen, das freilich den leichtsinnig vertrauensvollen Trinkern zu dem peinlichsten Kopfweh verhilft.«

Wilhelmine war immer seine erste Leserin gewesen. Gefiel ihr der Text, wusste er, dass er ihn dem jeweiligen Herausgeber zukommen lassen konnte, ansonsten hieß es so lange zu überarbeiten, bis sie zufrieden war. Vielleicht war es ja die Leichtigkeit der Kolumnen im Verhältnis zu seinem sonstigen strengen Wesen, die seiner Frau an den *Wanderer*-Texten so besonders gefallen hatte. Er wusste, dass er für sie mehr als ein gewöhnlicher Journalist gewesen war, ja, dass sie ihn für einen mindestens so guten Schriftsteller oder zumindest relevanten Chronisten seiner Zeit gehalten hatte wie seine hochgeschätzten Autorenfreunde. Er hatte das selbstverständlich immer lautstark und wortreich zurückgewiesen, aber insgeheim hatte er sich über dieses Kompliment sehr gefreut. Für Wilhelmine waren seine Texte nicht so zynisch und abgeschmackt gewesen wie die seiner Gefährten Kürnberger und Schlögl, die sich anno dazumal echter Beliebtheit bei einem breiten Lesepublikum erfreut hatten. Wilhelmine hatte gefallen, dass er sich für Dinge begeistern konnte, während Kürnberger und Schlögl für sie nur raunzten und sich beschwerten, dass früher alles besser gewesen wäre. »War es ja auch«, hatte er dann geantwortet, und schon waren sie mitten drinnen gewesen in einer lebhaften Diskussion über die Revolution 1848, über den Kaiser und über den Ausgleich im Jahr 67. Er hatte immer gestaunt über das politische Verständnis und die Informiertheit seiner Frau, und obwohl er ihre Meinungen oft nicht teilte, so hatte es ihm großes Vergnügen bereitet, sich mit ihr ein wenig zu zanken. Kürnberger und Schlögl jedenfalls waren für seine liebe Frau alte bärtige Männer gewesen, die es nicht hatten verkraften können, dass nichts mehr so war wie früher, als sie noch jung und schneidig gewesen waren. Die »Paradeisgartl-Hocker« hatte sie sie genannt, und wenn er dann ins Treffen geführt hatte, dass es vielleicht auch sinnvoll gewesen wäre, 1872 nicht nur den Wienerwald, sondern auch das Paradeisgartl zu retten, hatte sie das mit der Bemerkung abgetan, dass es dafür ja jetzt den Volksgarten und die Ringstraße gäbe und dass man der Modernisierung nicht immer im Weg stehen konnte, gerade nicht in einer Weltstadt wie Wien. Und dass man etwas Künstliches wie das Paradeisgartl ja wohl nicht mit dem Wienerwald vergleichen könnte. Er hatte ihr widerwillig ein kleines bisschen recht geben müssen.

Anstatt weiter nach dem Tornister zu suchen, war Joseph Schöffel in den nächstbesten Ohrensessel gesunken und dazu übergegangen, alle seine Sonntagskolumnen noch einmal zu lesen. Wie jung er gewesen war. Und wie sehr sich die Welt in der Zwischenzeit verändert hatte. *»Die Ostalpen waren nun das ›gelobte Land‹ für die Landschaftsmaler«* hatte er da zum Beispiel 1867 geschrieben. Ob das wohl heutzutage noch der Fall war, jetzt, wo alle so versessen auf diese neue Technik der Fotografie waren? *»Von halbem Juli bis tief in den September hinein sind alle Wege und Stege in den Ostalpen durch die fahrenden Fähnlein der ›Ritter von Pinsel und Pallette‹ unsicher gemacht. Wo sich ein blauer oder grüner Seespiegel in einem Thalkessel ausbreitet, fehlt gewiss auch nicht ein solcher Zugvogel, an allen Wasserfällen und Gletschern der Ostalpen in unserer naturprächtigen Heimat kleben sie wie die Mauerschwalben. Jeder Landschafter der österreichischen Schule hat seine Lieblingssteige, auf denen er dem Hochgebirge an den Leib rückt. Wie die Ameisen aus den Haufen setzen sie sich in Bewegung und verlaufen sich, sobald der helle Sonnenschein auf den Wegen liegt, nach allen Windrichtungen. In der grünen Steiermark und in Kärnten, im Kammergute und im Attergau, in Tirol und im Pinzgau, von fernen Landschaften gar nicht zu sprechen, klettern sie unablässig herum; keine Thalschlucht bleibt für sie verborgen, alle Steinwände klettern sie waghalsig wie die Gemsen ab …«* Ach, was würde er dafür geben, jetzt gemütlich zu seinen Lektüren eine Pfeife rauchen zu können! Aber es war zu riskant, der Tabakgeruch könnte dem ungebetenen Gast vor seiner Haustüre seine Anwesenheit verraten. Früher hatten er und Wilhelmine gerne gemeinsam gepafft, wenn ihre Tochter und auch das Hausmädchen endlich in ihren Betten verschwunden waren. Dann hatte seine Frau gelesen und er seine Artikel geschrieben und dabei hatten sie die Pfeife zwischen sich hin und her wandern lassen. Er zog seine Ausgabe des »*Lehrbuch der Anatomie des Menschen*« aus dem Regal neben sich und schnupperte daran. Ob es wohl noch so gut nach würzigem Tabak roch wie einst? Immerhin war sein Verfasser, sein Freund Joseph Hyrtl, aus dessen Bestand er diese Erstausgabe erhalten hatte, der hingebungsvollste Raucher, den Schöffel je gekannt hatte. Ein wahrer Connaisseur, der bekannt dafür war, dass er zusätzlich zu seinen Totenschädeln, die er sich zu Studienzwecken aus aller Herren Länder zusenden ließ, auch jede Menge exquisiten Tabaks dazu bestellte. Kuriose Pakete waren das gewesen, voller feinster Rauchwaren, gut verstaut zwischen menschlichen Überresten. Wehmütig dachte er an ihre stundenlangen Gespräche über Politik, Wissenschaft und soziale Utopien in Hyrtls verwunschenem alten Turmzimmer, wo sein Freund langbärtig und nur in Kaftan und Kapitänsmütze angetan, umringt von seinen unzähligen Büchern gesessen war und kaum mehr jemanden empfangen hatte außer ihn.

Doch der Tabakgeruch des Buches war wie diese Zeiten längst verflogen, und auch sein Freund war schon lange nicht mehr. Selbst die beeindruckenden Gedichte von dessen Gattin Auguste waren in Vergessenheit geraten.

Als er das Buch vorsichtig zurückstellen wollte, fiel ihm eine Fotografie in die Hände. Er drehte sie um, besah das Datum, das er auf der Rückseite notiert hatte. Vierter November 1904.

Da war seine Majestät, der Kaiser hier im Ort gewesen, zum tausendjährigen Bestehen dieser undankbaren kleinen Stadt.

Damals hatten sie ihn noch großspurig mit einem Festwagen herumkutschiert, gleich hinter seiner Majestät, als Zweiter in der Reihe, war er damals hergefahren. Und heute? Heute war der einzige Wagen, in dem sie ihn hier noch freiwillig mitnehmen würden, wohl der Leichenwagen.

Der aber dann bestimmt wieder in der vollen Galaausstattung mit allen Ehren. Auf ihren tadellosen Ruf, vor allem vor den Toten, waren sie hier immer schon bedacht gewesen, eine schlechte Nachrede wollte keiner haben. Da hatten sie noch Respekt, all diese wohlparfümierten Liebdiener, Kriecher und Ohrenbläser da draußen vor seiner Haustüre.

Eigentlich ein Jammer, dachte er, dass man sein eigenes Begräbnis nicht mehr erlebte. Zu gerne würde er sehen, wie all diese Kondolenzparasiten in einem scheinheiligen Trauerzug versammelt hinter seinem Sarg herdackelten. Hoffentlich im strömenden Regen. Dann wären alle waschelnass und die Federn und sonstigen botanischen und zoologischen Sammlungen auf ihren wagenradgroßen Hüten würden langsam und traurig in sich zusammenfallen. Und die dreckigen Straßen wären auch wieder allesamt gekehrt, wenn die herausgeputzten Frauenzimmer einmal mit ihren modischen Schleppen und ausladenden Kleidern durch die Gassen gewischt wären. Mit einem Lächeln auf den Lippen und der eigenen Bestattung im Kopf nickte er im gemütlichen Ohrensessel ein.

Und schreckte nach ein paar Minuten wieder hoch. Denn draußen, vor seiner Haustür, bellte und knurrte es jetzt. Der wartende Besucher schien aus Angst vor dem zugegebenermaßen furchteinflößenden Nachbarshund auf die Bank gesprungen zu sein und rief jetzt verärgert: »Kscht! Schleich dich! Mach, dass du fortkommst, du schirches Viech!«

Das war seine Chance! Mit klopfendem Herzen sprang Joseph Schöffel, Gelenkrheumatismus zum Trotz, relativ behände auf und schlich hinaus aus dem Salon. Er wusste auf einmal genau, wo der Tornister war! Und zwar in der Küche, verstaut im Bauch der aufklappbaren alten Holzbank, die dort in der Ecke stand. Früher hatte Wilhelmine den Tornister gerne für ihre Spaziergänge mit der kleinen Olga benutzt und ihn in der Küche randvoll mit Proviant befüllt, wie hatte er das nur vergessen können? So unangenehm war es ihm gewesen, dass eine Dame wie seine Frau völlig selbstverständlich mit einem Tornister auf dem Rücken durch den Ort spaziert war. Zerrissen sich die Leute seit der Wienerwald-Affäre nicht schon genug das Maul über ihre Familie? Immerhin war er der Bürgermeister! Aber Wilhelmine hatte nur gemeint, dass der Tornister sehr praktisch wäre, und sie so beide Hände frei für ihre Tochter hätte und das wäre doch das Wichtigste. Er hatte nicht widersprochen. Warum auch. Überzeugenden Argumenten gegenüber war er immer sehr aufgeschlossen.

Draußen verbellten mittlerweile, zumindest so wie es sich von hier aus anhörte, mehrere Hunde den unbekannten Herren, die Ablenkung war perfekt. Wenn er es jetzt geschickt anstellte, dann konnte er sich vielleicht über die Hintertür durch den Garten davonmachen. Er schnappte den Tornister, drehte ihn um und schüttelte ihn einmal kräftig. Eine dicke Staubschicht löste sich und er unterdrückte nur mit Not einen lauten Nies- und Hustenanfall. Wie töricht von ihm! Der Staub hatte sich sogar in seinem Schnauzbart verfangen. Aus dem Tornister war ein steinhartes Brotscherzerl, das wohl noch von einem der letzten Ausflüge seiner Frau übrig geblieben sein musste, auf den Boden geplumpst. Er ließ es einfach liegen, keine Bewegung zu viel, das war die Devise des Alters. Und bloß keine Wehmut jetzt. Stattdessen lieber fieberhaft überlegen, was man alles einpacken sollte. Er brauchte Proviant, das Zelt und Kochgeschirr aus Militärzeiten würde er auch einstecken. Was damals für das Bataillon und das Feld hilfreich gewesen war, das müsste sich doch auch für diese Mission als passend erweisen.

Beide Sachen schlummerten erfreulicherweise neben dem Tornister in der Küchentruhe und er stopfte sie gleich hinein. Wenn das der Kommandant sehen würde, wie er da gerade packte, dafür hätte es damals ein paar saftige Stockstreiche gegeben! So alt konnte er gar nicht werden, dass sich die Angst vor dem strafenden Vorgesetzten irgendwann in ihm legen würde. Als Proviant steckte er schnell zwei dürre Würste, ein paar Karotten und etwas Dörrobst ein, alles, was er auf die Schnelle noch in der Speisekammer finden konnte. Das letzte Stück Giraffenkuchen, eine kleine Aufmerksamkeit der Nachbarin, das noch auf der Küchenkredenz stand, steckte er sich zur Kräftigung gleich in den Mund. Staubte einem ohnehin schon bei den Ohren heraus. Er unterdrückte ein weiteres Husten, dann blickte er sich prüfend um. Es schien, er hatte alles. Die handgefertigte Schatzkarte, sein wichtigstes Utensil, legte er obenauf. Dann fuhr er sich noch mit dem Kamm durch seine verbliebenen Haare und den Bart, straffte seinen durch die Graberei ziemlich in Mitleidenschaft gezogenen Ausgehanzug, den er trotzdem wieder zur Tarnung tragen würde. Er steckte seine Pfeife in die Jackentasche zu seinem Kompass, schulterte den Tornister, schnappte den Spazierstock und ging auf Zehenspitzen zur Hintertür. Die quietschte normalerweise ein wenig, aber heute war sie ihm gnädig und ächzte nur leise, als er sich durch sie hindurchquetschte. Vor seiner Haustür bellten immer noch die Hunde, und er spürte eine vorfreudige Unruhe, wie er sie Zeit seines Lebens vor jeder abenteuerlichen Unternehmung empfunden hatte. Ja, er war wieder unterwegs, fast fühlte es sich so an wie früher, nur dass er nicht so schnell außer Atem gewesen war beim Bergaufgehen damals.

Montag, Gegenwart.

Der Abend dunkelte bereits herein, als sich Josef Schöffel traurig durch die Gassen weg von der Oma schob. Normalerweise brach genau jetzt der schönste Moment der Woche für ihn an. Der Moment, in dem der nächste Besuch bei der Alten am weitesten von ihm entfernt war. Da gönnte er sich dann immer etwas zur Belohnung, weil er es wieder einmal geschafft hatte. Und zur Betäubung, weil er sich nach diesen Besuchen sehr weit wegbeamen musste. Aus sich heraus beamen.

Dazu stieg er üblicherweise bei einer Haltestelle mit alten, ausgeblichenen Fahrplänen und mehrfach übereinandergeklebten Flyern von längst verpassten Partys in den Bus und setzte sich auf einen freien Doppelplatz am Fenster. Dort hockte er dann, wie er seit seiner Schulzeit immer in diesen Bussen herumhockte, müde und auf eine unbestimmte Weise traurig. Sie hatten sich kaum verändert über die Jahre, dieser Regionalbus und er, nur ein wenig älter und speckiger waren sie beide geworden. Neben den Haltegriffen auf den Vordersitzen gab es immer noch einen aufklappbaren Aschenbecher, der von einer eingetrockneten Kaugummimasse derart verklebt war, als hätte Josef alle Exemplare seiner jemals beim Automaten erdrehten Kaugummis hier in diesen Bus geklebt. Meistens schaute er bei seinen sonntäglichen Fahrten aus dem Fenster. Ließ anonyme Industriegebäude und kilometerlange versiegelte Böden an sich vorbeiziehen, dazwischen sah er ein, zwei mickrige Bäume, die nicht wachsen wollten, einen Kreisverkehr und dann noch einen, versprengten Müll am Straßenrand und am Horizont die üblichen Geschäfte der Peripherie, gefolgt von einem Fast-Food-Laden und einer Reihenhaussiedlung. All das vielleicht die Träume anderer Leute. Und er? Würde er noch die Kurve kriegen?

Oder saß er schon zu lange hier fest? Saß fest und wartete darauf, dass sein Leben endlich begann. Bei diesem Gedanken kam dann zumeist schon die einzige Tankstelle der Umgebung in Sicht, deren Shop auch an Sonntagen geöffnet hatte, und nach einer heftigen Bremsung des misanthropischen Buschauffeurs stand er dann auch schon vor dem Laden. Nun hieß es, so lange um den Eingang herumzuschleichen, bis er sicher sein konnte, dass ihn niemand sah, den er kannte. Dann sprintete er in den Shop hinein. Bei der Oma oder auf der Fahrt hierher hatte er sich schon detailliert ausgemalt, woraus seine Belohnung bestehen würde, und so reichten ein paar gezielte, präzise Schritte durch das Geschäft, um seine Beute in Mindestzeit in sein Einkaufssackerl zu befördern.

Dann wurde es noch einmal brenzlig, wenn es hieß, den perfekten Moment an der Kassa ohne Warteschlange zu erwischen. Nichts war quälender für ihn, als wenn er seine gesammelten schambesetzten Einkäufe betont lässig und unbeteiligt vor dem Kassierer aufbauen musste, während sich hinter ihm eine Menschentraube bildete. Im schlimmsten Fall mit jemandem darunter, der ihn erkannte und dann herumerzählte, was der fette Herr Provinzpolitiker mit dem Winner-Woods-Projekt da alles mit sich heimgetragen und in Folge logischerweise auch höchstselbst in sich hineingefressen haben würde. Er spürte sie genau, all die taxierenden Blicke, die zwischen seiner Körperfülle und den aufgelegten Waren hin und her wechselten, manchmal glaubte er auch ein leises Tuscheln zu hören. Selbst vor den Kassierern war man nicht gefeit. Die meisten waren austauschbare Sonntagsarbeitskräfte, die stoisch und völlig ohne Interesse seine Waren scannten und nebenbei in den laufenden Fernseher oder in ihr Smartphone starrten. Aber es gab da diesen einen Witzbold, der es für besonders originell hielt, alles zu kommentieren, was die Leute bei ihm kauften, und sie in mühsamen Smalltalk verhedderte. Wenn Josef Schöffel ihn sah, machte er jedes Mal auf der Stelle kehrt, egal wie schlimm sein Verlangen nach hochkalorischem Trost gerade war. Da gab er sich lieber mit dem zufrieden, was er zu Hause an Verwertbarem für einen gepflegten Essanfall finden konnte, bevor er sich diesem Typen aussetzte. Mittlerweile kannte er zwar dessen Dienstplan auswendig, aber es brauchte nur jemand krank zu sein oder sonst wie auszufallen, und schon hatte er den Schwätzer an der Backe, der ihm alles kaputtmachte.

War die Kassa dann geschafft, gab es für Josef zumeist kein Halten mehr. Schon auf dem Weg zur Bushaltestelle riss er mit zitternden Fingern die erste Verpackung auf und biss in seinen höchstpersönlichen Trost. Auch in diesem Moment musste man noch auf der Hut sein vor etwaigen bekannten Gesichtern, aber meistens schaffte er es unauffällig, sich immer wieder ein Stück Glück aus der Tasche direkt in den Mund zu befördern und unauffällig zu kauen. So schlang er wenigstens nicht so. Denn war er einmal zu Hause angekommen und hatte hinter sich zugesperrt, dann begann er, ohne abzulegen oder sich umzuziehen, mit dem Essen. Er breitete seine Beute vor sich aus und aß und aß, schlang, ohne zu kauen, biss schon in das nächste Objekt seiner Begierden, bevor er das vorhergehende überhaupt ganz hinuntergeschluckt hatte.

Dabei war er völlig heruntergefahren. Für ein paar gnädige Momente, da war er von sich selbst befreit. Da war er einfach nur Geschmack und Kauen und Malmen, und alles andere war ausgeschaltet, er war ausgeschaltet. Er aß die Oma weg, aß seine Bedürfnisse weg, aß alles, was er zu sein hatte, weg, so lange, bis es nicht mehr ging. Weil nichts mehr in ihn hineinpasste und ihm alles wehtat. Wut brandete in diesem Moment jedes Mal in ihm auf. Wut darüber, dass er nie so viel essen konnte, wie er wollte. Wie er brauchen würde, um sich zu nähren. Um sich zu sättigen. Immer war er viel zu schnell zum Platzen voll, aber in ihm drinnen, da gähnte doch noch immer diese Leere. Stets blieb er hungrig. Niemals konnte er so viel essen, wie er gebraucht hätte, um sich zu trösten. Sein sonntägliches Ritual blieb wie alles Glück nur für einen kurzen Augenblick. Einen Augenblick, für den sein Magen nie groß genug und sein Körper nicht gebaut war. Der Kater, der danach folgte, war schlimm. Mit zunehmendem Alter dauerte es immer länger, um sich von seiner wöchentlichen Eskapade zu erholen.

In den klaren Momenten der Scham, im Danach, sah er es als Warnung, dass er so nicht weitermachen konnte, auf lange Sicht. Aber wenn er ehrlich war, dann war dieses Ritual das Einzige, was ihm wirklich Freude bereitete im Leben. Es war etwas, das nur ihm allein gehörte, sein Geheimnis, und er war nicht bereit, sich von diesem Schatz zu trennen für die Vernunft. Vernunft, das war etwas für die Großmutter oder für Leute wie den Steff. Er wollte zumindest einmal in der Woche unvernünftig sein. Aus dem Rahmen fallen. Genießen, ausufern, sich entgrenzen. All das tun, wozu die Alte und die Steffs dieser Welt nicht imstande waren. Sich gehen zu lassen. Es war seine Rebellion. In diesen Momenten sagte ihm keiner, was er zu tun oder zu sagen oder wer er zu sein hatte, wie in allen anderen Belangen seines Lebens. Dieses Fressen, das gehörte ihm allein. Und auch wenn er nach seinen Attacken mit Selbstekel und schlechtem Gewissen die leeren Verpackungen seiner Eskapaden ganz unten im Müll vergrub und im Spiegel sah, wie er immer fetter wurde, war all das nicht Grund genug, um ihn zum Aufhören zu bewegen. Der Moment des Essens wog in seiner Glückseligkeit alles wieder auf. Er konnte sich nicht vorstellen, ohne dieses Ritual zu leben, obwohl er es mittlerweile körperlich kaum mehr aushielt. Zu schlimm waren die vom vielen Zucker ausgelösten Panikattacken, zu schmerzhaft Sodbrennen und Magendrücken, zu schwer fiel ihm jede Bewegung, selbst das Atmen tat weh, weil er so voll war. Gleichzeitig hasste er es, von seinem Körper auf diese Art Grenzen aufgezeigt zu bekommen. Er sah nicht ein, warum er sich beherrschen sollte. Weil: Immer musste er sich beherrschen! Immer musste er sich zusammenreißen! Sein ganzes Leben lang schon. Und nun stellte sich auch noch sein Körper gegen ihn. Irgendwann war er zähneknirschend dazu übergegangen, sein Gelage nur noch an Sonntagen nach den Omabesuchen zu kultivieren, wenn er Trost am allerdringendsten nötig hatte.

Aber da nun schon Montagabend war, war ihm selbst dieses Glück vergällt. An ein gemütliches Ritual war nicht mehr zu denken. Außerdem müsste er relativ weit fahren, um einen Supermarkt zu finden, wo er unerkannt von den neugierigen Blicken diverser Bekannter Lebensmittel kaufen konnte, am Montag waren alle unterwegs. Bis er dann zurück zu Hause wäre, wäre es schon viel zu spät, um die Sache wirklich zu genießen. Eigentlich, dachte er, könnte er auch gleich noch einmal zurück ins Büro oder ins Protestcamp. War jetzt auch schon egal, und seine vernachlässigten Tagespflichten würden ohnehin wie eine schwarze Wolke über ihm hängen und ihm den Feierabend verderben, da konnte er sie auch gleich abarbeiten.

Genau in dem Moment, als er die Straße Richtung Gemeindeamt überqueren wollte, sah er den Steff aus seinem SUV steigen. Fluchend versteckte er sich im nächsten Hauseingang und wartete, bis sein Chef im Gebäude verschwunden war. Der Steff war jetzt wirklich der Letzte, den er sehen wollte, musste der Bürokram eben warten. Wichtiger war ohnehin, das Camp räumen zu lassen, und Josef Schöffel war jetzt genau in der richtigen Stimmung dafür. Wütend und müde, enttäuscht und um sein einziges Glück gebracht. Ideale Voraussetzungen also, um die zwei oder drei Plagegeister da oben endlich loszuwerden. Heute würde er es denen zeigen, und dann, ja dann würde er es ab jetzt allen zeigen! Auch dem Steff. Und am nächsten Sonntag war dann die Oma dran. Der würde er auch endlich die Meinung geigen. Er war ein erwachsener Mann und er hatte eine Würde. Auch wenn ihm die von allen abgesprochen wurde. Entschlossen ballte Josef Schöffel die Fäuste und stieg in großen Schritten die Anhöhe hinauf. Die würden ihn jetzt alle kennenlernen.

Schnaufend kam er im Protestcamp an. Nicht einmal über die Zeltschnur war er heute gestolpert, obwohl es schon recht dunkel war, das war doch ein sehr gutes Zeichen für einen Neubeginn. Er fühlte sich bereit für den finalen Schlag gegen alle Umweltnervensägen, die sich ihm in den Weg stellen oder kleben würden.

»So!«, brüllte er laut. Keine Reaktion.

»Jetzt ist ein für alle Mal Schluss mit diesen ...«, ja was eigentlich, »... also diesen, ähm, diesen Fisimatenten!« Fisimatenten? Aus welchem Winkel seines Hirns war dieses Wort nur wieder hergekommen? Das war ja wirklich sehr bedrohlich. Fisimatenten! Lächerlich. Das war lächerlich! Er war lächerlich. Eine Witzfigur. Ein fetter Trottel, ein Narr! Kein Wunder, dass niemand Respekt vor ihm hatte. Tränen der Wut stiegen ihm in die Augen. Schon wieder. Wann war er bloß zu dieser Heulsuse geworden?

Es knackte. Josef Schöffel fuhr herum. »Wah, haben Sie mich erschreckt!«

Renate starrte ihn an. »Na, und Sie mich erst. Pirschen sich hier in der Dämmerung an und brüllen herum.«

Schnell wischte er sich die Tränen aus den Augenwinkeln und dann schrie er los: »Ja! Weil das hier jetzt sofort ein Ende haben muss!« Er fuchtelte wild mit den Armen und schritt auf und ab. »Mein Geduldsfaden, der ist nämlich gerissen. Ihr schleichts euch jetzt, und zwar sofort!« Mit blinder Wut zog er die Heringe, die die Zeltschnüre spannten, aus der Erde und schleuderte sie so weit er konnte von sich weg. Na also, ging doch. Tat sogar ganz gut, wenn er ehrlich war. Seine Wut einmal nach außen anstatt nach innen zu richten. Er schoss weiter und trat gegen die Zeltwände.

Renate starrte ihn immer noch an, und dann begann sie zu lachen. »Wir sollen uns ›schleichen‹?«

»Ja, was ist, gibt's da ein Verständnisproblem? Schleichen sollt ihr euch. Z'ammpacken und gehen, verschwinden, abhauen, euch verpissen! Ich will euch nimmer sehen hier, auf meiner Baustelle!«

Renate bemühte sich, ihr Lachen zu unterdrücken. »Aber geh, Herr Schöffel, was ist denn nur los mit Ihnen heute?«

»Mir reicht's. Das ist los! Ihr alle, ihr hängt mir so zum Hals heraus! Wieso könnt ihr nicht einmal respektieren, was ich sage, und von hier verschwinden? Das ist doch nicht so schwer zu verstehen! Das ist eine Baustelle. Für ein NACHHALTIGES Bürogebäude! Und das wird gebaut, egal ob ihr hier protestiert oder nicht. Das ist beschlossen, daran kann niemand mehr etwas ändern, schon gar nicht euer lächerlicher Protest für Arme hier. Suchts euch eine andere Freizeitbeschäftigung, klebts euch irgendwo an oder werfts was auf dieses schirche Schüttbild unten im Gemeindeamt von mir aus, das kann nur schöner werden! Aber hier ist game over, weil ich euch nämlich räumen lasse! Die Polizei ist schon informiert. So schnell könnt ihr gar nicht schauen, seid ihr weg vom Fenster. Was glaubts ihr, warum ihr überhaupt noch da seid? Nur, weil ich bis jetzt so nett war! Weil ich euch die alle bis jetzt vom Hals gehalten hab, den Bürgermeister, die Exekutive, alle! Aber jetzt wird's ungemütlich. Jetzt könnts ihr dann mit dem

Herrn Inspektor diskutieren und nicht mit eurem Trottel vom Dienst, dem Herrn Schöffel.

»Inspektor gibt's keinen.« Der alte Gruber war aus dem demolierten Zelt gekrochen. »Dass du dich überhaupt traust, den Namen Schöffel hier so laut auszusprechen. Wenn ich du wär, ich würd mich so was von genieren, den ganzen Tag lang. Aber es gibt wohl immer ein schwarzes Schaf in der Familie.«

»Ich muss Sie enttäuschen, der Schöffel und ich, wir sind wahrscheinlich gar nicht verwandt. Mir scheint, es sind eher Sie, der hier seine familiären Altlasten kompensiert? Hat Ihr Vater schöne Autobahnen gebaut für das Reich, und alles ordentlich planiert? Ich verurteile Sie nicht, im Gegenteil, ich find das schön, wie Sie da so ankämpfen gegen das Familiäre, aber in Zukunft machen S' das in Therapie und nicht mehr hier auf Kosten der Allgemeinheit.« Josef Schöffel starrte Hans Gruber an. Er hasste ihn. Oh Gott, wie er ihn hasste. Für diese selbstgefällige Art, seine verdammte Besserwisserei, die Art, wie er schaute. Seine Körperhaltung. Das lächerliche Zopferl am Kopf. Wie seine Oma, ganz genau wie seine Oma war der, ein bisserl jünger und alternativer halt. Wo nahmen diese Alten nur ihre Selbstgewissheit und Blasiertheit her? Zweifelten die nie an sich? Mit welchem Recht erhoben sich die eigentlich und behandelten alle wie leicht minderbemittelte Untergebene?

»Jetzt reiß dich aber zusammen, du Rotzbub und schleich dich lieber selber! Meine Geschichte geht dich wirklich gar nix an. Du bist hier nicht willkommen. Und es ist mir wurscht, ob du die Polizei gerufen hast oder nicht. Die müssen mich hier schon wegtragen! Ich schau nämlich nicht zu, wenn solche privilegierten Fratzen wie du sich austoben und Architekt spielen und dafür den Wienerwald aufs Spiel setzen. Der Planet ist schon kaputt genug, da braucht's nicht noch mehr Dilettanten wie dich, die sich auf Kosten der Allgemeinheit verwirklichen wollen!«

»Ja«, schrie Schöffel zurück, »aber der Planet ist kaputt wegen Ihrer Generation! Ihr habts geurasst und euch bedient und den Hals nicht vollgekriegt. Und wir müssen das jetzt ausbaden. Sterbt endlich aus, ihr alle! Wir bauen wenigstens nachhaltig, im Gegensatz zu euch FCKW-Plastik-Ozon...löchern!«

Hans Gruber schwieg und schaute ihn nur ganz ruhig und abschätzig an, genau wie die Oma am Nachmittag. »Schäm dich. Du und deine Baustelle, ihr seid der Schandfleck dieser Gemeinde.«

Josef Schöffel drehte sich weg, denn ihm kamen schon wieder die Tränen. Und dann, einfach so, begann er zu weinen und konnte sich gar nicht mehr richtig beruhigen. Blindlings stolperte er davon, er wollte weg, nur weg, von den zwei Biodeppen, vom Steff, von der Oma und aus diesem Wald, weg aus seinem ganzen erbärmlichen Leben.

»Na geh, Herr Schöffel.« Renate lief ihm hinterher und versuchte ihn einzuholen. »Das tut mir sehr leid, wie das alles gerade eskaliert ist. Ich hab nicht gewusst, dass Ihnen das so nahegeht.«

Er schnupfte und stolperte weiter. »Sie haben ja keine Ahnung!«

»Nein. Offensichtlich nicht.«

Er versuchte, so schnell wie möglich wegzukommen. Er würde jetzt wirklich die Polizei rufen, er war die ganze Zeit viel zu nett gewesen. Sollten doch die Profis übernehmen, er hatte lange genug auf Dialog und Höflichkeit gesetzt. Alles verschwendete Liebesmüh, an diesen selbstgerechten Altachtundsechziger-Clown und sein Uschi-Obermaier-Groupie.

»Hey, wo wollen Sie denn hin?«

Mein Gott, jetzt klebte die depperte Leitnerin auch noch an ihm wie die Fliege an der Scheiße.

»Na, wohin wohl, nach Hause! Mir reicht's für heute, mehr als!« Er zog den Rotz hoch und stolperte weiter die Wiese hinunter.

»Warten Sie, ich begleite Sie ein Stück!« Sie hüpfte hinter ihm her.

»Nein danke, bleiben S' lieber in Ihrem Camp, so lang Sie's noch haben.« Er versuchte seine Schritte zu beschleunigen.

»Aber Herr Schöffel, jetzt seien Sie nicht so. Kommen Sie, ich lad Sie auf ein Getränk ein. Zum Trost. Und für die Nerven.«

»Ich will jetzt sicher kein Getränk von Ihnen ...«, polterte er, aber noch während er es aussprach, merkte er, dass das vielleicht gar nicht so richtig stimmte. Zuerst hatte er gedacht, dass er jetzt sofort heim wollte, um alles aufzuessen, was er noch da hatte, um sich so richtig zu betäuben. Aber auf einmal war er sich da gar nicht mehr so sicher, eigentlich wäre eine Bar jetzt genau das Richtige für seine Stimmung. Er verlangsamte seinen Schritt.

Sie grinste. »Na sehen Sie.«

»Na gut, aber nur eins! Und ich bezahl selber. Das können Sie sich nämlich gar nicht leisten, so viele Getränke, wie Sie mir zur Nervenberuhigung schulden!«

Sie grinste weiter. »Na dann, ich kenn da was, das ist jetzt genau das Richtige.«

*

Müde und erschöpft, mit dem schweren Tornister auf dem Rücken stand Joseph Schöffel schließlich wieder auf der Baustelle mit den merkwürdigen modernen Geräten. Doch die Maschinen standen still und kein einziger Bauarbeiter war zu sehen. Wie zum Hohn wurde es auch schon langsam dunkel, er hatte schlichtweg viel zu viel Zeit verloren, auf seinem Weg hierher. Zuerst der unbekannte Herr auf der Bank vor seiner Haustür, der partout nicht hatte verschwinden wollen. Dann die zeitraubende Suche nach dem Tornister und, nun gut, ja, auch seine sentimentalen Lektüren, dann noch der Spießrutenlauf durch den Ort, um bei Tageslicht unerkannt in den Wald zu kommen. Ganz zu schweigen von dem Anstieg quer durch das Geäst und dem mühevollen Weg durch die Höhle mit dem unförmigen Tornister auf dem Rücken. Mehrere Male war er fast stecken geblieben und hatte sich leise fluchend aus irgendeinem unterirdischen Wurzelwerk befreien müssen, in dem sich der klobige Gegenstand verheddert hatte. Er seufzte. All das hatte ihn Stunden gekostet.

Du könntest jetzt auch in einem komfortablen Zimmer im Waisenhaus sitzen, hörte er Wilhelmines mahnende Stimme in seinem Ohr.

Er sank ermattet auf einen Stein.

Hatte sie recht? War das alles wirklich eine Nummer zu groß für ihn in seiner aktuellen Verfassung? Nein, er kannte seine Frau. Sie wäre die Letzte, die jetzt an seiner Stelle aufgeben und gemütlich ins Waisenhaus gehen würde. Sie hatte das selbstverständlich nur gesagt, um ihn zu provozieren! Na, der würde er es zeigen! Er stand wieder auf, straffte sich und ging seine Optionen durch. Stellte fest, dass er eigentlich nur eine hatte, und die hieß, hierzubleiben und auf den nächsten Tag zu warten. Er würde sein Zelt aufbauen und wie früher beim Militär im Feld übernachten müssen. Um die Betreuung seiner schmerzenden Gelenke konnten sich dann die besten Ärzte ihres Faches kümmern, wenn er erst einmal den Schatz gehoben und sich damit finanziell saniert hatte. Denn natürlich würde er ihn heben, denn was ein Joseph Schöffel sich einmal in den Kopf gesetzt hatte, das setzte ein Joseph Schöffel dann auch in die Tat um! Entschuldigend massierte er seinen Ellbogen, der sich beim Gedanken an die Übernachtung im Zelt mit einem brennenden Stich unmissverständlich bei ihm gemeldet hatte.

»Wird schon werden«, murmelte er und schaute sich suchend nach einem geeigneten Platz für den Zeltaufbau um. »Wird schon werden, so wie immer.« Er musste sich beeilen, die Dämmerung schritt unerbittlich voran und es war Jahrzehnte her, dass er eine gewisse Routine darin hatte, diese unförmigen Planen in Höchstgeschwindigkeit aufzustellen, während ihm ein Kommandant dabei streng über die Schulter schaute. Wo könnte man nur am besten …? Er machte eine langsame Drehung um die eigene Achse und blickte auf ein Zelt.

Auf ein Zelt? Er starrte ungläubig. Aber dieses bunte, unförmige Etwas dort hinten neben der Baugrube, das schien tatsächlich eine Art Zelt zu sein. Völlig ungeeignet für den Krieg oder die Jagd, verriet es seinen Besitzer aufgrund seines grellen Äußeren doch schon von der Weite. Er machte ein paar Schritte. Und wirklich, jetzt sah er auch einen Herren, ungefähr in seinem Alter, ein wenig jünger vielleicht, der gerade mühsam diesem farbenfrohen Etwas entstieg. Der Kerl wirkte noch unseriöser als seine Behausung, er trug seltsame, nicht weniger auffällige Gewänder. Er sah aus wie ein Schausteller im Prater oder wie einer, der verkleidet als Kanarienvogel oder Papageno unterwegs zu einem sehr vulgären Faschingsgschnas war. Jedenfalls ganz sicher nicht wie jemand, der die Baumaschinen hier bedienen konnte, geschweige denn der Chef der Baustelle war.

Er überlegte, wie er unauffällig den Rückzug antreten konnte, aber es war zu spät, der Alte hatte ihn entdeckt. Er überlegte kurz und entschied sich dann für Angriff.

»Wieso wird hier nicht gearbeitet?«, blaffte er, ohne sich die Mühe eines Grußes zu machen.

Der Kanarienvogel stemmte die Hände in die Hüften. »Das habe ich gestoppt für heute!« Und dann, mit einem süffisanten Lächeln: »Toll, oder?«

»Eine Tollheit, in der Tat!«, murmelte Joseph Schöffel und klopfte sich ein wenig Erde von seiner Kleidung. »Hier muss doch gegraben werden, wo ist denn Ihr Vorgesetzter?!«

»Oje, noch so einer von der Partei!« Hans Gruber starrte den alten Frack- und Schnauzbartträger jetzt mit unverhohlener Abscheu an. »Jetzt schicken s' sogar schon die ausgedienten Hofräte, um uns zu sekkieren, wie originell.«

»Nein, nein, guter Mann, da sind Sie falsch informiert!« Joseph Schöffel hob jetzt abwehrend die Arme. »Den Hofratstitel habe ich stets abgelehnt!«

»Na dann«, Hans Gruber feixte, »ist ja alles halb so wild, nicht wahr?«

»Halb so wild, halb so wild«, Joseph Schöffel bemerkte, wie er schon wieder wütend wurde, den Baustellen-Vorgesetzten hatte er komplett vergessen. »Dass sich immer solche Gerüchte über mich halten! Versorgungsposten habe ich stets abgelehnt! Und«, er fuchtelte mit dem Arm in Richtung des Kanarienvogels, »anders als Sie unterstellen, auch zeitlebens keiner politischen Partei angehört! Diese Bildung von Klubs haben doch stets nur dazu gedient, um politischen Chamäleons und Strebern zu Ministergagen, Ämtern und Sinekuren zu verhelfen!«

Hans Gruber lachte. »Na, das haben Sie jetzt aber schön auf den Punkt gebracht.«

»Gut«, Joseph Schöffel machte eine abwiegelnde Handbewegung, »den Reichsratsposten habe ich damals schon akzeptiert, aber«, er hob den Zeigefinger, »nur gegen meinen Willen, das muss ich betonen! Faktisch hineingedrängt bin ich da geworden, in dieses Amt, die haben mich aufgestellt, ohne mich zu fragen! Ich selbst hatte keineswegs die Absicht, mich in den politischen Kampf, der auf mich stets einen widerlichen Eindruck gemacht hat, zu stürzen!«

»Widerlich ist gar kein Ausdruck!«, echauffierte sich jetzt auch Gruber. »Man muss sich ja nur anschauen, was die Herren Provinzpolitiker hier gerade so zusammenstümpern!« Empört zeigte er auf die Baugrube.

»Ja, verwundert Sie das?« Schöffel hob die Stimme. »Das heutige Parlament ist doch nur dazu da, um einigen hundert Müßiggängern und Schreiern zeitweise mit Diäten von zehn Gulden täglich das Maul zu stopfen!«

Gruber nickte zustimmend. »Sehr richtig, sehr richtig! Da hat doch keiner mehr nur den geringsten Funken Anstand, bei den ganzen Politikern! Denen geht's doch allen nur ums Geld, Visionen hat da schon lange keiner mehr!« Gruber deutete auf die Campingsessel.

»Sagen Sie, wollen Sie vielleicht Platz nehmen?«

»Ja, wenn Sie gestatten?« Erschöpft und ein wenig misstrauisch ließ sich Joseph Schöffel auf einen der Stühle nieder. Was waren denn das für merkwürdige Sitzgelegenheiten aus einem noch merkwürdigeren Material? Er klopfte ein wenig auf die Armlehnen. So etwas war ihm noch nicht untergekommen, dabei war er neuen Werkstoffen gegenüber immer sehr aufgeschlossen gewesen.

»Darf ich Ihnen vielleicht auch ein Glaserl Wein einschenken?«, riss ihn der andere aus seinen Gedanken. »Ich habe mir gerade welchen geholt, aber zu zweit trinkt es sich doch viel besser. Ist vegan, ein herrliches Tröpferl und gerade richtig temperiert.«

Fast hätte Joseph Schöffel aus Gewohnheit abgelehnt, lange schon versuchte er sich aus allen Geselligkeiten herauszuhalten, da sie ihn nur noch langweilten und anwiderten. Aber er merkte, dass er eine Pause nötig hatte. Warum eigentlich nicht. Der Kerl war zwar seltsam gekleidet und manchmal recht flapsig im Ausdruck, aber er schien ein ganz angenehmer Zeitgenosse zu sein. Sein Zelt konnte er später immer noch aufstellen.

»Darf ich Ihnen denn zum Wein auch eine kleine Stärkung anbieten?« Der Bunte sah ihn freundlich an.

»Mit Vergnügen!«, entfuhr es ihm ein wenig zu enthusiastisch. Was war bloß los mit ihm?

Der Kanarienvogel rückte seinen Stuhl neben ihn und wühlte in seinem Beutel. »Hier gibt's noch Brot dazu.«

Joseph Schöffel nickte anerkennend und wies auf Grubers Ranzen. »Sehr praktisch, dieser Tornister, den Sie da haben.«

Hans Gruber schaute sich verwirrt um. »Ach, Sie meinen den Rucksack? Ja, der ist ein gutes, treues Stück! Den hab ich schon seit Achtundsiebzig! Seit Zwentendorf damals, lassen S' mich rechnen, ja, um die fünfzig Jahre ist das jetzt her. Das muss man sich einmal vorstellen, so eine Qualität, dergleichen wird doch heute gar nicht mehr produziert.« Er deutete auf den Schöffel'schen Ranzen. »Ihr Rucksack sieht aber auch sehr stabil aus.«

»Mein Tornister? Ja, den habe ich noch aus meiner Zeit in Pisek und Großwardein, echtes Kalbsleder.« Hungrig biss er in das knusprige Brot, das ihm der Papageno gereicht hatte. Ganz vorzüglich schmeckte das, völlig anders als das harte Komissbrot, das er zu seinen früheren Tornisterzeiten hatte kauen müssen. Und auch der Wein! Gar kein so übler Heckenklescher, wie er vermutet hatte.

»Pisek und Großwardein? Sagt mir jetzt gar nichts. Wogegen wurde denn da protestiert?«

»Protestiert?« Schöffel starrte den Kanarienvogel entgeistert an. »Wo denken Sie hin? Dort habe ich gedient! Zum Protestieren wären wir vor lauter Exerzieren und Gewehrpräsentieren bestimmt nicht gekommen. Obwohl es bei Gott genug zum Auflehnen gegeben hätte, das können Sie mir glauben. Das waren wirklich erbarmungswürdige Zustände teilweise, damals im Feld.«

»Tja, selber schuld, würd ich mal sagen.« Der Kanarienvogel lachte ein wenig verächtlich. »Ich habe selbstverständlich verweigert. Also untauglich halt. War gar nicht so einfach.«

»Den Heerdienst verweigern? Nun, das war unmöglich in meiner Situation. Zum Heer gehen oder Priester werden, mehr stand nicht zur Auswahl.«

»Was?« Hans Gruber schaute ihn ungläubig an. »Aber geh. Wo sind Sie denn bitte aufgewachsen?«

Joseph Schöffel zuckte mit den Schultern und murmelte: »So waren eben die Zeiten damals im Sturmjahr '48«, während er in seinem Tornister nach den eilig eingepackten Würsten kramte. »Damit ich auch etwas beitrage.« Hans Gruber machte eine ablehnende Handbewegung, und der andere fuhr fort. »Zuerst wollte ich gerne in die Bergakademie in Schemnitz gehen, das war mein Wunsch gemäß der Familientradition. Aber das war dann zu gefährlich, lag ja mitten im Kriegsgebiet damals. Also gab's nur zwei verbleibende Möglichkeiten, Kloster oder Militär. Nur müßig herumzubummeln und das Kriegsende abzuwarten, das war nichts für einen jungen Heißsporn wie mich, ich wollte doch etwas erleben! Und mich als gedankenloser Schreiber in einer Kanzlei zu verdingen, nein danke, da wäre man ja bereits tot, ehe das Leben überhaupt angefangen hätte! Na, und dann haben ein paar Offiziere in der Verwandtschaft mir geraten, mich assentieren zu lassen, da es beim Militär die besten Aussichten für junge, intelligente Leute wie mich gäbe.«

»Haha, ja genau.« Gruber lachte spöttisch. »Intelligente Leute, das ist genau das, was sie suchen beim Heer.«

»Und gleichzeitig hat meine Mutter versucht, mich zu überreden, in ein Kloster als Novize einzutreten«, sprach Schöffel weiter, Grubers Kommentar ignorierend.

Der betrachtete den Schnauzbart neben sich amüsiert. Aus welchen Verhältnissen die Leute so stammten, das war schon bizarr manchmal. Ob das alles wohl so stimmte? Und überhaupt, welcher Krieg sollte das gewesen sein, von dem der dauernd faselte?

»Ich habe dann meinen ehemaligen Religionslehrer, der mir ein väterlicher Freund geworden war, um Rat gefragt, und der meinte nur«, Schöffel senkte die Stimme, »›Mein lieber Sohn, wenn du zwischen zwei Übeln zu wählen hast, wähle das kleinere, geh zum Militär.‹ Also ging ich zum Militär.«

Gruber lachte. »Wahnsinn. Ich hätte mich auf jeden Fall fürs Herumbummeln entschieden! Sie hätten doch eh eine Wahl gehabt.«

»Aber wovon hätte ich gelebt? Bedenken Sie, wir waren neun Geschwister!«

»Irgendwas ergibt sich immer.« Hans Gruber zuckte mit den Schultern. »Sie hätten nach Westberlin gehen können. Dorthin sind viele geflüchtet, die verweigert haben.«

»Nach Preußen?«

»Ja genau, zu den Preußen!« Hans Gruber lachte. »Die waren bei Weitem cooler als wir damals, die Piefke in Westberlin.« Er schenkte noch einmal Wein nach und betrachtete den Alten. Der sah erschöpft aus, während der Erzählung hatte er sich auch immer wieder seine Gelenke gerieben.

»Ist Ihnen kalt? Haben Sie Schmerzen?«, erkundigte Gruber sich. Irgendetwas rührte ihn an diesem pflichtbewussten und seltsam unzeitgemäßen Typen.

»Gelenkrheumatismus. Kann man nichts machen. Alterserscheinung.«

Gruber verzog das Gesicht. »Ah ja, das kenn ich. Ich kann Ihnen ein Schmerzmittel anbieten, wenn Sie möchten, bei mir hilft das gut.«

Joseph Schöffel nickte dankbar. In der Aufbruchshektik hatte er vergessen, seine letzten Vorräte an Morphin einzupacken. »Einmal hab ich wegen meiner müden Knochen und wegen meiner angegriffenen Nerven sogar eine Kur gemacht, auf Capri. Wegen dem günstigen Klima, hatte mir mein Arzt geraten. Hat natürlich nichts geholfen auf lange Sicht, aber sehr schön war es dort, muss ich sagen. Vielleicht sogar die schönste Zeit meines Lebens. Hotel Pagano, eine sehr gute Adresse, kann ich Ihnen nur empfehlen. In venezianischem Stil am Fuße eines Hügels erbaut, überall exotische Palmen rundherum, mit wildem Wein berankte Pergolen im Garten, interessante Gäste, wunderbar!

»Ja, Italien ...« Hans Gruber nickte versonnen. »Wenn's den Gelenken nicht hilft, dann zumindest der Seele, nicht wahr. Wir sind ja gerne in Grado, meine Tochter und ich.«

»Wirklich? In Venetien war ich immer nur mit meinem Kommando stationiert, da könnte ich mich nicht erholen, glaube ich.«

Der Kanarienvogel hatte während seiner Erzählungen Arzneimittel aus seinem Tornister herausgekramt. »Hier, probieren S' das einmal. Bei mir wirkt das immer Wunder, weil«, Gruber senkte verschwörerisch die Stimme, »unter uns gesagt, sonst würd ich es hier im Zelt bei der Kälte mit meinen Knochen ja auch nicht tagelang aushalten. In der Nacht, da geh ich ohnehin nach Hause zum Aufwärmen und Schlafen, das wär mir sonst zu kalt hier. Bin ja nicht lebensmüde. Und merkt sowieso keiner, dass das Camp leer ist über Nacht.« Er grinste. »Wissen S'«, er beugte sich weiter konspirativ in Richtung Schöffel, »die Renate und ich, wir schleichen uns am Abend, wenn es dann ganz dunkel ist, hinunter in den Ort und in der Früh einfach wieder herauf. Schaut ja keiner nach uns, bis auf den kleinen Provinzpolitiker und manchmal die Bauarbeiter. Aber vor sieben Uhr früh tanzt da ohnehin niemand an.«

Joseph Schöffel nickte unkonzentriert und spülte misstrauisch die Arzneipille, die ihm Gruber aus einem merkwürdigen knisternden Papier gedrückt hatte, mit einem warmen Schluck Tee aus einer röhrenförmigen Kanne hinunter.

Er betrachtete die Flasche eingehend. »Ein praktisches Gefäß, das Sie hier haben.« Schöffel testete den Schraubverschluss, interessant, was alles produziert wurde in den Kronländern, von dem er keine Ahnung hatte. »So etwas hätte ich mir auf unseren Regimentsmärschen früher gewünscht. Sie können sich das nicht vorstellen, wie eine bepackte Kamelherde sind wir da paradiert, inklusive Mantel, Tornister, Waffenrock, Reserveschuhen, Säge, Krampen, Schaufel und einer riesigen Kochmaschine, aber auf so etwas Praktisches wie diese wärmespeichernde Flasche wäre keiner gekommen!« Schöffel musste ein wenig lächeln, als er an sich und seine Kameraden dachte, die damals aufgestellten Riesenschildkröten gleich durch die Landschaft des Habsburgerreiches gestolpert waren. Dann ließ er seinen Blick über die Baustelle schweifen. Genug der Nostalgie, jetzt hieß es, wirklich an Informationen zu kommen.

»Und Sie bauen hier ein Waldbureau zusammen mit diesem jungen Herrn Schöffel?«, begann er vorsichtig das Thema wieder in seine Richtung zu lenken.

Der Kanarienvogel sah ihn entsetzt an. »Oh nein, um Himmels willen, das Gegenteil ist der Fall! Wir wollen den Bau verhindern! Deswegen campieren wir hier. Aus Protest!«

»Aus Protest?« Schöffel staunte. Anscheinend hatte er die Lage komplett falsch eingeschätzt. Dieser groteske

Kerl war nicht nur nicht der Bauleiter, sondern einfach gar nichts hier. Der störte nur! Und das absichtlich.

»Ja, wir leisten gewaltfreien Widerstand. So wie der Schöffel damals! Jetzt ist es an mir, den Wienerwald zu retten!«

»Wie bitte?«

»Na, der Joseph Schöffel! Eine Ikone der hiesigen Umweltschutzbewegung! So eine Art Whistleblower wie dieser Edward Snowden, nur für den Wienerwald eben. Nie von ihm gehört? Das kann doch nicht sein! Der hat verhindert, dass der Wald hier abgeholzt wird, vor über hundert Jahren. Und seinem Beispiel folgen wir jetzt und werden diesen Wahnsinn von einem Bürogebäude hier am Waldrand auch verhindern!«

Schöffel musste ein wenig husten, vor lauter Entrüstung hätte er sich fast am guten Brot verschluckt. Was schwadronierte dieser dreiste Geselle da herum? Vor über hundert Jahren? »Na, ich muss schon sehr bitten, so lange ist das nun auch wieder nicht her, Sie belieben wohl zu übertreiben.« Nun, wenigstens schien er ihn nicht erkannt zu haben. »Es stimmt schon, der Herr Schöffel hat sich vielleicht ein wenig rar gemacht in letzter Zeit, aber hundert Jahre …«

»Ja, ist doch jetzt wurscht, wie lang das genau her ist«, winkte Hans Gruber ab, »Fakt ist, wir zelten hier so lange, bis die mit ihren depperten Maschinen wieder abziehen! Das schulden wir dem alten Schöffel, und unseren Kindern und Kindeskindern schulden wir das auch!«

»Nun, das ist sehr schmeichelhaft und schön zu hören.« Joseph Schöffel lächelte versöhnlich. Er musste gestehen, es gefiel ihm mehr, als ihm lieb war, dass sein einstiges Engagement offensichtlich doch nicht komplett vergessen war. Obwohl man das Ganze natürlich nicht miteinander vergleichen konnte, sein Kampf hatte schon eine andere

Dimension gehabt als dieses Lüfterl, das der Kanarienvogel hier wegen ein paar Quadratmetern Bureaugebäude veranstaltete. Aber es rührte ihn, wie begeistert der ihm gerade von seiner eigenen Kampagne damals erzählte.

Eigentlich hatte ja alles damit begonnen, dass er eine Zeit lang immer so gerne im Kaffeehaus gesessen und Zeitung gelesen hatte. Denn dazu hatte er, nachdem er sich nach vierzehn Jahren Militärdienst inklusive zweier durchgestandener Feldzüge endgültig als halbinvalid hatte pensionieren lassen, endlich einmal genügend Muße gehabt. Damals hatte er eine schöne Rente von 37 Gulden und 20 Kreuzern erhalten, und er hatte sich, zusammen mit seiner frisch angetrauten Ehefrau Wilhelmine, in einem komfortablen Haus am Fuße des Wienerwaldes niedergelassen und langsam aufgeatmet. Zusätzlich hatte er nach der Schöffel'schen Familientradition begonnen, Geologie an der Universität Wien zu studieren und war in die geologische Reichsanstalt eingetreten. Nach Jahren des stumpfen Befehle-Ausführens hatte er endlich die Möglichkeit gehabt, seinen Geist zu nähren und das Leben ein wenig zu genießen. An den Wochenenden hatte er zusammen mit seiner Frau und dann auch mit ihrer neugeborenen Tochter lange Spaziergänge durch den Anningerwald gemacht und seine junge Ehe genossen. Ansonsten hatte er sich mit seinen engsten Freunden getroffen, Feuilletons für das eine oder andere Magazin geschrieben und sich der Zucht von Kristallen gewidmet, die später dann sogar bei der Weltausstellung in Wien gezeigt worden waren.

Erst der schändliche Krieg gegen Preußen und der Ärger über die Unfähigkeit der K.-u.-k.-Militärführung hatten ihn in die Realität zurückgeholt und seine Lust an Initiative und Widerspruch wieder erwachen lassen. Vor allem sein kurzer Einsatz als Etappenkommandant auf dem Wiener Nordbahnhof, zu dem er trotz seiner Pensionierung wegen des Kriegsausbruchs einberufen worden war, und das dort gesehene völlig unnötige Chaos und Elend hatten ihn dazu veranlasst, eine Broschüre zum Thema *»Österreichs System als die wahre Ursache seiner Niederlagen«* zu schreiben und zu veröffentlichen, um die mit eigenen Augen gesehenen Verhältnisse deutlich anzuprangern. Geholfen hatte es natürlich nichts, die K.-u.-k.-Militärführung hatte weitergemacht wie eh und je und die Broschüre war konfisziert worden.

Als er nach Abschluss des Waffenstillstandes und nach Beendigung seines Einsatzes zumindest wieder im Kaffeehaus sitzen und Zeitung lesen konnte, da war ihm dann die eine oder andere Notiz ins Auge gefallen, die dem Volk den Verkauf des Staatsgutes Wienerwald an den bekannten Holzgroßhändler Moritz Hirschl und die damit einhergehende Schlägerung der Bäume zur Sanierung des Staatsbudgets unauffällig nahebringen sollte. Eine veritable Katastrophe hatte sich da angebahnt! Nicht nur für seine schöne Aussicht vom Balkon, sondern für das Klima der gesamten Großstadt Wien, den Boden und die Flora und Fauna der Region. Denn der Wienerwald war doch kein üblicher Nutzwald, wie diese niederträchtige Bande suggeriert hatte, der diente doch als Erholungs- und Wohlfahrtswald. Und das Wissen um den hohen Wert dieses Waldes war bis in die obersten Kreise vorhanden gewesen, das hatte ihm keiner erzählen können, dass die davon nichts gewusst hatten! Alle Verantwortlichen bis hinauf zum Kaiser waren sich über die Wichtigkeit des Waldes im Klaren gewesen, das Gebiet war doch schon zu Zeiten Maria Theresias zum Schutzgebiet erklärt worden. Es war eindeutig gewesen, der Bevölkerung sollte etwas Essentielles verheimlicht, sie sollte an der Nase herumgeführt und um ihren Wald betrogen werden. Denn wie aus seinen privaten Recherchen hervorgegangen war, war es Hirschls Geschäftsplan, zu schlägern, ohne je wieder aufzuforsten! So eine hirnlose

Narretei, offensichtlich hinter verschlossenen Tapetentüren geplant, nur um die finanziell desolate Monarchie mit den Einnahmen aus den Rodungen und dem Waldverkauf wieder ein wenig gesundzustoßen, hatte Joseph Schöffel nicht hinnehmen können. Noch dazu waren 500.000 Gulden Gewinn für 5.000 Joch Waldparzellen eine Lächerlichkeit sondergleichen, mit dieser Summe konnte man doch keinen bankrotten Staat sanieren! 1.000.000 Gulden wäre er zumindest wert gewesen, aber so ein Wald, der lässt sich doch nicht in Verträge und in Bilanzen gießen, der lässt sich doch nicht in Profit aufwiegen!

Er hatte zuerst seine Frau und dann seine engsten Freunde, praktischerweise quasi allesamt Schriftsteller oder bei der Presse tätig, von diesen skandalösen Plänen der K.-u.-k.-Mafia in Kenntnis gesetzt, und sie alle hatten ihn bestärkt, dagegen vorzugehen. Mehr noch, sie hatten ihm ihre Unterstützung zugesagt, und so hatten sie gemeinsam eine bislang noch nicht dagewesene Medienkampagne geplant, von der ihm der Kanarienvogel gerade mit leuchtenden Augen erzählte.

So heldenhaft, wie er es gerade darstellte, war es gar nicht gewesen. Er war einfach eines Tages mit seinem ersten Enthüllungsartikel beim Chefredakteur des *Neuen Wiener Tagblatts* im Bureau erschienen, hatte ihn gebeten, diesen zu veröffentlichen, und der hatte es mutig gemacht. Tja, und zwei Jahre, fünf Anklagen wegen Ehrenbeleidigung, mehrere Bestechungsversuche, unzählige Artikel in diversen Zeitungen und eine Morddrohung später waren die skandalösen Verträge der Monarchie mit dem Holzhändler Moritz Hirschl storniert worden und der Wienerwald gerettet gewesen. Ende der Geschichte.

»Heute wäre der sicher bei den Grünen. Oder vielleicht bei gar keiner Partei. Der wär wahrscheinlich Aufdeckerjournalist oder so ein Wutbürger oder ein autonomer Umweltaktivist wie ich«, plapperte der Kanarienvogel derweil irgendetwas munter vor sich hin, er musste sich ermahnen, wieder zuzuhören. »Wie pointiert und geschliffen der formuliert hat. Und wie aktuell das alles immer noch ist, das ist schon beeindruckend, also auf eine ungute Art. Wirklich, ich muss Ihnen das vorlesen, dann verstehen Sie, was ich meine!« Der Kanarienvogel blätterte aufgeregt in seinem Notizbuch. »Da, das war Schöffels allererster Artikel zum Verkauf des Wienerwalds. Völlig aus dem Nichts ist er damit gekommen und hat alle, die darin verstrickt waren, gründlich überrumpelt!« Er räusperte sich: »*Welcher Wiener kennt nicht die reizenden Thäler, die herrlichen Wälder des Wiener Waldes, der im Bogen von Nordwest gegen Südost die Residenz umgibt, der die ungetheilte Bewunderung der Fremden erregt, den Stolz der Residenz, denn eine ähnliche Umgebung kann keine größere Stadt der Welt nachweisen! Dieses Kleinod der Wiener, dieses herrliche Geschenk der Natur soll nun stückweise an Spekulanten verkauft und verwüstet werden. Das war die letzte Bescherung des so sehr gepriesenen Advokatenministeriums, die letzte That des Finanz-Torquemadas Brestel, das letzte Andenken jenes Abgeordnetenhauses, das ohne Bedenken den Ruin des Volkes votirt hat, um nur die Zügel der Regierung in Händen zu behalten.*«

Hans Gruber hob kurz den Kopf und wachelte mit dem Notizbuch. »Ich mein, da hat sich ja wirklich GAR nichts verändert in der Politik seit damals, immer geht es nur um Machterhalt!« Dann fuhr er fort: »*Wir halten es für unsere Pflicht, unsere Leser sowohl über den gegenwärtigen Bestand des Wiener Waldes, in soweit er Staatseigenthum ist, als über dessen wirtschaftliche Behandlung von Seite des Aerars zu unterrichten. Wir werden ferner auf die unausbleiblichen Folgen einer Devastirung des Wiener Waldes aufmerksam machen und können die Versicherung beifügen, daß alle unsere Daten aus der besten Quelle geschöpft sind und daß wir jedem Dementi, von welcher*

Seite es auch kommen mag, ohne Schonung einzelner Persönlichkeiten, mit Thatsachen entgegentreten werden.«

»Na, ist das nicht beeindruckend?«

»Ja, na ja, er wird sich schon etwas gedacht haben beim Verfassen, nicht wahr.«

»Was gedacht haben? Überlegen Sie! Das war erst kurz nach der Einführung der Pressefreiheit überhaupt und er ist abgebrühter als ein Edward Snowden!«

»Pah, wohl eher Pressefeilheit als Pressefreiheit ...«

»Und dieser Brestel«, ereiferte sich Hans Gruber weiter, »den er da erwähnt, das muss ja vielleicht ein Wappler gewesen sein. Warten S'!« Gruber blätterte geschäftig. »Da gibt es sogar einen offenen Brief vom Schöffel an ihn, den kann ich Ihnen auch nicht vorenthalten. Wenigstens einen kurzen Auszug, der ist großartig!« Er feixte vor sich hin, »Also, ich zitiere, der Schöffel via *Neues Wiener Tagblatt* zum Landtagsabgeordneten und Exfinanzminister Brestel: ›*Sie behaupten, daß die Bevölkerung ohne Grund alarmiert worden sei, und daß Private ihre Wälder viel besser kultivieren, als der Staat, ferner daß aus dem projektirten Verkauf keine Gefahr für das Land erwachsen wäre.*‹ Ich mein, allein das Thema Privatisierungen! Schon damals! Aber egal, ich lese weiter: ›*Es gibt zweierlei Waldbesitzer, Exzellenz, nämlich solche, die den Wald rationell und nachhaltig bewirtschaften müssen, da sie für die Zukunft, für die Nachkommenschaft, für das öffentliche Wohl Sorge zu tragen haben, und solche, die nur die möglichst schnelle Amortisirung ihres Anlagekapitals erzielen wollen. Zu ersteren gehört der Staat, die einzelnen Länder, die Großkommunen und endlich der Fideikommißbesitz; zu letzteren alle Aktiengesellschaften, Konsortien, kleinen Gemeinden und einzelne Private.*

Allein es gibt nicht nur einen Unterschied zwischen den Waldbesitzern, es gibt auch einen Unterschied zwischen den Wäldern; denn es gibt Nutz- und sogenannte Wohlfahrtswäl-

der. Bei ersteren beweist schon der Name, daß man dieselben ohne irgend eine Gefahr für die Umgebung nach Belieben ausnützen kann, die letzteren, die sogenannten Wohlfahrtswälder, jedoch haben Einfluß auf die Temperatur, Regen und Feuchtigkeitsverhältnisse; sie sind ein wichtiger Faktor für das Klima, die Fruchtbarkeit und Salubrität. – Ein solcher Wohlfahrtswald ist jedenfalls im hervorragenden Maße der Wienerwald! Wer, entgegnen den gemachten Erfahrungen, entgegen den Lehren und Kundgebungen unserer vorzüglichsten Naturforscher, den Einfluß des Wienerwaldes auf das Klima, die Fruchtbarkeit und die Salubrität des Landes zu leugnen wagt, der muß mehr als Exzellenz, der muß unfehlbar, oder dumm sein!

Glauben Sie, Ew Exzellenz, daß ich, der ich über 2000 Gulden jährlich Steuer zahle, das Recht habe, zu fragen, ob das Gut des Staates recht oder schlecht verwaltet wird und, wenn das letztere der Fall ist, meine Stimme dagegen zu erheben?

Sie haben richtig geraten, Ew. Exzellenz, ich bin pensionierter Oberleutnant, jedoch kein armer Schlucker, der sich, wie Sie glauben, von Tagschreiben nährt und auf das Zeilenhonorar angewiesen ist, obzwar das alles, wie Sie aus eigener Erfahrung wissen werden, keine Schande ist; ich habe Grundbesitz in Wien und Mödling, wohne mit Vorliebe im Wienerwalde, fühle mein und das Interesse meiner Mitbürger durch die unter Ihrem Regime eingeführten wirtschaftlichen Maßregeln, sowie durch den projektierten teilweisen Verkauf des Wiener Waldes bedroht, studierte mit Eifer die Wienerwaldfrage, was Ew. Exzellenz auch nicht geschadet hätte, und trat, wohl nicht als Fachmann, so doch als Freiwilliger für mein und meiner Mitbürger Recht in die Schranken. Mein heißester Wunsch ist, daß das Recht siege und das Unrecht unterliege und von diesem Wunsche beseelt, zeichne ich mich Ew. Exzellenz ergebener

Joseph Schöffel

k. k. pensionierter Oberleutnant, Haus- und Realitätenbesitzer in Wien und Mödling‹

Na, der muss geschaut haben, der Herr DOKTOR Brestel.«

»Ach, der Brestel«, murmelte Schöffel, »der war eigentlich ein armer Teufel. Ein verbohrter, trockener, unbehilflicher Theoretiker, der nicht nur von seinen Beamten, sondern auch von seinen Hoflakaien hinten und vorne ausgelacht und von seinen Sektionschefs düpiert wurde ... Da waren die Herren Ministerialrat Kurz, Oberfinanzrat Deimel und Forstmeister Prinz viel schlimmer, das können Sie mir glauben. Aber irgendwann wurden selbst die wegen Missbrauchs der Amtsgewalt öffentlich überführt und versetzt oder in den Ruhestand geschickt, nicht wahr.«

Hans Gruber schaute überrascht. »Na, Sie kennen sich ja ganz schön gut aus!«

Er zuckte mit den Schultern und machte eine wegwerfende Handbewegung, aber der Kanarienvogel grinste ihn an. »Und? Wie schaut's aus?«

»Was meinen Sie?«

»Na, haben Sie drüber nachgedacht?«

»Wie bitte? Worüber denn?« Irritiert blickte Schöffel den Kanarienvogel an.

»Na, ob Sie sich unserem Protest gegen das Waldzerstörungsbüro hier anschließen wollen? Einen historisch so gebildeten neuen Mitstreiter wie Sie könnten wir gut gebrauchen!«

»Nun ...«

»Ich bin übrigens der Hans.«

»Äh, Joseph.« Überrumpelt schüttelte Schöffel die Hand des enthusiastischen Kollegen.

»Angenehm, das freut mich sehr. Komm, Joseph, ich zeig dir gleich alles hier.« Gruber war mit einem Elan aufgesprungen, den Schöffel ihm gar nicht zugetraut hätte.

»Langsam, langsam.« Er lächelte höflich und überlegte. Er hatte ja ohnehin hier übernachten wollen heute. Vielleicht war dieses Protestfeldlager die ideale Tarnung für seine Schatzsuche? Er blickte sich ein wenig um. Dieses bunte Zelt sah viel gemütlicher aus als sein altes aus Kriegszeiten, das er mühevoll mitgeschleppt hatte. Wenn es stimmte, was dieser Kanarienvogel ihm gerade erzählt hatte, dann verschwand der ohnehin jeden Abend nach Hause in seinen Käfig. Zusammen mit seiner Renate, oder wie dieses Frauenzimmer, das sich anscheinend lieber hier herumtrieb, anstatt in irgendwelchen Salons zu schnattern oder auf ihrem Pianoforte zu klimpern, auch immer hieß. Das wäre dann seine Gelegenheit, ungestört und ganz alleine nach dem Schatz zu graben und nebenbei in diesem modernen Unterstand zu rasten. Dann brauchte er vielleicht auch den Baustellenführer gar nicht zu behelligen.

Er erhob sich so würdevoll wie möglich.

»Nun«, setzte er an, »ich persönlich habe zwar immer lieber mit meiner Feder gekämpft, als mich wie hier auf eine Bühne zu stellen, um vor aller Welt mit tönenden Phrasen zu dilettieren, aber Ihr Anliegen klingt im Grunde sehr vernünftig.« Er zog sein altes Feldzelt aus dem Tornister. »Ich habe mich also dazu entschlossen, Sie in Ihrem Protest zu unterstützen. Wie es der Zufall will, habe ich auch ...«

»Du hast ein Zelt dabei?«

Joseph Schöffel bemühte sich um einen verschwörerischen Gesichtsausdruck. »Tja, nun, vielleicht habe ich mit Ihrem Protest im Vorhinein schon ein wenig geliebäugelt, wer weiß.« Er setzte noch eins drauf und lächelte vielsagend.

»Ich wusste es!« Hans Gruber sah ihn freudestrahlend an, »Dass unsere Proteste bislang nicht ungehört verhallt sind! Dass wir hier die Avantgarde einer neuen, großen Umweltschutzbewegung sind. Die Renate glaubt mir das ja nicht, aber die Leute, die werden schon noch kommen und sich uns anschließen, wenn es sich erst so richtig herumgesprochen hat! Du bist der Erste von Vielen!«

»Ganz bestimmt.« Schöffel begann, alibimäßig sein altes Zelt aufzubauen, während Gruber enthusiastisch auf und ab schritt.

»Das wird ganz groß, mit dir an unserer Seite, das spür ich! Du hast so etwas Authentisches, wie der echte Wienerwald-Schöffel, nur in großväterlich und liebenswert, das wird den Leuten gefallen.« Er blieb stehen. »Ja was sag ich, du könntest gleich das Gesicht unserer ganzen Protestbewegung werden! Wir machen ein richtiges Logo mit dir! So was wie die Anti-Atom-Sonne, nur, na ja, menschlicher eben!« Er schritt wieder auf und ab, ganz berauscht von allen Möglichkeiten, die sich plötzlich vor ihm auftaten. »Jetzt brauchen wir noch eine gute Parole!« Er überlegte. »Vielleicht eine Zeile aus einem alten *Scherben*-Song, so auf modern?« Er summte ein wenig »*Macht kaputt, was euch kaputt macht*« und schaute sein neues Kampagnengesicht erwartungsvoll an. »Na, was meinst? Stimm ein!«

Doch der alte Schnauzbart hatte sich schon wieder seinem Zelt zugewandt und kämpfte gegen eine Windböe an.

»Na ja, wir müssen das ja nicht jetzt sofort entscheiden, wenn du nicht so der *Scherben*-Fan bist. Die Hauptsache ist ja, dass wir provozieren!« Hans Gruber schwenkte sein Weinglas und haute dem anderen, übermannt von einem plötzlichen Gefühl der Kameradschaftlichkeit, gleich noch einmal beherzt auf den Rücken, sodass der fast über seine Zeltplanen gestolpert wäre. »Ja, ja, Joseph, ich prophezei's dir, das könnte größer werden als Hainburg und Zwentendorf zusammen, wenn wir das richtig angehen!«

Joseph Schöffel trat einen Schritt zurück und hob beschwichtigend seine Arme. »Gemach, gemach, mein lieber Freund.« Das hatte ihm gerade noch gefehlt, dass dieser hyperaktive Kanarienvogel hier einen riesigen Wirbel machte und seine geschickt geplanten Schatzausgrabungen durch laienhaften Aktionismus gefährdete. Er räusperte sich und setzte seine etwas eingerostete Bürgermeistermiene auf: »Wir müssen das Ganze strategisch angehen! Der Schöffel hat damals sicher auch nicht so einfach drauflosdilettiert, sondern sein Vorgehen genau geplant.«

»Strategisch, ja, ja, sehr richtig, ganz meine Meinung! Antiautoritär und politisch zugleich! Minutiöse Planung!« Der Papageno nickte geschäftig, zwirbelte seinen grotesken Haarzopf, den Joseph Schöffel zuletzt bei den preußischen Soldaten Anfang des Jahrhunderts gesehen hatte, so lange war das schon aus der Mode, und schritt dann zum Bauzaun. Dort starrte er konzentriert auf den überdimensionalen Aushang, auf dem das feiste Gesicht dieses eifrigen Waldbureaubauers Schöffel zu sehen war.

Täuschte er sich oder prostete der Kanarienvogel dem gerade zu? Sah ganz so aus. Und fing der jetzt auch noch an, mit dem Plakat zu reden? Oh ja. Brabbelte irgendetwas wie »einem jeden Projekt seinen eigenen Schöffel« und dann noch: »Möge der Bessere gewinnen.«

Joseph Schöffel schüttelte den Kopf und ging daran, sein Zelt weiter aufzubauen, mit dem Irren da war es offensichtlich gerade unmöglich, ein vernünftiges Wort zu wechseln.

Der salbaderte einfach immer weiter vor sich hin, irgendetwas von SEINEM Moment und dass er jetzt gutmachen konnte, was er damals versäumt hätte. Joseph Schöffel verstand kein Wort und war durchaus froh darüber.

*

»Zwei Kaiserspritzer, bitte!«

Renate Leitner hatte ihn in eine Bar namens »Schöffelvorstadt« mitgenommen. Sie fand das lustig. Mit dem

Schöffel unterwegs in der »Schöffelvorstadt«, war das nicht super?

»Ja, ganz großartig«, hatte Josef gebrummt. Bislang hatte er um das Lokal alleine wegen seines Namens immer einen großen Bogen gemacht.

»So, und jetzt erzählen Sie einmal. Wieso ist das alles so?«

»Was meinen Sie?«

»Na das, mit Ihnen! Sie sind doch ein netter Mensch. Wieso bauen Sie für den lokalen Parteibonzen ein Bürogebäude an den Waldrand und machen ihm das Maskottchen?«

Josef Schöffel seufzte, das Gespräch begann in eine unangenehme Richtung abzubiegen, obwohl sie eigentlich ja auch gerade gesagt hatte, dass sie ihn sympathisch fand, also irgendwie. Oder nicht?

»Es ist der Name, stimmt's? Sonst wären Sie da nie so hineingeschlittert in das Ganze, oder? Ist für diesen Bürgermeisterarsch sicher verlockend, sich mit dem zu schmücken, praktisch zum Greenwashen. Aber für Sie? So ein Glaskubus, da am Rand vom Wienerwald, das kann Ihnen doch nicht wirklich ein Anliegen sein?«

»Na ja, es wäre halt einmal etwas. Also, etwas, das man vorzuweisen hätte. Sie wissen schon, man hätte etwas geschaffen. Ein Haus gebaut.« Er probierte es pragmatisch.

»Und mindestens einen Baum gefällt. Alles, was ein Mann so tun muss.«

»Genau. Und kein Kind bekommen.«

Sie lachte. »Verstehe. Dann hätten Sie alles erledigt, wenn der Kubus erst einmal steht.«

»Exakt. Dann hätte man etwas geschaffen.«

»Ja, aber für wen? Ich meine, wen würde denn so etwas glücklich machen? Sie ja offensichtlich nicht. Oder?«

Meine Großmutter, dachte er. Und sagte: »Na, die Allgemeinheit, die Gemeinde eben, den Bürgermeister!« Und dann dachte er weiter, dass Renate natürlich recht hatte.

Niemand, der bei Verstand war, würde sich mit so einem lächerlichen Büroklotz schmücken wollen, da konnte der noch so nachhaltig gebaut sein. Zumindest niemand, der er sein wollte. Aber das konnte er doch jetzt nicht zugeben. Außerdem war dazu doch schon alles viel zu verfahren und er schon viel zu weit in diesen ganzen Quatsch verstrickt. Die Fronten waren längst geklärt, Renate war die Gute, er war der Böse, fertig.

Sie sah ihn prüfend an. »Oder, Moment, geht's da doch um Ihr Ego?« Sie lehnte sich nach vorn. »Nein, ich glaub Ihnen einfach nicht, dass Sie das wirklich wollen!«

»Was ich persönlich will, spielt in dem Fall gar keine große Rolle mehr. Steht ja schon überall mein Name drauf. Es wär ein bisserl spät und unverantwortlich, da noch auszusteigen. Außerdem ist alles wasserdicht überprüft, der Bürgermeister hat alle gängigen Umweltgutachten in der Hand, und da sind jede Menge Leute involviert. Es tut mir leid, aber ihr könnt das auch nicht mehr aufhalten mit eurem Camp, die Maschinen sind da, die Grube ist ausgehoben. Man müsste da schon eine ausgestorbene Art entdecken oder zufällig irgendetwas sehr Historisches ausgraben, um noch was zu stoppen.«

»Man hat immer eine Wahl.«

Er lachte gehässig. »Ja, Sie vielleicht in Ihrer Ökotraumwelt! Aber ich trage hier auch eine Verantwortung für viele Menschen und deren Arbeitsplätze! Da steckt ein Haufen Geld dahinter! Ich muss meinem Namen und meinem Auftrag gerecht werden, sehr viele Leute vertrauen mir da!« Wahnsinn, dachte er, jetzt redete er schon wie der Steff.

»Aber doch nicht, indem Sie ein Bürogebäude genau an den Ort hinstellen, den Ihr berühmter Namensvetter quasi mit dem Leben verteidigt hat! Wollen Sie, dass man sich DAFÜR an Sie erinnert? Das kann doch nicht Ihr Ernst sein.« Renate hatte ganz rote Wangen bekommen vor lauter Aufregung und Ärger.

»Na na, wir bauen schon nachhaltig! Und am WaldRAND! Da werden keine riesigen Flächen abgeholzt und privatisiert aus Profitgier wie anno dazumal. Da muss man die Kirche schon im Dorf lassen.« Er verschränkte die Arme vor der Brust. Die Kirche im Dorf lassen? Hatte er gerade wirklich ernsthaft »da muss man die Kirche im Dorf lassen« gesagt?

»Ja, aber die Kollateralschäden!«, ereiferte sich Renate. »Haben Sie an die gedacht? Der ganze versiegelte Boden! Und wenn einer einmal damit angefangen hat, dann baut gleich der Nächste und der Übernächste, so schnell kann man gar nicht schauen, steht da eine ganze Bürolandschaft inklusive Tennisplatz und Swimmingpool, der eine Unmenge an frischem Trinkwasser verbraucht!«

Sie hatte recht, natürlich hatte sie recht. Wie war er in all das nur hineingeraten? Dass er jetzt hier sitzen und ein Projekt verteidigen musste, das ihm eigentlich nichts bedeutete, ja mehr noch, das er ähnlich ablehnte wie sie.

»Jetzt übertreiben Sie aber maßlos! Da gibt es ganz strenge Auflagen! Außerdem, ich mach das doch nicht für mich persönlich, sondern für die Allgemeinheit.«

»Ja genau«, rief sie höhnisch. »Und vorher wollten Sie grad noch unbedingt ein Haus gebaut haben in Ihrem Leben, Herr Politarchitekt. Etwas«, sie hob die Hände zu einer Gänsefüßchengeste, »›geschaffen‹ haben. Ein Werk hinterlassen.«

»Nein, nein, nein!« Er schüttelte unwillig den Kopf. »Ich mach das wirklich nicht für mich!«

»Aber nein, natürlich nicht! Steht ja nur überall fett Ihr Name drauf, auf Ihrem Prestigekubus. Aber in Wahrheit bauen Sie total selbstlos für die ganzen armen Bürohengste, die sonst kein Dach über dem Kopf hätten, gell! Und zur

Gewissensberuhigung kleben Sie oben drauf dann einfach noch ein paar Solarpaneele und nennen das dann nachhaltig.«

Er starrte sie an. Spürte plötzlich eine Wut in sich kochen. Auf Renate und darauf, dass sie recht hatte, und auf die Oma, und auf den Steff UND auf sich selbst. Also vor allem auf sich selbst. Am liebsten wollte er aufstehen und gehen. Bloß raus aus dieser Situation. Endlich alleine sein, essen und die Welt vergessen.

»So, zwei Kaiser für die Dame und den Herrn, prost!« Der triefäugige Kellner stellte schwungvoll und betont gut gelaunt zwei randvolle Spritzergläser vor ihnen ab. »Darf's denn sonst noch was sein? Eine kleine Stärkung vielleicht? Sie wirken so entkräftet.«

Josef Schöffel machte eine abwehrende Geste und nahm einen tiefen Schluck von seinem Spritzer, ohne Renate davor zuzuprosten. Die studierte demonstrativ die Karte.

»Den Schöffeltoast könnt ich empfehlen«, meinte der Kellner.

»Wie bitte?« Josef Schöffel starrte ihn an.

Renate lachte.

»Den Schöffeltoast! Das ist unser Signätscha Disch.«

»Ihr was?«

Renate beugte sich zu ihm und flüsterte: »Ihr Signature Dish. Der Schöffeltoast ist hier die Spezialität des Hauses.«

»Ach, ist das so?«

»Ja! Und der ist wirklich ganz wunderbar!« Der Kellner war nicht mehr zu bremsen. »Resch und ein bisserl feurig, so wie der Wienerwald-Schöffel einer war! Dazu empfehle ich gern ein Glaserl von unserem Elsbeer-Schnaps, direkt hier aus der Region.«

Josef Schöffel blickte ermattet in das freundliche Kellnergesicht. Er hasste Elsbeer-Schnaps. Bei jeder Veranstaltung, jedem Dorffest in der Gegend gab es seit seiner

Jugend diesen elenden Schnaps, ihm wurde schon ganz schlecht, wenn er nur den Namen hörte.

»Ja, wenn das so ist, nehme ich sehr gerne einen«, hörte er sich freundlich sagen, während Renate gleichzeitig mit einem »Pfui Teufel, nein danke« ablehnte. Wirklich, er war so wütend auf sich. Wieso konnte er nie NEIN sagen? Was war da so SCHWER daran?

»Ich mach's wegen meiner Großmutter, okay!«, brach es aus ihm heraus.

»Wie bitte?« Der Gesprächspegel rundherum war mittlerweile recht hoch.

»Also FÜR sie. Ich stell dieses Bürogebäude da hin, damit meine Oma einmal auf mich stolz ist in ihrem Leben und Ruhe gibt. So. Jetzt wissen Sie es. Und jetzt lassen Sie mich in Ruh.«

»Wohl bekomm's«, rief der Kellner und knallte ihm das Schnapsglas im Vorbeigehen vor die Nase, Josef Schöffel schob es angewidert von sich weg und nahm gleich noch einen großen Schluck von seinem Spritzer.

»Aber wieso sollte Ihre Großmutter glücklich sein, wenn Sie da ein Büro hinstellen, auf die Fläche, die der Wienerwald-Schöffel damals geschützt hat?«

»Sie verstehen das nicht. Der Oma geht's nicht um die Waldrettung. Der Oma geht's um den Namen. Und dass der weiterhin wo draufsteht. Dass der weitergetragen wird. Es ist ihr egal, wofür ich bekannt bin. Wichtig ist, dass ich es bin. Dass ich etwas geleistet hab, für die Öffentlichkeit und am besten in der Öffentlichkeit. Und so ein Büro, am Fuße des Waldes, den mein Urururwasweißdennichwasgroßonkel, falls das überhaupt wirklich ein Verwandter war und nicht ein Fantasma meiner Oma, was ich eher glaub, gerettet hat, das wäre etwas, was ihr sehr gut gefallen würde. Dann könnte sie beruhigt sterben, stell ich mir vor.«

»Sie bauen diese Bude also nur, um Ihre Großmutter zufriedenzustellen?«

»Sieht ganz danach aus, ja.« Er seufzte. Wie erbärmlich das klang. So laut ausgesprochen.

»Wusste ich's doch.« Sie lächelte.

»Was denn?«

»Na, dass Sie eigentlich auf unserer Seite sind. So insgeheim.«

Er schwieg.

»Und ich weiß noch was.«

»Aha. Und was?«

»Dass Sie diesen Schnaps da nur aus Höflichkeit bestellt haben. Sie wollten den Kellner nicht beleidigen, wo er sich so ins Zeug gelegt hat.« Sie schaute ihn triumphierend an. »Stimmt's oder hab ich recht?«

Er hasste diese Phrase, musste aber trotzdem unwillkürlich über ihre diebische Freude lächeln. »Erwischt«, gab er zu.

Sie stützte ihre Arme auf den Tisch und sah ihn forschend an.

»Was ist?«

»Kriegsenkelthematik, ganz klar.«

»Wie bitte?«

»Sie! Sie sind ein Kriegsenkel. Oder wie alt ist Ihre Oma?«

»Na ja, so Mitte neunzig.«

»Na, da haben wir es schon.«

»Da haben wir was?«

»Da haben wir den Grund.«

»Den Grund wofür?«

»Den Grund dafür, warum Sie die ganze Zeit Sachen machen, um andere zufriedenzustellen und glücklich zu machen, nur nicht sich selbst. Dabei verwechseln Sie Lob und Anerkennung für Ihre Leistungen mit Liebe. Weil Sie es so gelernt haben! Von Ihrer Oma! Die offensichtlich einen recht dominanten Platz in Ihrem Leben einnimmt.«

»Das ist doch ein Blödsinn.«

»Sind Sie sicher? Sie engagieren sich für ein Projekt, das Sie persönlich ablehnen, um es Ihrer Großmutter und dem Bürgermeister und wer weiß wem noch recht zu machen. Oder, ganz banal, hier jetzt gerade, Sie bestellen etwas, das Ihnen gar nicht schmeckt, nur um irgendeinen Kellner, den Sie nicht kennen, dem Sie nichts schulden und den Sie vermutlich nie wieder sehen werden, nicht vor den Kopf zu stoßen?«

»Das ist doch lächerlich, das heißt doch nichts. Ich bin eben ein höflicher Mensch. So wurde ich erzogen.«

»Da haben wir es schon wieder!«

»Aber so ein Quatsch.«

»Okay, ich probier's anders. Haben Sie sich schon als Kind immer verantwortlich gefühlt für das seelische Wohlergehen Ihrer Großmutter? Waren Sie stets der geduldige und aufmerksame Zuhörer für alle? Der fröhliche Sonnenschein, allzeit bereit, um alle anderen glücklich zu machen, allen das Leben zu erleichtern, schlechte Stimmungen auszugleichen, ohne jemals mit eigenen Bedürfnissen zu stören? Haben Sie sich schuldig dafür gefühlt oder illoyal, wenn Sie sich abgrenzen und etwas nach Ihren eigenen Interessen und Vorstellungen machen wollten? Haben Sie Ihre persönliche Weiterentwicklung zugunsten der Familie zurückgestellt? Haben Sie Ihre eigenen Ziele hintangereiht und sich unsichtbar gemacht, um ja niemandem zur Last zu fallen? Haben Sie Schwierigkeiten, sich abzugrenzen und trauen sich nicht, Ihre Wünsche zu äußern, aus lauter Angst vor einem etwaigen Liebesentzug, wenn sie nicht den Vorstellungen der anderen entsprechen? Na, na, na?« Sie schaute ihn forschend an.

»Okay, okay, hören Sie endlich auf, ich hab's verstanden!« Er hob abwehrend die Hände.

»Parentifizierung, so nennt man das. Umkehrung des Fürsorgeprinzips. Sie haben erwachsen sein müssen und Ihre Großmutter, die war das bedürftige, egoistische Kind, das sich an Ihnen bedient hat.« Sie sah ihn immer noch so an. Freundlich sezierend. »Kommt Ihnen das bekannt vor? Umzingelt zu sein von Leuten, die die ganze Zeit nur ›Ich!‹ schreien?«

»Ja, irgendwie schon eigentlich«, sagte er lahm. »Also, wo Sie das jetzt so aufzählen. Aber vielleicht ist das auch gerade nur so ein Horoskopeffekt. Wenn man das liest, denkt man auch immer, ›oh ja, das trifft total auf mich zu‹, obwohl das natürlich alles nur ein Zufall ist. Außerdem, warum sollten gerade Sie sich mit so etwas auskennen?«

Sie lachte auf. »Ja, warum bloß?« Dann, nach einer Pause: »Na, schauen Sie mich doch an. Oder was glauben Sie, warum ich da oben dauernd herumhocke mit meinem alten Vater in dem Zelt?«

»Moment!« Er schaute sie entgeistert an. »Der Herr Gruber ist Ihr Vater? Ich dachte, also ich weiß gar nicht so recht, was ich gedacht hab, aber das sicher nicht!«

»Erwischt.«

»Aber Sie heißen Leitner.«

»Ja, aber ich hab auch einmal Gruber geheißen. Bevor ich den Herrn Leitner geheiratet hab.«

»Aha.«

»Vom Herrn Leitner hab ich mich dann auch recht schnell wieder scheiden gelassen, aber den Namen hab ich behalten.«

»Oje, ich bin wohl wirklich der schlechteste Provinzpolitiker der Welt, wenn ich so etwas nicht weiß, nicht wahr?«

Sie lachte. »Das kommt wahrscheinlich darauf an, wie man seine Politikerrolle so anlegt. Aber ein leutseliger Populist werden Sie in diesem Leben wohl nicht mehr.«

»Vermutlich nicht.«

»Gut so.« Sie klopfte ihm aufmunternd auf die Schulter. »Jetzt das Schnapserl?«

»Wäh, nein danke.«

»Deswegen erkenne ich das so gut bei anderen.«

»Was meinen Sie?«

»Diese Kriegsenkelsache.«

»Ach so.«

»Aber meine Therapeutin sagt, dass das halt auch die Stärke unserer Generation ist, also dass wir oft so ein überdurchschnittliches Empathievermögen haben. Weil wir uns seit unserer Kindheit eben andauernd fragen, was wir für die anderen tun können, damit es denen besser geht. Wir sind gut für soziale Berufe geeignet. Wenig Gehalt, dafür viel Bereitschaft zur Selbstausbeutung.«

Er seufzte. »Na, das ist ja sehr beruhigend.«

»Ja ich weiß, es ist scheiße.« Sie hob sein Schnapsglas. »Aber trinken hilft, oder …«, sie klopfte ihm auf die Wampe, »… essen. Ihre Strategie gegen die Umstände?«

Er starrte sie erschrocken an und nickte dann verschämt. »Kann man wahrscheinlich so sagen«, murmelte er. »Und, äh, bei Ihnen?«

»Meine Strategie meinen Sie? Ich ess einfach nix. Also fast.«

»Aha.«

»Ja, Sie wissen schon. Wenn man über nichts im eigenen Leben die Kontrolle hat, weil man gar nicht so recht weiß, wer man eigentlich selber ist, weil man andauernd nur für die Bedürfnisse der anderen lebt. Dann bleibt dir eben nur dein Körper, über den du bestimmen kannst. Da haben sie keinen Zugriff drauf. Und, na ja, die Aggressionen vom permanenten Zusammenreißen kann man so auch gut abbauen. Man richtet sie einfach gegen sich selbst. Auch das sehr praktisch für die anderen.«

Josef Schöffel rutschte unbehaglich auf seinem Stuhl herum. Irgendwie war das alles viel zu viel für ihn gerade. Wie schaffte Renate es nur, dass dieses Gespräch immer genau dorthin verlief, wo es am meisten wehtat? Er räusperte sich und bemühte sich um eine betont launige Stimmlage: »Das heißt dann wohl, Sie haben die Kontrolle und ich verliere sie. Also beim Essen.«

»Schaut fast so aus«, sie lachte. »Eine ideale Kombination eigentlich.« Dann trank sie seinen Schnaps in einem Zug aus.

»Aber Alkohol hat auch Kalorien«, gab er zu bedenken.

»Ja, aber zumindest keine leeren!« Sie deutete mit einer Geste ihre aufgehellte Stimmung an. Dann schwiegen sie eine Weile und er entspannte sich wieder ein wenig.

»Könnte ich sie mal kennenlernen?«

»Wen, mich?« Josef Schöffel errötete leicht.

»Nein, Sie kenn ich doch schon ein bisschen. Ihre Großmutter meine ich.«

»Ich weiß nicht, wie stellen Sie sich das vor?«

»Ich wette, Sie hängen eh dauernd bei der herum, da könnte ich ja mal mitkommen.«

»Jeden Sonntag«, nickte er.

»Kaffee und Kuchen? Gemeinsames Spazierengehen?«

»Mittagessen, Kaffee und Kuchen, danach Konversation bis zum Schlafengehen.«

»Sportlich.«

»Man tut, was man kann.«

»Ich weiß. Und es ist nie genug.«

»Nein, es ist nie genug.« Er wiegte seinen leicht beschwipsten Kopf.

»Also, könnte ich mitkommen?«

»Ich weiß nicht. Das ist doch schon irgendwie komisch. Sie können doch nicht mein Winner-Woods-Projekt sabotieren, gegen mich persönlich protestieren und mich dann gleichzeitig zu meiner Oma begleiten wollen?«

»Aha, und warum nicht?«

»Warum, warum, na weil wir offiziell ja quasi Feinde sind! Daenerys Targaryen würde auch nicht zum Kaffee zu, na, was weiß ich, Robert Baratheons Oma gehen.«

»Sie vergleichen uns mit *Game of Thrones*?«

»Fühlt sich meistens so ähnlich an, ja. Also von der Härte her.«

»Ach was!« Sie lachte. »So arg ist das alles für Sie? Das tut mir total leid, das war mir wirklich nicht klar, dass Sie das so mitnimmt.«

Er zuckte mit den Schultern. »Sie sollten sich vielleicht zuerst einmal darauf konzentrieren, das Protestcamp schnellstmöglich zu räumen.«

»Hey, lenken Sie nicht vom Thema ab.«

»Ich lenk doch nicht vom Thema ab. Ich find's nur komisch. Außerdem wird Ihnen die Oma Kuchen aufzwingen. Weil sich das so gehört. Und Sie essen ja quasi nix, wenn ich das richtig verstanden hab.«

»Das werden wir ja noch sehen.«

»Was?«

»Ob Ihre liebe Großmutter es schafft, mir Kuchen aufzuzwingen.«

»Das schau ich mir an, wie Sie der Oma ihr Torterl zu essen verweigern.«

»Mit Vergnügen! Also, heißt das, Sie nehmen mich mit?«

Er hob kapitulierend die Arme. »Ja, von mir aus. Ist eh schon alles wurscht. Dann können Sie der Alten wenigstens gleich persönlich erklären, warum das Bürogebäude immer noch nicht steht.«

Er nahm den letzten Schluck und dachte etwas von geteiltem Leid und halbem Leid und dass es rein strategisch vielleicht sogar ganz gut war, einmal mit einer Frau bei der Oma aufzukreuzen. Vor einem fremden Besuch würde sie als Gastgeberin glänzen wollen. Vielleicht war sie dann weniger garstig zu ihm. Wenigstens wäre er nicht alleine dort, und das wäre ja auch schon etwas. Er vermisste seinen imaginären Freund aus der Kindheit, seit der aus unerfindlichen Gründen nicht mehr an seiner Seite und seine Eltern weggezogen waren, war er der Alten alleine ausgeliefert.

»So, und was machen wir jetzt?« Sie riss ihn aus seinen Gedanken.

»Puh, na ja, man könnte noch eines trinken. Oder einfach nach Hause gehen.«

»Beides langweilig.« Sie schüttelte den Kopf. Wir zwei, wir spielen jetzt eine Partie Darts gegeneinander.«

»Darts?« Josef Schöffel erschrak.

»Ja, Darts, Sie wissen schon, eine Scheibe, drei Pfeile und ein Glatzkopf, der hin und wieder entfesselt ›Onehundredandeighty‹ in ein Mikro schreit.«

Oha, Renate war ein Dartfan, er wurde nervös.

»Ich habe noch nie Darts gespielt«, murmelte er.

»Was? Sie sind ein Provinzpolitiker und haben noch nie Darts gespielt? Wie geht das bitte?«

»Ich bin eher passiv an Darts interessiert.«

»Aha.«

»Ja, mit den Leuten sitz ich meistens nur herum und trinke, Sie wissen schon, Frühschoppen, Erntedankfeste und so. Aber ich schau gerne Darts im Fernsehen.«

»Immerhin etwas. Dann wird's aber Zeit, jetzt spielen wir eine Runde im echten Leben, kommen Sie!« Sie sprang auf, bestellte im Vorbeigehen weitere Getränke und führte ihn in einen Nebenraum des Lokals, wo eine Dartscheibe energisch blinkte.

»Super, ist frei, los geht's!«, rief sie.

Josef Schöffel dachte an Peter Wright und dass der ja auch irgendwann einmal das allererste Mal gespielt haben musste und dass das jetzt eben sein erstes Mal war. Was hatte er denn schon groß zu verlieren? Renate jedenfalls musste er wirklich nichts mehr vormachen, die hatte schon ausreichend in seine Abgründe geblickt.

Sie fing an zu werfen, und als sie die Siegerposen des scheinbar halslosen Iceman imitierte, begann er sich auf eine seltsame Art wohlzufühlen. Als wäre er gerade richtig in seinem Leben. Als würde alles zueinanderpassen. Das kannte er nicht. Aber es war schön.

*

Hans Gruber entschuldigte sich und spazierte ein paar Schritte in den Wald hinein. Offiziell, um kurz auszutreten, aber eigentlich, um sich ein mysteriöses Stück Papier genauer anzusehen, das dem Schnauzbart unbemerkt aus dem Rucksack gefallen war, als er vorhin seine grauslichen Qual-Räucherwürste ausgepackt hatte. Blitzschnell hatte er es eingesteckt und auf eine günstige Gelegenheit gewartet, um es in Ruhe anzuschauen. Wenn Hans Gruber eines im Leben gelernt hatte, dann war es, immer misstrauisch zu sein, vor allem den sogenannten eigenen Mitstreitern gegenüber, denn die hatten sich schon oftmals als die schlimmsten Feinde der Bewegung entpuppt. V-Männer, Agent Provocateurs, Geheimdienstler, er hatte so einiges erlebt in den 1970er- und 1980er-Jahren. Und dieser dahergelaufene Typ da, der konnte ja wirklich alles sein. Einer von der Partei oder, auch möglich, von der Polizei hier in das Camp infiltriert, er musste wachsam bleiben. Was er auch musste, war, an die Papiere des Schnauzbarts zu kommen, um sie zu überprüfen. Von seinen rührenden

Geschichten ließ er sich jedenfalls nicht beeindrucken, das konnte alles auch sehr gut erfunden und gespielt sein.

Leidlich versteckt hinter einem Haufen Totholz entfaltete Hans Gruber aufgeregt das zerknitterte Stück Papier. Zum Glück hatte er als Radfahrer immer eine kleine Stirnlampe dabei, und in deren Schein konnte er das Blatt nun vorsichtig studieren. Es handelte sich um eine handgefertigte Zeichnung, die sich bei genauerer Betrachtung und mit etwas Fantasie als grober Plan vom Areal rund um die Baustelle identifizieren ließ. Manche Stellen waren mit einem Kreuz markiert. Hans Gruber spürte, wie sein Puls anstieg. Hatte er doch den richtigen Riecher gehabt, dem Alten nicht zu trauen. Der wollte wohl wirklich sein Protestcamp infiltrieren, das war ja eindeutig an diesen Kreuzen zu sehen, dass der da was vorhatte. Die Frage war nur, was die gekennzeichneten Stellen genau bedeuteten? Sollten da etwa auch noch zusätzliche Gebäude hingebaut werden, die ihm der kleine Fettsack-Schöffel bislang verschwiegen hatte? Oder wollten sie ihn von diesen Punkten aus einkesseln und das Lager zwangsweise räumen? Er hatte mit solcherlei Polizeiaktionen durchaus schon seine Erfahrungen gemacht. Schnell faltete er das Papier wieder zusammen, sein Ausflug dauerte schon unglaubwürdig lange, er musste zurück.

Als er bei der Baugrube ankam, fand er den schnauzbärtigen V-Mann auf allen Vieren, mit einer altertümlichen Fackel in der Hand fluchend auf dem Boden neben einem kleinen improvisierten Lagerfeuer herumkriechen. Gruber bemühte sich um einen jovialen Tonfall, der ihm nach seiner Entdeckung gerade gar nicht so leichtfiel: »Joseph, ja was ist denn los, was machst du denn da unten?« Er richtete den Lichtkegel seiner Stirnlampe auf den gebückten Scheinaktivisten, der geblendet die Augen zusammenkniff.

»Ach, ich suche nur etwas, mir scheint, ich hab da vielleicht etwas ausgestreut. Aber ist nicht so wichtig!«

»Vielleicht kann ich dir behilflich sein, was ist es denn?« Suchte der etwa seinen Zettel? Grubers Puls raste fast schon ein wenig ungesund gerade.

»Nein, nein, bitte lassen Sie nur, Sie haben mir schon genug geholfen, wirklich.« Der Alte tastete weiter ungeschickt den Boden ab.

Hans Gruber starrte ihn an.

»Wirklich, es geht schon.« Der Schnauzbart lächelte jetzt zu ihm hinauf. »Ich schaffe das schon alleine. Außerdem, wollten Sie denn nicht schon längst den Nachhauseweg angetreten haben, Hans? Es ist doch schon dunkel! Wissen Sie, ich kann gerne auf das Lager hier achtgeben, bis morgen früh. Das wäre mir eine Ehre, nachdem Sie so freundlich waren, mir mit dem Aufbau des Zeltes zu helfen. Wir sind doch so etwas wie Kameraden jetzt, nicht wahr?«

Hans Gruber lächelte schief zurück. Der Alte wollte ihn loswerden, das war ja wohl eindeutig. Aber um was zu tun? Um Verstärkung zu holen? Lauerten im Wald Schnauzbarts Kollegen, um das Camp in seiner nächtlichen Abwesenheit zu räumen? Was war der Masterplan hinter all dem? Was suchte der da heimlich? Hans Gruber schwitzte und bekam Lust, sich eine anzurauchen, obwohl er vor Jahren mit dem Tschicken aufgehört hatte. Was sollte er jetzt am besten machen? Nun, irgendetwas Unauffälliges antworten wäre wahrscheinlich einmal ein guter Anfang. Der Schnauzer schaute schon so argwöhnisch. Unschlüssig trat er von einem Bein auf das andere. Ihm fiel nichts ein. Also täuschte er einen kurzen Hustenanfall vor.

»Hans? Ist alles in Ordnung mit Ihnen?« Der Schnauzbart war aufgestanden und schaute ihn jetzt prüfend aus der Nähe an, vor allem seine Stirnlampe schien ihn zu interessieren.

Er schaltete sie ab und hustete gleich noch ein bisschen weiter. Dann quälte er sich ein »Kameraden, ja« ab. Seine

Gedanken rasten weiter. Wenn er sich zum Beispiel jetzt schnell verabschiedete, dann könnte er einfach so tun, als ob er nach Hause ginge und dann den Typen aus dem Hinterhalt beobachten. Oder sollte er ihn doch lieber direkt mit allem konfrontieren? Dann wusste er wenigstens, woran er hier war. Er wurde immer nervöser.

»Ist Ihnen nicht gut? Kommen Sie!« Der Alte nahm ihn am Arm. »Wir setzen uns jetzt hier gemütlich zum Feuer, trinken noch ein Glas zur Stärkung und rauchen eine gute Pfeife miteinander, wenn sich Ihr Husten wieder beruhigt hat. Und dann gehen Sie nach Hause, es war bestimmt ein langer Tag.« Mit diesen Worten ließ sich der Schnauzer seufzend in einen seiner Campingstühle fallen, als wäre der schon sein Eigentum und stopfte sich seelenruhig eine Pfeife.

Er ging ein wenig um das Feuer herum, gegen die innere Unruhe. Der Alte wollte ihn loswerden, okay, aber so leicht würde er es ihm nicht machen. Er entschied sich für Angriff und tat so, als würde er sich bücken.

»Ja, da schau her, na, was ist denn das?« Er erwartete eine panische Reaktion auf seinen »Fund«, aber der Schnauzbart hatte kaum den Blick von der Pfeife gehoben. Spielte offensichtlich weiter den Gelassenen.

»Sieht aus wie ein ordinäres Blatt Papier für mich. Bestimmt nichts von Bedeutung, Hans. Kommen Sie, setzen Sie sich zu mir, rasten Sie sich noch ein wenig aus vor Ihrem Heimweg.«

Hans beschloss, gar nicht darauf einzusteigen und dafür ganz gemächlich den Zettel auseinanderzufalten. Mal schauen, wie lange der Spitzel noch so cool blieb. Und siehe da, schon war er ganz nervös aufgesprungen.

»Geben Sie her!«

»Aber das ist doch bloß irgendein ordinärer Schmierzettel, Kamerad.« Hans Gruber lächelte.

»Na, dann können Sie ihn ja auch hergeben, los, das ist nämlich meiner, wie ich gerade bemerke!«

»Woher willst du das denn wissen? Könnt auch von mir sein, immerhin campiere ich hier jeden Tag.«

»Nein, ich bin sicher, der ist mir vorhin aus dem Tornister gefallen, geben Sie her! Es handelt sich um eine Privatangelegenheit!« Der Schnauzer stand jetzt mit hochrotem Kopf direkt vor ihm.

»Ich glaube nicht, dass es sich bei diesen Plänen hier um eine Privatangelegenheit handelt, Joseph. Vielmehr geht es darin um öffentliches Interesse!« Er wedelte triumphierend mit dem Blatt in der Hand. »Was führst du hier im Schilde, ha?«

Mit einer Geschwindigkeit, die er ihm gar nicht zugetraut hatte, sprang der Schnauzbart auf ihn zu und riss ihm den Zettel aus der Hand.

»Hey, was fällt dir ein?« Hans Gruber schaute ungläubig.

Der Schnauzbart hatte so unglücklich an dem Papier gezogen, dass sie jetzt beide eine Hälfte davon in den Händen hielten.

»Hans, Sie Tölpel, sehen Sie nicht, was Sie da angerichtet haben?«

»Wie bitte? Also, wenn hier einer was angerichtet hat, dann bist du das! Ich hab nicht angerissen wie ein Verrückter, an dem Wischpapierl.«

»Dieses Dokument ist mein wichtigstes Eigentum, Sie Spatzenhirn! Ich verlange, dass Sie es mir vollständig aushändigen. Sofort. Stante pede.« Der Schnauzer versuchte, ihm drohend seine Papierhälfte abzunehmen.

»Sonst was?« Schau einmal einer an, wie wütend der werden konnte, ein richtiger alter Choleriker war das. Widerspruch und Ungehorsam war der wohl nicht so gewöhnt. Anscheinend machten die Leute sonst immer das, was er von ihnen verlangte. Nun, sicher nicht mit ihm. Autoritäten waren ihm stets verhasst gewesen, das spornte ihn nur noch mehr an. Er grinste und hielt den Zettel weit in die Höhe, sodass ihn der andere unmöglich erreichen konnte. Offensichtlich war er hier etwas Großem auf der Spur, einem echten Bauskandal mindestens, das war ja wohl klar, wenn der V-Mann wegen eines verlorenen Zettels so ein Aufhebens machte. Er war jetzt richtig aufgeregt.

»Ach nichts.« Der Schnauzer winkte plötzlich ab und ließ sich resigniert zurück in den Sessel fallen. »Behalten Sie den Plan. Er gehört Ihnen. Es ist mir egal. Ich brauche ihn nicht mehr.«

»Wie bitte?« Hans Gruber sah den Alten an, der jetzt müde und grau ins Feuer starrte und wieder dazu übergegangen war, seine Pfeife zu stopfen. Moment, das war ihm jetzt aber ein bisschen zu schnell gegangen. Wieso gab sich der Schnauzbart plötzlich so leicht geschlagen? War das eine Masche? Teil der Strategie? Ganz enttäuscht war er, dass da so plötzlich gar kein Widerspruch mehr kam. Er wollte doch triumphal einen Skandal aufdecken, so machte das ja gar keinen Spaß mehr! Schlimmer noch, fast tat ihm der Alte ein bisschen leid, wie er so dasaß, ein adrett gekleidetes Häufchen Elend in einem beschmutzten Kostüm aus dem neunzehnten Jahrhundert, die traurigen Augen resigniert auf das Feuer gerichtet.

»Ja aber, was ist denn auf einmal los mit dir? Und was ist denn das jetzt genau?«, stotterte er verwirrt.

»Was ist was?«

»Na, der Zettel, also die Zettel!« Er wedelte mit den beiden Hälften herum. Fast hätte er sie angekokelt, weil er vor Aufregung zu nah ans Lagerfeuer geraten war.

»Vorsicht!«, zischte der Alte. »Wobei.« Er winkte ab. »Wahrscheinlich ist das ohnehin gar nichts, werfen Sie das Dokument ruhig hinein.«

»Sieht für mich aber nicht aus wie nichts.«
»Ist es aber.«
»Weißt du, wie das hier nämlich für mich aussieht?«
»Bitte, teilen Sie sich mit, wie sieht's denn aus für Sie?«
»Für mich sieht das eher aus wie ein Plan.«
»Na gratuliere, es ist ja auch einer.«
»Ein Plan von genau dieser Baustelle.«
»Und, was kümmert's Sie? Sie scheinen sich hier ja ohnehin bestens auszukennen, Sie brauchen doch gar keinen Plan von hier.«
»Was es mich kümmert? Eine Menge. Ich will wissen, was du hier vorhast, bei jedem Kreuz auf dieser Karte. Für wen arbeitest du? Bist du von der Partei? Was haben diese Markierungen zu bedeuten?« Er klopfte mit dem Handrücken auf die Papiere. »Los! Sag schon, soll hier und hier und hier«, er deutete energisch auf die Kreuze, »alles zugebaut werden? Ist es das, was ihr vorhabt?«
Der Alte zog an seiner Pfeife. »Ich bitte Sie, beruhigen Sie sich wieder.«
»Ich beruhige mich erst, wenn du mir sagst, wer du wirklich bist und warum du dich hier bei uns ins Camp eingeschlichen hast!«
Der Schnauzbart seufzte. »Ach, was soll's, dann erzähl ich es Ihnen eben. Ich suche einen Schatz.«
»Wie bitte?«
»Ich suche einen Schatz, sind Sie schwerhörig? Genau hier, auf dieser Baustelle, da, wo die Kreuze sind, liegt vermutlich ein Schatz vergraben. So, jetzt wissen Sie's. Und jetzt lassen Sie mich in Ruhe.«
»Schwachsinn.«
Der Schnauzbart wühlte in seinem Tornister und streckte ihm ein Buch entgegen.
»Sagen aus dem Wienerwald«, entzifferte er mühevoll den Titel in Frakturschrift und schlug die Seite auf, die mit

einem zarten, selbst bestickten Lesezeichen markiert war. »Der Räuberschatz vom Wienerwald«, radebrechte er langsam, die Schrift im flackernden Feuerschein enträtselnd. Der Räuberschatz vom Wienerwald? Wollte der Typ ihn verarschen?

»Willst du mich verarschen?«

»Pardon?«

»Ob du dich über mich lustig machen willst?«

»Warum sollte ich mich über Sie lustig machen wollen? Ich teile soeben mein wertvollstes Geheimnis mit Ihnen und Sie glauben, ich will mich über Sie lustig machen? Undank ist wirklich der Welten Lohn.«

»Aber das ist doch ein Volksmärchen, eine Erfindung!«

»Ja, das sollen wir glauben, aber es gibt deutliche Hinweise darauf, dass dieser Schatz tatsächlich existiert. Die Figuren in der Geschichte, die Orte, das sind alles historisch verbriefte Tatsachen, ich habe das mehrfach überprüft, das lässt sich alles belegen!«

Gruber starrte den Alten an. »Du meinst das ernst, oder? Du hättest hier aufgrund einer Sage alles umgegraben?«

»Ja, warum denn nicht? Ich kenne die Quellen. Wenn Sie ein bisschen besser lesen könnten, dann könnten Sie das verstehen.«

»Ja, ja«, Hans Gruber überhörte die süffisante Bemerkung, denn ihm kam da gerade eine Idee. »Du sagst also, genau hier, auf dieser Baustelle, liegt dieser Schatz vergraben?«

»Auch auf die Gefahr hin mich zu wiederholen, in der Tat, ja.«

»Und wenn man den fände, dann müsste man wohl den Bürobau hier sofort stoppen?«

»Auf keinen Fall!« Der Schnauzbart blickte ihn an, als wäre er verrückt geworden. »Wenn Sie den Schatz heben wollen, dann sind doch gerade die allgemeinen Bauarbeiten hier eine wunderbare Tarnung! Die anderen graben für

Sie und im richtigen Moment schlagen Sie zu und bergen den Schatz.«

»Ach, so hattest du dir das ausgedacht. Du wolltest den Fund ganz für dich alleine haben?«

»Nun, unangenehmerweise«, der Alte hüstelte verlegen, »ähem, ja. Ich bin in eine finanzielle Bedrängnis geraten, aus der ich mich nur mit Hilfe des Schatzes befreien kann. Eine wirklich ausweglose Situation.«

»Ah, so ist das.«

»Ja. Aber vielleicht muss ich einsehen, dass ich mich da alleine ohnehin ein wenig übernommen habe.« Der Alte lächelte ihn an. »Wären Sie denn interessiert? Wir könnten uns zusammenschließen und den etwaigen Gewinn miteinander teilen, was würden Sie dazu sagen? Diese Baustelle ist doch der ideale Vorwand, um zu graben, ohne dass es jemand bemerkt! Wir halten uns die ganze Zeit über bedeckt, verschanzen uns in Ihrem Unterstand, allzeit marschbereit. Und im richtigen Augenblick, da sind wir dann zur Stelle und schlagen zu, bevor die anderen überhaupt kapieren, was sie da vor sich haben. Na, wie finden Sie das?«

»Sehr interessant, find ich das.« Hans Gruber lächelte auch. Ein historischer Schatz lag also hier vergraben, was der alte Gierschlund da nicht sagte. Vielleicht war sein Hainburg-Moment ja wirklich bald gekommen.

Dienstag, Gegenwart.

Ziemlich verkatert, aber durchaus vergnügt kam Josef Schöffel Dienstagfrüh im Büro an. Sein rechter Arm schmerzte noch ein wenig von der ungewohnten Dartwurfbewegung des letzten Abends, aber es hatte sich gelohnt, denn er hatte sich geradewegs als Naturtalent entpuppt.

Als er durch die Tür trat, fiel ihm zuerst der laute Ton des Fernsehers auf. Normalerweise war das Gerät nur eingeschaltet, wenn der Steff in irgendeinem Bericht der Lokalnachrichten vorkam und sich das gesamte Team den Beitrag ansah oder wenn ein Großevent im Fußball stattfand.

»Schöffel!«, brüllte der Steff, als er ihn sah. »Kommen Sie her, sofort!«

Das fing ja gut an. Josef Schöffel merkte, wie ihm seine Beschwingtheit abhandenkam, und sein fröhliches »Guten Morgen« verwandelte sich in ein verunsichertes »Herr Bürgermeister?«

»Herr Bürgermeister?«, äffte der Steff ihn nach und starrte ihn mit einer Mischung aus Verachtung und Wut an. »DAS da, Schöffel, was ist das für ein Wahnsinn?« Der Steff zeigte auf den Fernseher.

Er blinzelte. Aus dem 65-Zoll-TV-Gerät glotzte ihn Hans Gruber heraus an. Aber warum?

Diese Frage schien auch den Steff zu beschäftigen, denn nun brüllte er: »Schöffel, was macht der Alte da im Fernsehen? Und wer ist dieser Irre mit dem Schnauzbart neben ihm?«

Josef Schöffel kniff die vom Alkohol recht aufgedunsenen Lider zusammen, um besser sehen zu können. Ja, das war ganz eindeutig der irre Schöffel-Wiedergänger mit dem Schnauzbart, stimmt. Den gab's also auch immer noch. Schöffel schwankte ein wenig, vielleicht wäre eine Kopfwehtablette gar nicht schlecht.

Der Steff brüllte weiter: »Wo kommt der plötzlich her? Wieso werden die mehr und nicht weniger in diesem Camp? Und was meint der Gruber mit dem Weltkulturerbe und dem Schatz?« Er kam drohend auf Schöffel zu, der wankte ein wenig zurück und hielt sich an einem Aktenschrank fest. »Und die wichtigste Frage: Wieso muss ich das alles aus dem Frühstücksfernsehen erfahren? Wollen

Sie mich sabotieren? Das Camp sollte schon längst Geschichte sein!«

Josef Schöffel schwitzte. Irgendetwas war da im Protestcamp im Gange, aber was? Wie konnte er schnell und unauffällig herausfinden, wovon hier im Büro schon alle sprachen? Normalerweise war er sehr gut im diskreten Ausfindigmachen von Informationen, die er schon lange hätte haben sollen. Ein echter Fake-it-till-you-make-it-Profi war aus ihm über die Jahre geworden. Beispielsweise wenn Leute auf ihn zukamen und ihn begrüßten wie einen alten Freund und er das Gefühl hatte, sie noch nie zuvor gesehen zu haben. Da hatte er die perfekte Taktik so zu tun, als könne er sich sehr gut an sie erinnern. Sein längstes diesbezügliches Gespräch hatte einmal über eine Stunde gedauert und er wusste bis heute nicht, mit wem er sich da eigentlich unterhalten hatte, aber es war eine sehr nette Konversation gewesen. So paradierten seit Jahren Heerscharen an Menschen auf Zeltfesten und in Bürostunden an ihm vorbei, die er eigentlich hätte kennen sollen, aber von denen er keinen blassen Schimmer hatte, wer sie und ihre Zuständigkeiten konkret waren. Bislang lebte er ganz gut damit, es war nur eine von den vielen unangenehmen Kleinigkeiten, mit denen er sich tagtäglich so herumschlagen musste und bei Weitem nicht die Schlimmste.

Viel schwerer wog im Moment die Tatsache, dass er im Gegensatz zum Steff nicht als erstes nach dem Aufstehen die Nachrichten und Social Media checkte, sondern lieber Musik hörte und dabei von seinem perfekten Walk-on träumte. Wieso war er bloß an allem so desinteressiert? Das rächte sich in seinem beruflichen Alltag noch mehr, als seine merkwürdige partielle Gesichtsblindheit. Auch dass er immer noch ein ganz klein wenig betrunken war, half ihm nicht recht weiter. Sein benebeltes Hirn verwehrte ihm jede Hilfe, schnell und subtil herauszufinden, worum es bei der ganzen Aufregung hier genau ging.

»Herr Bürgermeister, es tut mir total leid«, eine Welle der Übelkeit überkam ihn, »aber ich weiß gerade nicht so richtig, wovon Sie sprechen.« Er lehnte sich so gut und lässig es ging an den Schrank.

»Ja, lesen Sie denn keine News in der Früh?« Der Steff wedelte mit seinem iPhone. »Schauen Sie nicht in Ihr Social Media oder drehen zumindest kurz den Fernseher auf?«

»Ja also heut noch nicht, fürcht ich.«

»Heut noch nicht, fürcht ich, ha!« Der Steff äffte ihn schon wieder nach.

»Sonst schon ...«

»Aber sonst schon, ja genau! Das darf doch bitte nicht wahr sein, von was für Dilettanten bin ich hier umgeben? Das ist ja ärger als bei *MA 2412*! Sie! SIE! Er stach mit seinem ausgestreckten Zeigefinger in Richtung Josef. »Sie hatten mir versprochen, dass Sie das Protestcamp asap auflösen würden! Und stattdessen seh ich die ganze Bagage heute Früh im österreichischen Farbfernsehen, wo sie munter und vergnügt ihre Lügen bundesweit verbreiten können! Finden Sie das lustig? Ist es das? Wollen Sie sich über mich lustig machen?«

Josef Schöffel starrte den rasenden Bürgermeister an. Er versuchte zu fokussieren, aber das Steff-Gesicht verschwamm immer wieder vor seinen Augen. Ungesund rot war es auch schon wieder. Oder lag das an seiner eigenen Restfettn? Josef Schöffel kniff die Augen zusammen. Nein, der Steff war schon sehr rot. Vielleicht ist es genau jetzt so weit, dachte er und hielt sich unauffällig an den Griffen des Aktenschranks fest, weil alles plötzlich gar so arg schwankte. Jetzt, dachte Josef, jetzt explodiert uns der wirklich. Hilfesuchend blickte er sich nach der Jassi um, während der Bürgermeister in einer wütenden Geste den

Flachbildschirm des Fernsehers in seine Richtung drehte. »DA! Schau hin!« Oje, geduzt wurde er also auch schon wieder, das waren alles keine guten Zeichen. Josef Schöffel starrte direkt in das schnauzbärtige Gesicht des alten Schöffel-Epigonen von der Baustelle. Der starrte aus dem überdimensionierten Bildschirm verwirrt zu ihm zurück.

Josef sank der Mut. Das war nicht gut. Neben dem derangierten Pseudohofrat stand Hans Gruber mit pathetischem Gesichtsausdruck und sprach staatstragend in ein Lokaljournalistenmikrofon, in der Hand hielt er ein Notizbuch, in das er ab und zu blickte.

»Mit der Fackel der Wahrheit«, exklamierte er, »wollen wir hier in den Lügennebel, der rund um das Winner-Woods-Projekt von politischer Seite aufgezogen wurde, hineinleuchten und ...«, er hob mahnend den Zeigefinger, »dem betörten Volk die Götzen, die sie anbeten, in ihrer wahren Hässlichkeit zeigen!« Gruber machte eine theatralische Pause. »Das hier ist kein nachhaltiges Bauprojekt, wie uns immer erklärt wurde! Das hier ist Raubbau am Wienerwald und Zerstörung eines Weltkulturerbes! Es ist jetzt an uns allen, das Vermächtnis des legendären Joseph Schöffel in Ehren zu halten und sein Erbe, UNSEREN Wald, gegen seine Feinde zu verteidigen!«

Josef Schöffel starrte den alten Gruber an. Hatte er richtig gehört? »Mit der Fackel der Wahrheit«? Das »betörte Volk«? Was redete der denn da? Vielleicht war es gar nicht er, der noch betrunken war, sondern der Miniatur-Dutschke im Pensionistenkörper da im Fernseher.

»Die behaupten, wir bauen auf historischem Grund!«, brüllte der Steff derweil neben ihm. »Dass dort geschichtsträchtige Sachen in der Erde liegen. Dass da ein Schatz aus den Türkenkriegen oder was weiß ich was vergraben ist. Die wollen uns verklagen deswegen, weil wir an irgendeinem Weltkulturerbe herumfuhrwerken oder so. Schöffel! Wieso wissen wir davon nichts? Was ist mit deinen ganzen Gutachten?«

Der Bürgermeister schrie so laut, dass er gar nicht richtig verstand, was die beiden Alten da im Fernsehen noch weiter sagten. Als nächstes wurde ein Bild von den Plänen des Winner-Woods-Office-Projekts und dann ein Bild von ihm selbst eingeblendet. Jetzt war ihm wirklich schlecht.

»Und deshalb«, Hans Grubers Stimme überschlug sich im 65-Zoll-Fernseher, »verlange ich einen sofortigen Baustopp, bis der sagenumwobene ›Räuberschatz vom Wienerwald‹ geborgen ist. Die Gemeinde verstößt sonst gegen Auflagen der Vereinten Nationen, und das kann ja wohl ganz und gar nicht ihre Intention und in ihrem Interesse sein!« Hans Gruber nahm dem überrumpelten Reporter nun das Mikrofon aus der Hand und drehte sich direkt zur Kamera: »Liebe Bürger ... und, äh, auch -rinnen! Hier stehen wir, versammelt als Gegner der Lüge, der Heuchelei und der Niedertracht. Wir sind mit gutem Beispiel vorangegangen, folgt uns nun frisch und mutig, und bald werden wir von einem Alp erlöst sein, der uns schwer bedrückt, nämlich dem geplanten Bau dieses Waldbüros!« Er blätterte kurz in seinem Notizbuch. »An unsere Mitbürger ... und, äh, -rinnen richten wir den Aufruf, sich zu ermannen und nicht alles und jedes über sich ergehen zu lassen! Schließen Sie sich unseren Protesten an, gemeinsam erhalten wir unseren Wald! Mein heißester Wunsch ist, dass das Recht siege und das Unrecht unterliege!« Er blätterte noch einmal hektisch in seinen Notizen, während der verdatterte Journalist versuchte, sein Mikrofon aus der Gruber'schen Hand zurückzuerobern. Wer diesen Kampf gewann, blieb für das Fernsehpublikum im Dunklen, denn es wurde zurück ins Studio geschaltet, wo eine leicht amüsiert wirkende Sprecherin versuchte, sich um die gebotene Seriosität ihrer Sendung zu bemühen. Es gelang ihr nur mäßig, vermutlich dachte sie schon daran, wie gut sich dieser Beitrag in der wöchentlichen Satiresendung des Senders machen würde.

»Wer ist eigentlich der andere?«, fragte die Jassi, die sich irgendwann unbemerkt zu ihm gestellt hatte. »Dieser Manner-Pouilly-Verschnitt, oder wie der heißt. Der Typ, der da die ganze Zeit neben dem Gruber gestanden ist. Den kenn ich noch gar nicht, ist der neu da oben? Und hattest du mir gestern nicht eigentlich versprochen, dafür zu sorgen, dass die weniger werden anstatt mehr? Josef?« Sie stupste ihn an. Er schwankte ein wenig und krallte sich wieder an den Schrank.

»Na ja, wenigstens schaut er lustig aus. Fast wie eine lebendige Opa-Version von dem da, voll schräg!«, sie deutete auf den Joseph-Schöffel-Ölschinken im Goldrahmen, der seit Jahr und Tag an der Wand des Sitzungssaales hing und dessen Anblick er stets mied, wenn er durch den Raum musste oder eine Besprechung hatte. Er stierte das Porträt des Wienerwald-Retters versonnen an. Die Verkleidung des Alten aus dem Protestcamp war wirklich geradezu perfekt gelungen, das musste er ihm zugestehen. Im Fernsehstudio hielt mittlerweile ein gut gelaunter Buchhändler seine Empfehlungen in die Kamera und der Steff drehte die Kiste ab. Dann knallte er die Fernbedienung auf den Tisch und verließ wortlos den Raum.

Josefs Blick hing immer noch am Porträt Schöffels fest. Zum Glück konnte der nicht zurückschauen, denn er war leicht im Profil dargestellt, anders als die schreckliche Statue am Hauptplatz. Das Bild stammte vermutlich aus der Zeit, als Schöffel gerade erfolgreich gegen die Abholzung des Wienerwaldes gekämpft hatte. Ungefähr so alt wie er jetzt war, musste der damals gewesen sein und hatte schon etwas so Beeindruckendes vorzuweisen. Was hatte ER eigentlich bislang so geleistet in seinem Leben? Nichts von

Bedeutung, wenn man ehrlich war. Seine Oma hatte schon recht, von ihm enttäuscht zu sein. Im Gegensatz zu Schöffel, der aus bescheidenen Verhältnissen gekommen war, das wusste er von ihr, hatte er die besten Voraussetzungen gehabt und nichts daraus gemacht. Na, zumindest Adonis war er keiner gewesen. Mit einer gewissen Genugtuung stellte er fest, dass sein Namensvetter etwas recht Speckiges hatte. Dazu trug er viel zu viel Pomade im Haar, die Ärmel seines Sakkos waren zu lang und der Schnauzer ein wenig zerzaust. Würschtelfinger hatte er auch. Und von seinem angeblich so aufbrausenden und autoritären Wesen und seinem bestimmten Auftreten ließ sich hier auch nichts erahnen. Um seine Augen lag viel eher ein Hauch von Melancholie. Fast sympathisch wirkte der Typ da auf dem Bild, das war ihm bislang noch gar nicht aufgefallen, so sehr hatte er sich immer bemüht, aktiv an dem verhassten Porträt vorbeizuschauen.

»Josef?«

»Hm?«

»Alles okay?«

»Ja, ja, wieso?«

»Weil du schon minutenlang dieses Bild anstarrst.«

»Hast du dich nie gefragt, warum der Schöffel da seine Hand so komisch in die obere Sakkotasche steckt auf dem Gemälde?«

»Ach, das soll der Schöffel sein?«

»Ja, na klar, wer sonst?«

»Weiß nicht, hab ich nie drüber nachgedacht, ich glaub, mir ist das Bild überhaupt noch nie so richtig aufgefallen.«

»Dir ist dieser überdimensionale Schinken da noch nie aufgefallen?«

Sie zuckte mit den Schultern. »Nein, voll nicht. Erst jetzt, wo ich diesen Typen im Fernsehen gesehen hab.«

»Ist nicht dein Ernst.«

»Doch! Hm, na, vielleicht sucht er ja was oder er hat Magendrücken?«

»Wer?«

»Na, der Schöffel, auf dem Bild, weil du gefragt hast. Wegen der Hand.«

»Aber warum sollten die ihn porträtieren, wenn er gerade etwas sucht?« Er legte den Kopf schief und schwankte ein bisschen in Richtung Gemälde.

»Ja, was weiß denn ich, Josef, bin ich eine Kunsthistorikerin? Das ist mir doch scheißegal, was der macht auf dem Gemälde und ob der da überhaupt herumhängt.«

»Ja eh. Entschuldige.«

»Und jetzt nimm einmal einen Kaugummi, du hast eine Fahne!« Sie hielt ihm eine Packung Pfefferminzgummis entgegen. »Und dann mach endlich was gegen die Protestler. Bevor wir hier noch alle rausfliegen wegen dir!« Die Jassi schüttelte die Dose und steckte ihm einen Kaugummi in den Mund, dann gleich noch einen hinterher. Zur Sicherheit. Ihm stiegen von der Schärfe sofort Tränen in die Augen und er spürte ein ganz schlimmes Sehnen nach einer Umdrehung auf seinem Kaugummiautomaten. Bei dem gab es nur tröstlich süße und fruchtige Sorten.

»Glaubst du«, keuchte er, »es gab schon Kaugummi zu Schöffels Zeiten?«

Die Jassi starrte ihn an. »Im Ernst jetzt?« Sie knallte die Kaugummidose direkt neben Steffs Fernbedienung und verließ kopfschüttelnd den Raum.

»Was?« Josef schaute fragend zu Schöffels Porträt. »Das ist doch eine interessante Frage, oder?«

Das Bild schien zu nicken. Allerdings konnte das auch daran liegen, dass in diesem Moment alles rund um ihn besonders arg schwankte.

*

»Was haben Sie da bloß angerichtet?« Joseph Schöffel starrte den Kanarienvogel entgeistert an. »Wieso haben Sie diesem Mann alles von unserem Schatz erzählt? Und der andere mit seiner seltsamen Maschine, der scheint noch dazu alles aufgezeichnet zu haben! Was für eine Katastrophe, Herr Gruber! Sie haben unseren Schatz an die Öffentlichkeit verraten! Die beiden werden das doch in Windeseile weitertratschen!«

»Das will ich doch hoffen, Joseph, dass die das alles schnellstmöglich publik machen, wir nutzen die Macht der Presse für uns! Mir schwebt was vor, legendärer als die Kampagne vom Schöffel im *Neuen Wiener Tagblatt* oder die Pressekonferenz der Tiere damals in der Hainburger Au!

»Wie bitte? Die Männer waren von der Presse?« Joseph Schöffel starrte weiter auf den entfesselten Kanarienvogel. »Sie vertrauen unser Geheimnis irgendwelchen dahergelaufenen Reportern an?« Er zitterte vor Wut. Was war das nur für ein Einfaltspinsel! Er atmete tief durch und bemühte sich um Contenance. »Hans.« Er sprach langsam und deutlich wie mit einem Kleinkind oder dem Herrn Landesausschussreferenten Granitsch damals, der war auch so ein Armleuchter gewesen. »Das war doch so nicht abgesprochen! Das mit dem Schatz, das muss doch unter uns bleiben, sonst kommen noch alle und dann herrscht hier eine Goldgräberstimmung wie in Colorado! Das hatte ich Ihnen doch detailliert auseinandergesetzt. Das war doch ein Geheimnis, das ich nur Ihnen exklusiv anvertraut hatte. Sie wissen gar nicht, in welche Schwierigkeiten Sie mich damit gebracht haben!«

»Aber, wenn das nur wir zwei wissen, das bringt doch nix! Je mehr Menschen kommen, desto besser! Glaub mir, bald wird es hier nur so wimmeln vor lauter Unterstützern unserer Sache! Dann wird dein Schatz ganz offiziell von Profis und mit großem Trara ausgegraben, und hier kann ein für alle Mal nichts mehr gebaut werden! Wir werden die Helden für all diese Leute sein, wir haben den Wienerwald vor diesem Bauprojekt gerettet! Quasi so wie der alte Schöffel damals, nur diesmal mit weltweitem Aufsehen, wirst sehen, mit diesem Social-Media-Dingsbums geht das heutzutage ganz schnell, wir sind die Speerspitze einer neuen Bewegung, die sich in diesem Moment zu formieren beginnt!«

»Aber der Schatz, Hans, um den geht es doch! Wir beide, wir waren uns doch einig, dass ...«

»Also ich reiße mir bestimmt nicht illegal irgendeinen historischen Schatz unter den Nagel. Der ist für die Allgemeinheit bestimmt. Das alles hier, den Protest, das Camp, das machen wir doch für die Gesellschaft, damit der schöne Waldrand nicht komplett zubetoniert wird. Deine tolle Schatzidee wird das Bauprojekt stoppen, und im besten Fall werden hier noch zusätzlich historische Ausgrabungsstücke zutage gefördert werden. Weltkulturerbe statt Waldsterben! Das ist der Wahnsinn, Joseph! Besser hätte sich das keine Marketingagentur der Welt ausdenken können!«

»Ja, aber was machen wir, wenn ich mich geirrt habe? Wenn das alles doch nur ein Märchen ist, haben Sie in Ihrem Übereifer nur einmal kurz daran gedacht? Dann stehen wir als Lügner da, in aller Öffentlichkeit. Ich bin doch ein Ehrenmann! Mein Ruf wäre für immer ruiniert, ist Ihnen das egal?«

»Das ist doch wurscht, ob es den Schatz wirklich gibt oder nicht.« Gruber machte eine wegwerfende Handbewegung. »Der Verdacht alleine reicht schon, um hier erst einmal für sehr lange Zeit alles lahmzulegen, glaub mir! Und das ist doch das Wichtigste! Sofortiger Baustopp! Ach, wenn der alte Schöffel das noch sehen könnte, wie ich sein Erbe weiterführe. ›*Zum Sporne und Beispiele für künftige Geschlechter!*‹«, exklamierte Gruber und strahlte den Alten dabei an.

»Ja. Wenn er das sehen könnte.« Ermattet ließ sich Joseph Schöffel auf eines der Baufahrzeuge sinken und hielt sich die Brust. »Mir ist ein wenig blümerant.«

»Jaha, wusste ich's doch, dass du genauso aufgeregt bist wie ich über die ganze Entwicklung hier! Komm, wir gönnen uns jetzt erst mal ein Schnapserl für deine armen Nerven. Elsbeer-Brand, der ist hier aus der Region, was ganz Besonderes!« Der Kanarienvogel reichte ihm eine schlanke Flasche mit einer klaren Flüssigkeit.

»Was Sie nicht sagen«, Schöffel nahm einen tiefen Zug.

»Prost, mein Lieber, wirst sehen, der tut dir gut! So, und jetzt heißt es, unsere nächsten Schritte genau zu planen, wir müssen strategisch vorgehen. Strategisch!« Gruber kramte aufgeregt nach seinem Notizbuch. »Dieser Fernsehauftritt«, murmelte er, »das war ein guter Anfang, aber das ist zu regional beschränkt. Jetzt müssen wir irgendwie in dieses Social Media reinkommen, für die weltweite Aufmerksamkeit. Dafür brauchen wir die Renate!« Er schaute sich um. »Wo ist die heute eigentlich die ganze Zeit? Renate?«

Schöffel schwenkte die Schnapsflasche in seiner Hand und starrte hinein. Dieser törichte Kanarienvogel! Dieser Tollkopf! Hatte der doch tatsächlich alles den Schatz Betreffende an die Presse verraten! Seinen ganzen schönen Plan, seinen letzten Ausweg für ein selbstbestimmtes Leben! All das war innerhalb von wenigen Minuten von diesem Dummrian vernichtet worden. Vernichtet! Und er war es mit dazu.

»Na, geht's dir schon besser?« Hans Gruber haute ihm auf die Schulter. »Wo ist nur die Renate, wenn man sie einmal braucht? Knotzt doch sonst immer nur hier herum und weiß nichts mit sich anzufangen, außer natürlich, in ihr deppertes Handy zu schauen.«

»Ach«, murmelte er, ohne Hans Gruber zuzuhören, »ich möcht mich eigentlich nur noch schleunigst in mein

Grab zurückziehen und auf ein Wiedererwachen verzichten.«

»Freut mich, wenn's wieder geht so halbwegs. So, warte, da kommt wer, vielleicht ist das ja die Renate!« Hans Gruber lief ein Stück über die Wiese.

Joseph Schöffel nahm noch einen tiefen Schluck aus der Schnapsflasche und dachte fast wehmütig an sein gemütliches, passabel beheiztes Zimmer im Waisenhaus, gegen das er so hochmütig opponiert hatte. Tja, er war selbst schuld, dass er hier in der Kälte hockte. Aber wenigstens hatte er es probiert und nicht gleich kampflos klein beigegeben. Nun war es aber an der Zeit, aus dieser kläglichen Posse, die hier gerade veranstaltet wurde, schnellstmöglich zu verschwinden, bevor es wirklich peinlich für ihn wurde. Zelt und Tornister würde er einfach stehen lassen, das war am unauffälligsten, und dann würde er sich in einem geeigneten Moment durch seinen Höhlengang davonstehlen.

Der Kanarienvogel war ohnehin viel zu beschäftigt mit seinen lächerlichen strategischen Planungen, die eher einem aufgescheuchten Hin-und-her-Gerenne als irgendeinem taktischen Vorgehen ähnelten. Im Feld hätte der keine zwei Stunden überlebt, das war offensichtlich, so weltfremd und unpraktisch, wie der war. Aber es war von Vorteil für ihn, denn dieser Hanswurst würde seine plötzliche Abwesenheit ebenso wenig bemerken, wie ihm aufgefallen war, dass sein Fräulein Renate die ganze Zeit nicht hier gewesen war. Er rappelte sich auf. Ganz schön stark, dieser Hochprozentige, aber gar nicht so schlecht. Stieg einem arg zu Kopf, so ohne gescheite Unterlage. Er merkte, dass er gar nichts mehr gewohnt war. Die Zeiten, als er gerne und regelmäßig nach ausgedehnten Wanderungen mit seinem besten Freund Kürnberger beim Heurigen eingekehrt war, waren schon lang vorbei. Und seit der Reblausplage war ohnehin kaum mehr ein gescheiter Tropfen zu bekommen in der Stadt. Man fragte sich, wo der Kanarienvogel seine gestrige Flasche hergehabt hatte. Denn das, was üblicherweise serviert wurde heutzutage, war mit der Bezeichnung »guter Essig« noch geadelt. Und die besten Schänken hatten auch geschlossen oder waren wie der alte Klosterkeller grässlich modernisiert worden. Und obwohl er zumeist kein Schwärmer für den Status quo ante war, in gastronomischen Angelegenheiten war er es und vermisste die dunkle Spelunke schmerzlich.

Er schrak zusammen. Neben ihm hatte es ohrenbetäubend zu piepen begonnen, ein Geräusch, wie er es noch nie gehört hatte, gellend, laut und eindringlich. Eines der gigantischen Baufahrzeuge mit enormer Schaufel wurde in Bewegung gesetzt und parkte sich nun im Rückwärtsgang direkt vor dem Einstieg zu seinem Höhlendurchgang ein. Oh launische Göttin Fortuna! Das durfte doch nicht wahr sein, ging denn heute alles schief? Nichts als Scherereien, Kummer und Verdruss, seit er mit dieser Schatzsuche begonnen hatte, aber wahrscheinlich geschah ihm recht. Er überlegte, wie er jetzt noch unauffällig in den Tunnel und zurück nach Hause gelangen konnte, aber das Gefährt und ein halbes Dutzend Männer in schreiend bunten Uniformen, lächerlicher als die neumodischen Waffenröcke von 1866, versperrten ihm den Weg.

Hans Gruber packte ihn am Arm. Von wo kam der denn plötzlich wieder her? »Los, Joseph, weiter geht's!« Wie es aussah, war anstatt der ominösen Renate eine Heerschar an weiteren Journalisten-Armleuchtern im Anrücken. Er musste sich verstecken. Wenn die Presse Wind davon bekam, dass er am Rande des Wienerwaldes lagerte wie ein Vagabund oder einer von den armen Duckhüttlern, für die er sich seinerzeit im Landesausschuss so großzügig eingesetzt hatte, nein, diesen Triumph gönnte er seinen Feinden nicht. Selbst wenn seine Tage schon angezählt waren und die Raben überall herumsaßen, um sich auf seinen Kadaver zu stürzen.

Mittwoch, Gegenwart.

Sein Handy klingelte schon wieder. Entnervt versuchte Josef Schöffel es aus seiner Hosentasche zu ziehen, in die er es nach einem angestrengten Telefonat mit irgendeiner Journalistin gerade erst umständlich hineingesteckt hatte. Seit gestern die Schatzgeschichte das erste Mal im Fernsehen gewesen war, hatte er keine ruhige Minute mehr gehabt. Der Steff war selbstverständlich auf Tauchstation gegangen und hatte ihm die Sache überlassen.

Es war die Oma. Es war die Oma? Die Oma rief ihn nie an. Außer wenn er Geburtstag hatte, denn das gehörte sich so. Aber sonst? War es seine Aufgabe als Enkel, sich regelmäßig bei ihr zu melden, denn auch das gehörte sich so.

»Hallo, Oma, ist was passiert?« Vor lauter Aufregung dachte er gar nicht daran, dass der Hallo schon gestorben war.

»Grüß dich, mein Lieber!«

Mein Lieber? Er überlegte, wann sie ihn zuletzt »mein Lieber« genannt hatte. Er hielt den Atem an. Was würde jetzt wohl kommen?«

»Ich hab dich im Fernsehen gesehen!«, flötete sie ihm entgegen.

Ach so. Er begann wieder zu atmen.

»Aha, ja, Oma«, brüllte er in den Hörer. Mittlerweile war es fast unmöglich, überhaupt mit ihr zu telefonieren, so schwerhörig war sie geworden. Was sie selbstverständlich nicht davon abhielt, ihn dennoch bei jedem Besuch zu regelmäßigen Anrufen zu ermahnen. Üblicherweise zog er sich für diese Gespräche zu Hause in seinen Abstellraum zurück, dort, zwischen Staubsauger und Bügelbrett, hatte er das Gefühl, in einer halbwegs schallisolierten Kammer zu sein und ungestört in sein Telefon plärren zu können.

»Eine antike Ausgrabungsstätte habt ihr entdeckt? Wunderbar ist das! Ich gratuliere dir!«

Er räusperte sich. »Äh, danke, Oma, aber das ist alles noch nicht so klar!«

»Was sagst du, mein Lieber?«

»Dass das noch nicht so klar ist, Oma!« Er schrie in das Mikrofon. Die Jassi starrte ihn durch die geöffnete Bürotür an, er beeilte sich, sie schnell zu schließen.

»Oma! Ich kann jetzt nicht!«

»Du und sag einmal, wer ist denn dieser sympathische, elegante ältere Herr, der sich kleidet wie der Wienerwald-Schöffel, der da auch im Fernsehen war heute Früh? Ist das der Ausgrabungsleiter? Der sieht so wissenschaftlich aus.«

»Ähm.«

»Ja, also ich hab mir gedacht«, redete sie gleich weiter, ohne auf seine Antwort zu warten, »ob ihr nicht einmal zur Jause vorbeikommen wollt bei mir, du und dieser interessante Herr und meinetwegen auch deine anderen Kollegen? Ich würde euch gerne einladen und alle kennenlernen, die da im Fernsehen waren! Von mir aus auch schon heute, du, ich hab noch nichts vor! Die Bedienerin ist schon unterwegs und kauft was zum Kaffee, ich hab an Kardinalschnitten gedacht, die hast du doch so gerne, gell!«

Ihm wurde schlecht. »Ja, aber Oma, so einfach ist das nicht, ich muss doch arbeiten, da kann ich doch nicht ...«

»Papperlapapp! Natürlich kannst du!« Erstaunlich, wie gut sie manchmal doch noch hörte, dachte er und nahm einen Schluck Wasser gegen die Kardinalschnittenübelkeit.

»Du bist der Chef, nutz das halt aus. Du bist immer viel zu nett und rücksichtsvoll zu allen. Außerdem warst du im Fernsehen! Und hast vielleicht das neue Pompeji gefunden!«

»Aber Oma, der Bürgermeister ...«

»Ja, der liebe Stefan, grüß ihn schön von mir! Also, ich erwarte euch dann heute gegen 15 Uhr 30. Kommt nicht zu spät, gell, sonst ist der Kaffee wieder kalt!«

»Oma!«, brüllte er ins Telefon, aber er hörte nur noch ein Tuten. Sie hatte aufgelegt. Na toll.

Er starrte auf das Handydisplay, darauf war eine Uhr, deren Zeiger sich zu seinen Ungunsten unaufhörlich weiterbewegten. Er saß in der Falle. Würde er am Nachmittag zur Oma verschwinden, um die Kardinalschnittenkatastrophe leidlich abzuwenden, hasste ihn der Steff. Würde er nicht bei der Oma antanzen, nun, dann gnade ihm Gott. Egal, was er tat, es würde zu seinem Nachteil sein. Nervös marschierte er auf und ab. Im Sitzungssaal starrte ihn das Porträt des Wienerwald-Schöffels heute gar nicht mehr melancholisch, sondern nur noch tadelnd von der Seite an. Er musste raus, hier konnte er nicht denken. Er schnappte seine Tasche und winkte der Jassi im Vorbeigehen. »Ich hab einen wichtigen Pressetermin, oben bei der Baustelle!«

Dann hastete er mit tief ins Gesicht gezogener Kapuze durch den Ort, so schnell wie möglich vorbei am Schöffel-Denkmal, dessen Blick ihn quer über den Platz verfolgte. Er dachte an die Buntmetalldiebe aus dem Ersten Weltkrieg und warum sie ihm nicht den Gefallen tun konnten, den Alten noch einmal zu fladern und ihn einfach für immer einzuschmelzen. Die Oma konnten sie bei der Gelegenheit auch gleich mitnehmen, wenn sie schon einmal dabei waren.

Er stapfte weiter und hielt erst wieder an, als er beim Kaugummiautomaten angekommen war. Manisch warf er Münzen in den Schlitz, drehte und stopfte sich die steinharten Kugeln, die aus dem Apparat kullerten, eine nach der anderen in den Mund, bis er nicht mehr kauen konnte vor lauter klebrigsüßer Masse und Speichelfluss. Dann stand er eine Weile da, einfach so, in sich selbst versunken, schnalzte mit dem Kaugummi und versuchte sich hier und da an einer Blase. Dabei hoffte er auf einen Geistesblitz, um aus dieser Oma-Steff-Zwickmühle so herauszukommen, dass er es irgendwie allen recht machen konnte. So wie immer. »Erleben Sie sich oft als eine Art Hülle?«, hörte er Renates triumphierende Möchtegernpsychologinnenstimme von neulich Abend in seinem Kopf, »die Sie anderen zur Verfügung stellen, damit die sie mit ihren Vorstellungen von Ihnen füllen können? Waren Sie stets der fröhliche Sonnenschein, allzeit bereit, alle anderen glücklich zu machen, ohne jemals mit eigenen Bedürfnissen zu stören?« Er kaute konzentriert und seufzte. Ja, dachte er. Ja, ja, ja! Und dann wieder: So ein küchenpsychologischer Blödsinn. Er war einfach schwach und ließ sich von allen anderen ausnutzen, das war alles. Er war selber schuld, dass er kein Leben hatte. Oder? Er klopfte dem Automaten zum Abschied zweimal freundschaftlich auf den metallenen Deckel und machte sich auf den Weg ins Protestcamp. Vielleicht war Frau Doktor Freud ja da und hatte eine Idee, was er machen konnte. Außerdem, hatte sie nicht ohnehin die Oma kennenlernen wollen? Nun, diesen Wunsch konnte er ihr vielleicht erfüllen. Er lächelte. Ja, so konnte es möglicherweise gehen.

*

Emma saß da und wartete. Wie immer saß sie da und wartete, darauf, dass irgendjemand kam, um das zu machen, was sie alleine nicht mehr schaffte. Es war zum Aus-der-Haut-Fahren, diese ewige Abhängigkeit. Ihren Lebtag lang hatte sie alles selbstständig hinbekommen, sogar als ihr Mann viel zu früh verstorben war, ohne ihr etwas zu hinterlassen, bis auf seinen guten Namen. Sie hatte weitergemacht und durchgehalten, ohne sich zu beklagen. So lange, bis das Schicksal des unerbittlichen Älterwerdens sie schließlich zu dieser grausamen Abhängigkeit von anderen verdammt hatte. Ihr abgenutzter Bewegungsapparat erlaubte es ihr nicht mehr, so herumzurennen, wie sie sich das vorstellte. Genau genommen rannte sie gar nicht mehr. Sie schlich, fest auf ihren Rollator gestützt, und kämpfte sich im Zeitlupentempo Zentimeter für Zentimeter durch eine Wohnung, deren Gefangene sie geworden war, seit sie es nicht mehr über die Stiegen hinaus schaffte. So war ihre Welt auf groteske siebzig Quadratmeter zusammengeschrumpft, und selbst hier hatte sie nicht mehr die volle Kontrolle. Ihr einziger Enkel hatte ihr eine Heimhelferin auf den Hals gehetzt. Die war zwar nicht komplett eingezogen, das hatte sie gerade noch zu verhindern gewusst, kam aber dennoch andauernd, um sich in ihre Angelegenheiten einzumischen. Anstatt dass der feine Herr Enkelsohn öfter vorbeischaute, um sie zu unterstützen, so wie sie das früher ohne zu klagen für ihn getan hatte, als er noch ein Kind gewesen war. Aber das hatte er wohl vergessen. Sie betrachtete sein vertrauensseliges, leicht einfältiges Gesicht auf dem gerahmten Foto auf dem Nachtkästchen. Sie war wütend. Oh, sie war so wütend, auf das Älterwerden, auf ihre Lebenssituation und auf diesen verwöhnten, undankbaren Fratz, der zwar weder Karriere noch Familie vorzuweisen hatte, aber dennoch nicht die Zeit fand, sich um sie zu kümmern, wie es sich gehörte. Dieser lächerliche Alibibesuch einmal in der Woche, sie schüttelte den Kopf. Er hatte es so gut, hatte alles, wovon sie nur träumen konnte, genoss alle Vorteile, die sie nie gehabt hatte, und machte trotzdem nichts daraus. Sie verstand es einfach nicht. Immer hatte sie darauf geschaut, dass aus ihm etwas Respektables wurde. Dass er gute Noten in der Schule hatte, dass er das Architekturstudium machen konnte, das sie hatte abbrechen müssen, um sich um ihren überraschend verwitweten, gebrechlichen Vater zu kümmern. Und sie hatte ihm diesen Posten bei der Gemeinde verschafft, durch ihre Kontakte beim Frisör, wo sich die honorabelsten Politikergattinnen der Gegend alle die Haare machen ließen. Dort, bei der Gemeinde, konnte er so lange unterkommen, bis er sich als Architekt endgültig etabliert hätte. Mehr hatte sie als Großmutter doch nicht tun können, oder? Er war schließlich in einem Alter, in dem er selbst Verantwortung übernehmen musste. Sie ließ die Zügel also ein wenig lockerer, um ihm zu zeigen, dass sie ihm vertraute. Und was war der Dank dafür? Nichts als graue Haare, wie Frau Sisi, ihre Friseurin, eines Tages aus heiterem Himmel bei der üblichen Dauerwellenroutine festgestellt hatte. »Ja, aber wo kommen denn diese weißen Haare plötzlich her, Frau Schöffel?«, hatte sie erstaunt gefragt und ein paar ihrer goldblonden Haarsträhnen prüfend durch ihre Finger gleiten lassen.

Ja, na, wo kamen die bloß her? Emma hatte verkrampft in den Spiegel gestarrt, aus dem Frau Sisi ihr entgegenlächelte. »Haben Sie Sorgen, Frau Schöffel?«, hatte die mit ihrer sanften Stimme mitleidig gefragt. »Sie wissen, wieso graue Haare entstehen, meine Liebe, nicht wahr? Aus Stress! Und dann entsteht ein Melaninmangel, und schwups, schon ist man weiß. Aber keine Sorge! Wenn Sie ein wenig darauf achten, produziert Ihr Körper irgendwann wieder genug Pigmente, und es kann sein, dass Ihre schöne Naturhaarfarbe wieder zurückkommt. Darf's in der Zwischenzeit eine kleine Tönung sein, gnädige Frau?« Sisi hatte verständnisvoll und mitfühlend gelächelt, wie es ihre Art war. Emma hatte nicht lange überlegt und sich sofort blondieren lassen.

Aber jetzt, wo sie ihren Josef im Fernsehen gesehen hatte, hatte sie wieder Hoffnung geschöpft, dass er doch noch etwas machte aus sich und seinem guten Namen. Dieses Bauprojekt war ein guter Anfang, manche waren eben Spätzünder. Ach, wenn er nur endlich irgendetwas hinbekommen würde. Dann konnte sie erhobenen Hauptes abtreten. Aber so? Sie hatte beschlossen, das hier auszusitzen. Notfalls würde sie eben alle überleben, der Name Schöffel durfte nicht so sang- und klanglos untergehen.

Sie überprüfte ihr Make-up im kleinen Einsteck-Handspiegel und übte ihr ungezwungenes Gastgeberinnenlächeln, das sie über die Jahre perfektioniert hatte. Nun, es war ein wenig eingerostet, aber sie hatte ja noch ein bisschen Zeit. Wenn heute alles klappte und die wichtigen Leute zu der Einladung kamen, konnte sie dem Bub bestimmt ein wenig unter die Arme greifen und allen zeigen, aus was für einer guten Familie er kam. Sie schaute auf die Uhr. Wo blieb bloß die Bedienerin mit der Mehlspeise? Schön langsam wurde es knapp. Schließlich musste man noch das Besteck ein wenig mit Sidol aufpolieren, alles für die Jause aufdecken und die Blumen arrangieren, vom Kaffeekochen und Schlagobersschlagen ganz zu schweigen.

Sie blickte sich prüfend im Zimmer um und nickte zufrieden. Ansonsten war alles tadellos an seinem Platz. Sie lehnte sich ein wenig zurück, um ihre Inszenierung zu genießen. Die Tapeten, die Teppiche, das Bücherregal, die Vasen, die selbst gehäkelten Deckerl darunter, alles zeugte von Geschmack. Jeder, der ihre Wohnung betrat, konnte auf den ersten Blick sehen, dass sie einer Dame gehörte. Und diese Dame war sie.

Immer trug sie schöne Kostüme, Ober- und Unterteile, die farblich zueinanderpassten, stets aufeinander abgestimmt. Zusammengehörend. Ihr Parfum war dezent aufgetragen, genauso wie die Tagescreme, die sie monatlich fast hundert Euro kostete. Die Hausschuhe hatten Absätze, und ihre Nägel waren rot lackiert. Die blondierten Haare hatten niemals einen Stich ins Violette. Nachlässigkeit passierte ihr nicht. Sie würde sich nicht gehen lassen, so wie die anderen. So wie ihr Enkel, der immer korpulenter wurde.

Sie erschrak. Die Bedienerin war plötzlich vor ihr aufgetaucht. Wie oft hatte sie der schon gesagt, dass sie sich nicht immer so anschleichen sollte! War sie etwa eingenickt? Vor ihr, auf dem Wohnzimmertisch, war jedenfalls plötzlich alles für eine Jause hergerichtet. Emma erstarrte.

»Falsch!«, zischte sie.

»Frau Schöffel?«

»Falsch, Sie Trampel!« Emma hätte losheulen können vor lauter Enttäuschung. Wenn man nicht alles selber machte!

»Was ist denn los?«

»Falsch, alles falsch!«

Emma starrte die Bedienerin entsetzt an, die glotzte tumb aus ihren Fischaugen zurück.

»Augarten«, rief sie entsetzt, »Augarten!«

»Augarten?« Die Heimhelferin schaute sich verzweifelt im Zimmer um, um herauszufinden, was sie falsch gemacht haben könnte.

*

Als Josef Schöffel schnaufend bei der Baustelle ankam, war der Steff schon da.

Moment, dachte er, der Steff war da? Der Steff war sonst nie da. Er hatte ihn jedenfalls seit dem Fest zum Spatenstich und den dazugehörigen Presseterminen nicht mehr hier oben gesehen. Und seit es das Protestcamp gab, war das gesamte Projekt ohnehin nur noch seine Aufgabe gewesen.

Der Steff war auch nicht alleine da, er war in Begleitung von Jassis Hund. Der lief ihm jetzt freudig schwanzwedelnd entgegen und beschnüffelte zur Begrüßung eingehend seinen Schritt. Peinlich berührt versuchte er den Hund unauffällig abzuschütteln, doch der blieb hartnäckig. Also versuchte er, in x-beinigem Gang und leichten Zickzack-Bewegungen das Tier loszuwerden und gleichzeitig in Richtung Bürgermeister voranzukommen. Er hoffte inständig, dass ihn dabei niemand beobachtete, und zog sicherheitshalber die Kapuze seiner Jacke über den Kopf.

Jetzt entdeckte ihn der Steff, schnippte mit lässiger Geste und pfiff einmal. Josef hob grüßend die Hand, unsicher, ob Schnippen und Pfeifen an ihn oder an den Hund gerichtet worden waren. Der Hund jedenfalls machte bellend kehrt, und der Bürgermeister tätschelte dem Tier kameradschaftlich den Kopf, nachdem es japsend bei ihm angekommen war. Gleichzeitig sprach er routiniert lächelnd mit einer jungen Frau, und da bemerkte Josef Schöffel die Kamera, die die ganze Szene mitgefilmt hatte. Er war mitten in ein Interview hineingeplatzt, und während ihm die Schamesröte ins Gesicht stieg, ergab das alles hier plötzlich einen Sinn. Der joviale Steff und der süße Hund, mitten in der Natur, am Fuße des Wienerwaldes. Ein engagierter Bürgermeister im Einsatz für seine Klimabündnis-Gemeinde, ein hemdsärmeliger Typ, der sich persönlich ein Bild vom Stand der eventuellen Weltkulturausgrabungen machte.

»Fehlt nur noch ein Falke auf seiner Schulter.«

Josef Schöffel schrak zusammen. Renate hatte sich unbemerkt neben ihn gestellt und hob stoisch eine Hand zum Gruß. Er bemerkte, wie er noch röter wurde. Renate hatte die Hund-im-Schritt-Sache sicher auch gesehen.

»Was ist denn hier los?«, fragte er in Richtung Boden und zog die Kapuze noch ein wenig enger.

»Dein kerniger Naturburschenchef hat gerade seine Liebe für den Umweltschutz und zum Weltkulturerbe entdeckt.«

»Aha.« Josef Schöffel versuchte, seine roten Wangen mit seinen eisigen Händen zu kühlen.

»Jep. Und hast du gewusst, dass Mister Lumbersexual hier diesem Winner-Woods-Projekt schon immer kritisch gegenübergestanden ist?«

»Ach.«

»Ja, und dass du, Herr Schöffel, ihn zusammen mit der Baulobby da in Sachen Umweltverträglichkeit perfide getäuscht habt?«

»Wie bitte?«

»Und wir, der Hans und ich mit unserem Protestcamp, wir sind in Wahrheit Weltnaturerbezerstörer. Weil wir die Hebung des antiken Schatzes zum Wohle für die Allgemeinheit mit unseren Störaktionen und unserem Camp behindern.«

»Was?«

»Er hat uns mit den Klimaaktivisten-Farbbeutelwerfern verglichen. Meinte, dass wir sogar bedeutend ärger wären als die, was die Zerstörung von Kulturgütern betrifft.«

Josef Schöffel konnte nicht anders, er brach in hysterisches Gelächter aus.

»Na, Hauptsache, der Sepperl hat's lustig.« Hans Gruber baute sich neben ihm und Renate auf.

»Entschuldigen Sie, war nicht so gemeint.« Er wischte sich ein paar Lachtränen aus den Augenwinkeln, gar nicht mehr beruhigen konnte er sich.

Zu dritt starrten sie den Steff an. Der stapfte gerade entschlossen und kamerawirksam auf das Camp der Protestler zu.

»Habt ihr ein neues Zelt?« Josef Schöffel deutete auf ein braunes Ungetüm, das er noch nie gesehen hatte. Es wirkte, als wäre es aus dem Heeresgeschichtlichen Museum entwendet worden. »Wo habt ihr das denn her?«

»Ja, das wollte ich dich eigentlich auch schon die ganze Zeit fragen, Hans«, nickte Renate. »Wann hast du das hingestellt?«

»Gehört dem Alten.«

»Welchem Alten?«

»Dem Alten, der da seit gestern rumhängt und einen auf Wienerwald-Schöffel macht, so im Kostüm.«

»Noch nie gesehen.«

»Weil du nie da bist, um deinen armen Vater im vielleicht wichtigsten Protest seines Lebens zu unterstützen.«

»Lieber Hans, ich darf dich daran erinnern, dass ich hin und wieder auch arbeiten gehen muss. Ich mach eh schon fast alles aus dem Homeoffice hier oben und hab dauernd Kreuzweh von diesen unergonomischen Klappsesseln und der Kälte.«

»Meldest halt Pflegekarenz an und sagst, du kümmerst dich um deinen dementen Vater, der in den Wienerwald ausgebüxt ist! Dafür werden die schon Verständnis haben. Außerdem sterbe ich eh bald, so rein rechnerisch, dann bist mich sowieso los.«

»Genau.« Renate verdrehte die Augen.

»Ach, der ist noch da, der im Kostüm?«, erkundigte sich Josef alarmiert.

»Siehst du, sogar der Schöffel kennt ihn!«

»Das ist sein Job, dass er alle Leute kennt. Per Handschlag.«

»Na, na. So schnippisch heute, das Fräulein Tochter.«

»Ich dachte, der ist verschwunden.« Josef Schöffel blickte sich suchend um.

»Offensichtlich nicht. Der versteckt sich auf dem Hochstand, seit es hell ist. Wahrscheinlich wegen der Kieberei.«

»Welche Kieberei ...?«

In diesem Moment ertönte ein lautes »Räumen lassen, sofort!«, und der Steff deutete mit großer Geste auf die Zelte der Protestler, als ob er ein neues Einkaufszentrum in der Peripherie eröffnen würde. Auf seinen Zuruf setzte sich jede Menge Exekutive in Bewegung.

»Wo kommen denn die plötzlich alle her?« Josef verstand gar nichts mehr. Hatte nicht eigentlich ER die Polizei rufen wollen, bevor er mit Renate beim Darts abgestürzt war? Oder schlimmer noch, hatte er sie damals alarmiert und konnte sich nicht mehr daran erinnern? Dann fiel ihm ein, wie ungern er telefonierte. Vermutlich also eher nicht. Außerdem hätten sie dann wirklich sehr, sehr lange gebraucht, um hier aufzutauchen.

»Parkplatz«, Hans Gruber deutete mit dem Kopf zum Waldrand. »Die stehen da schon seit der Früh.«

Dann setzte er sich mit ungeahntem Elan in Bewegung, auf die Polizisten zu. Renate und Josef stolperten perplex hinterher.

»Ihr Bullenschweine! Lasst mein Eigentum in Ruhe!« Die Kamerafrau schwenkte vom Steff auf den polternden Hans Gruber. »Wir protestieren hier gegen SEINE gewaltsame Betonpolitik, nicht umgekehrt! Er wollte hier Büros bauen und das Weltkulturerbe zerstören!«

Der Steff lächelte den alten Protestler milde an und hob eine Rolle *Gaffatape* auf, die vor Hans Grubers Zelt lag, der damit eine undichte Stelle hatte flicken wollen. Der Bürgermeister hielt sie triumphierend in die Kamera. »Damit wollten sie sich hier festkleben, diese Terroristen!«

Jetzt war es Renate, die sich vor lauter Lachen kaum mehr beruhigen konnte. Die Kamerafrau schwenkte zu ihr und die Interviewerin streckte ihr das Mikro unter die Nase. Josef duckte sich weg. »Frau Doktor Leitner, Sie als renommierte Wissenschaftlerin und Umweltexpertin, was sagen Sie zu den Vorwürfen des Bürgermeisters?«

Renate bemühte sich um einen seriösen Gesichtsausdruck. »Ich glaube, dass die Aktivist*innen hier die akute Bedrohung für den Wienerwald durch dieses unnötige Bauprojekt besser verstanden haben als all die Politiker, die das jetzt großspurig behaupten, unter dem Deckmantel der Bewahrung des Weltkulturerbes. Über die Erhaltung des Waldes und der umliegenden Grünflächen wird von Seiten der Politik doch erst gesprochen, seit hier eine größere Öffentlichkeit hinschaut, also seit rund achtundvierzig Stunden. Davor hat man sich von deren Seite mehr für den Profit aus dem Bauprojekt als für den Grünflächenerhalt interessiert – obwohl die Verantwortlichen den Wald doch von Berufswegen für ihre Bürger*innen beschützen sollten. So ein angeblich nachhaltiges Gebäude ist doch nur Augenauswischerei! Die Politik tut hier so, als ob sie das Problem ernst nehmen würde, zerstört aber vieles unwiederbringlich. Und dann kaufen die Verantwortlichen im Namen der Gemeinden maximal irgendwelche Alibizertifikate im Ausland, hinter denen oft fadenscheinige Emissionsreduktionen stehen, als ›Wiedergutmachung‹ und um ihre Gewissen zu erleichtern.«

Die Reporterin nickte mit ernster Miene. »Vielen Dank für Ihre Einschätzung, Frau Doktor Leitner.«

Renate lächelte professionell und stellte sich wieder neben Josef, während die Kamera erneut über die Baustelle schwenkte. Josef atmete dankbar aus, erleichtert, dass sie von ihm kein Statement verlangt hatten. Dann schaute er Renate fragend an. »Du als renommierte Wissenschaftlerin und Umweltexpertin?«

»Ja, was hast du gedacht, wovon ich lebe?«

»Was weiß ich, Psychologin mit Spezifizierung auf Nachkriegstraumata in Familien? Dartprofi?«

Sie lachte.

»Aber warum hast du nichts gesagt?«

»Du hast halt nicht gefragt.«

»Stimmt.« Er nickte zerknirscht.

»Ja, ja, jetzt mach dich da nicht so wichtig, Fräulein Tochter!« Hans Gruber hatte kurz seinen Protest vergessen und schaute misstrauisch zwischen den beiden hin und her. »Seit wann seid ihr eigentlich per Du?«

Aber Renate und Josef überhörten seine Frage, denn sie lauschten schon wieder gebannt dem Steff, der sich nach einer kurzen Pause zurück ins Bild gedrängt und erneut staatstragend zu reden begonnen hatte.

»Fakt ist«, dozierte er, »dass wir von der Gemeinde auf allen Ebenen versucht haben, ins Gespräch mit den Protestlern zu kommen. Es gab unzählige Angebote, das können Sie mir glauben, aber leider alle ohne Erfolg.« Er machte ein betrübtes Gesicht und legte die Stirn in Falten. »Als Bürgermeister unserer schönen Gemeinde hätte ich mir selbstverständlich eine friedlichere Lösung gewünscht! Aber diese unverbesserlichen Querulanten«, er deutete auf die drei und stutzte, als er unter der Kapuze seinen Kollegen und das Gesicht des Winner-Woods-Projekts im Kreis der Protestler erkannte, »haben es offensichtlich darauf angelegt und so einen lächerlichen aufmerksamkeitsheischenden Showdown hier gewollt! Was das den Steuerzahler an Geld kostet, haben sie natürlich nicht bedacht!« Mit bösem Blick und nervösem Kopfwackeln versuchte er, Josef Schöffel dazu zu bewegen, von den Tree-Hugger-Terroristen abzurücken. Aber sein tumber Kollege bewegte sich natürlich keinen Zentimeter.

»Eine schnelle Replik dazu?« Die junge Reporterin wandte sich samt Kamera wieder dem Trio Renate, Hans und Josef zu.

Hans brüllte ins Mikro: »Wir sagen, dass wir von Anfang an gegen das Bauprojekt des Bürgermeisters, mit dem der feine Herr jetzt plötzlich nichts mehr zu tun haben will, demonstriert haben und niemals gegen das Welterbe! Wir sind das Welterbe! Dieser Wald ist das Welterbe! Es gibt schon genug Büros!« Er hob kämpferisch den Arm. »*Venceremos*! *Macht kaputt, was euch kaputt macht*! Auf dass hier das Recht siege und das Unrecht unterliege!«

Sein weiterer Appell ging im Knattern eines Polizeihubschraubers unter, der plötzlich aufgetaucht war und wie in einem amerikanischen Blockbuster über der gesamten Szenerie kreiste. Die Kamera schwenkte erneut und wandte sich wieder der Polizei zu, die begonnen hatte, die Zelte abzubauen. Hans Gruber ballte die Fäuste. Er schickte sich an, loszulaufen, um noch einmal die Aufmerksamkeit der Reporterin auf sich und seine Anliegen zu lenken. Aber Renate schnappte ihn am Arm und hielt ihn fest: »Papa, das bringt doch nichts.«

»Was fällt dir ein, lass mich sofort los! Natürlich bringt das was! Die wollen uns öffentlich verleumden! Uns als die Bösen hinstellen! Unser Camp illegal räumen! Die haben nichts kapiert, ich muss das doch verdeutlichen, präzisieren, erklären! Und hör endlich auf, Papa zu mir zu sagen, das macht mich uralt!« Hans Gruber wollte sich aus dem Griff seiner Tochter befreien, aber die hielt ihn weiter eisern fest.

»Entschuldigen Sie, wenn ich mich da jetzt einmische, Herr Gruber, aber Sie haben doch erreicht, was Sie wollten?!«, meldete sich nun auch Josef Schöffel zögerlich zu Wort.

»Ja genau, willst du mich verarschen, Schöffel? Die räumen gerade mein Protestcamp!«

»Aber das brauchen Sie doch ohnehin nicht mehr, der Baustopp ist doch erreicht!«

»Natürlich brauch ich das noch, ich protestiere hier weiterhin! Und außerdem sind alle meine Sachen im Zelt!«

»Die bekommen Sie aber ohnehin später von der Polizei ausgehändigt. Hauptsache ist doch der Baustopp, oder?« Er streckte dem Alten die Hand hin. »Ich gratuliere Ihnen zu Ihrem Sieg, Herr Gruber!«

»Aber wir müssen uns doch verteidigen! Einschreiten! Kämpfen! Gegen diese Polizeiwillkür!« Hans Gruber zeigte wild gestikulierend auf sein Zelt, wo man einem Polizisten dabei zuschauen konnte, wie er die aus der Erde gezogenen Zelt-Heringe einen nach dem anderen vorsichtig vom Schmutz befreite und dann in einem Sackerl verstaute.

»Aber, aber das ist doch mein Moment, die können mir doch diesen Moment jetzt nicht einfach so kaputt machen!«

»Geh Papa, du warst doch eh in Hainburg und in Zwentendorf und was weiß ich wo noch zum Protestieren, das muss doch reichen!«

»Na, eben nicht!« Hans Gruber stampfte auf.

»Bitte?«

»Na, ich war nicht dabei!«

»Wie? Was meinst du?«

»Dass ich nicht dabei war, okay?! Willst du es schriftlich, oder was? Soll ich's dir vortanzen? Ich. War. Nicht. Dabei. Weder in Hainburg noch in Zwentendorf. So, jetzt weißt du es. Ich hab gelogen.«

Renate starrte ihren Vater ungläubig an.

»Was ist, warum glotzt du so?« Hans Gruber packte jetzt Josef Schöffels ausgestreckte Hand, die der ihm etwas fassungslos immer noch zur Gratulation entgegenhielt, und schüttelte sie heftig.

»Vielen Dank, Sepperl, das bedeutet mir sehr viel.«

»Aber Papa?«

»Nix. Ich will nicht darüber reden.« Er sah mit einem Mal ganz müde aus. Betreten schweigend standen sie zu dritt in der Gegend herum und starrten auf ihre Schuhspitzen. Die Polizei räumte weiterhin gemütlich das Protestcamp, der Steff quatschte nach wie vor in die Kamera. Nebel kam auf und es wurde ziemlich kühl. Josef Schöffel schaute auf die Uhr.

»Wer hat Lust auf Kaffee und Kuchen?«

»Wie bitte?«

»Jetzt?«

Hans und Renate sahen ihn an, als ob er verrückt geworden wäre.

»Hier kann man momentan eh nichts mehr machen. Die Zelte sind quasi weg, eure Sachen kriegt ihr erst irgendwann von der Polizei. Und meine Oma hätte uns für 15 Uhr 30 zum Kaffee eingeladen.«

»Deine *Oma* hat uns zum Kaffee eingeladen?« Hans Gruber schnappte nach Luft. »So ein Kretin wie du hat eine Oma?« Er schien sich von seiner Geständnisscham recht schnell wieder erholt zu haben.

»Ein Stück Kuchen wäre jetzt wirklich wunderbar.«

Alle fuhren herum.

Der alte Schnauzbart-Schöffel schaute leicht erfroren vom Hochstand auf sie herunter, seinen altertümlich aussehenden Rucksack fest an sich gepresst.

»Jössasna, der Schöffel-Imitator, den hab ich ganz vergessen!« Josef überlegte, ob sich der seltsame Alte wohl seit Sonntagabend da oben versteckte? Das würde erklären, warum er plötzlich wie vom Erdboden verschluckt gewesen war. Man musste diesbezüglich wirklich schleunigst etwas unternehmen. Vielleicht war er ja von irgendwem als vermisst gemeldet worden?

Hans Gruber brüllte: »Joseph! Du hast die ganze Action verpasst!«

»Der heißt auch Joseph?«

Der Schnauzbart war routiniert vom Hochstand geklettert und streckte ihm die Hand entgegen. »Jetzt noch einmal offiziell, nach unserer unglücklich-überstürzten ersten Begegnung, Joseph Schöffel angenehm. Genauso wie Sie, nur mit ph.« Dann drehte er sich zu Renate: »Küss die Hand, Fräulein Renate, nehme ich an?«

»Küss die Hand«, Hans stieß Josef in die Seite, »Hast du das gehört, ist der nicht großartig? Seit der da ist, tut der so, als wäre er der Joseph Schöffel, ist noch kein einziges Mal aus der Rolle gefallen! Zuerst hab ich gedacht, der ist von der Polizei und will uns infiltrieren und das Camp zerstören, aber dann ...«

»Hat er Ihnen von dem Schatz erzählt«, fiel Josef ihm ins Wort.

Hans Gruber schaute ihn alarmiert an: »Woher weißt du das?«

Er winkte ab: »Egal, lange Geschichte. Aber meinen Sie nicht, wir sollten herausfinden, wo der hingehört? Vielleicht ist er aus irgendeiner Anstalt ausgebüxt oder aus dem Seniorenheim? Die vermissen ihn sicher schon!«

»Sie hatten einen Kuchen erwähnt?« Joseph Schöffel stand – den Tornister geschultert und Renate untergehakt – bereit, um loszugehen.

Hans stupste Josef an. »Gönn ihm doch sein Abenteuer und ein Stückerl Torte, wir können ja nach der Jause immer noch herausfinden, wo er hingehört. Vielleicht hat ihn ja jemand im Fernsehen gesehen.« Er wandte sich zum Gehen. »Also wirklich, Sepperl, dass du eine Großmutter hast, das pack ich immer noch nicht.«

»Warum soll er denn keine Oma haben?«, schaltete Renate sich ein.

»Das hat so was Menschliches, das passt gar nicht zu ihm!«

»Also Hans!«

Josef lächelte. »Freut mich, dass ich Sie noch überraschen kann, Herr Gruber.«

»Was gibt's denn Gutes bei der Oma?«

»Kardinalschnitte vermutlich.«

»Klassisch.

»Ja, meine Oma ist sehr klassisch.«

»Na dann!« Hans Gruber haute Josef Schöffel auf die Schulter, »gehen wir jetzt zu deiner sehr klassischen Oma. Hier oben haben wir ohnehin nichts mehr verloren!« Und er marschierte los.

Josef nickte, und dann ging er müde mit den anderen den Hügel hinunter, im Rücken die Ruinen des ehemaligen Protestcamps. Wie lange hatte er von genau diesem Moment schon geträumt? Das Zeltlager mit einer medienwirksamen Räumung aufzulösen und die Protestler im Gänsemarsch nach Hause zu schicken. Dass er stattdessen mit ihnen im Schlepptau zur Oma zu Kaffee und Kuchen unterwegs sein würde, nun ja ... Er lächelte, schaute zu Renate und breitete seine Arme aus: »Sie wünschen, wir spielen.« Die nickte nur und grinste zurück.

»Einen Vollrausch darauf, dass ich es schaffe, mir keinen Kuchen aufschwatzen zu lassen.«

»Ich halte dagegen, Frau Umweltexpertin.«

Sie schlugen ein, und dann wurde ihm ganz flau im Magen, weil ihm bewusst wurde, was er da gerade dabei war zu tun. Nämlich zusammen mit diesen merkwürdigen Menschen bei der Oma aufzukreuzen. Nervös sah er sich um. Es war nicht mehr sehr weit, sie waren bereits im Ortskern angekommen. Dann fiel sein Blick auf den Schöffel-Imitator, der, auf einen eleganten Spazierstock gestützt, in einem etwas schleppenden Gang vor ihm Richtung Oma wackelte. Vielleicht würde dessen Anwesenheit ja wirklich helfen, diesen Kaffee-und-Kuchen-Irrsinn, den sich die Großmutter da in den Kopf gesetzt hatte, halbwegs unbeschadet zu überstehen. Die Kleidung, der Schnauzbart, das Auftreten dieses merkwürdigen Alten, seine Oma würde bestimmt begeistert sein.

*

Eine sichtlich erschöpfte Heimhelferin öffnete ihnen die Tür. Sie stellte sich allen außer Josef als Svetlana vor und bat sie herein. Renate schüttelte ihr die Hand und lächelte ein wenig wehmütig über den konspirativ-resignierten Blick, den Josef und die Pflegerin wechselten. Josef und Svetlana wirkten wie Veteranen, die dieselben Schlachten geschlagen hatten und sich in stillem Einverständnis ihrer Verbundenheit versicherten. Manchmal wünschte sie sich auch jemanden, mit dem sie so konspirativ-vertraut schauen konnte, wenn ihr Hans wieder einmal zu viel wurde.

»Die Frau Schöffel freut sich schon sehr auf Sie!« Svetlana schlüpfte in ihren Mantel, winkte in die Runde und verschwand durch die noch geöffnete Tür in ihre wohlverdiente Pause.

Renate warf einen Seitenblick auf Josef. Der hatte plötzlich einen ganz angespannten Ausdruck im Gesicht, vermutlich weil sie jetzt ganz alleine waren mit der Oma, ohne Svetlana als Aufprallschutz.

Tapfer führte Josef die Runde durch den dunklen Vorraum in das Wohnzimmer, wo seine Großmutter sie bereits an einem festlich gedeckten Tisch mit duftendem Kaffee und Tassen aus *Augarten*-Porzellan und den dazu passenden Servietten erwartete.

»Ich hab schon gedacht, ihr kommt gar nicht mehr!« Die alte Dame erhob sich mühevoll und schritt ihnen auf ihren Rollator gestützt ein wenig entgegen.

»Aber, Oma, wir sind doch auf die Minute pünktlich!«

»Auf deiner Uhr vielleicht. Bei mir ist es schon fünfunddreißig.« Sie drehte sich zu den anderen und schenkte ihnen ihr strahlendstes Lächeln: »So, bitte schön, kommen Sie nur weiter! Schuhe? Nein, die brauchen Sie doch nicht auszuziehen, das ist wirklich kein Problem.«

Hans Gruber streckte der alten Dame die Hand entgegen. »Ich bin der Hans Gruber, angenehm, und das da ist meine Tochter Renate.« Schau an, Renate war überrascht, er hatte sich sogar einmal als ihr Vater vorgestellt.

»Aha.« Emma nickte ihnen beiden zu und betrachtete Hans Gruber, der da in einem abgetragenen Wollpullover so forsch auf sie zugeschossen war, mit abschätzigem Blick. Manchmal bewunderte Renate ihren Vater, wie er in seiner selbstbewussten, polternden Art, von den atmosphärischen Feinheiten einer Situation völlig unbeeindruckt, unbefangen er selbst blieb. Vielleicht fehlte ihm aber auch nur jegliches Gespür. Als Josefs Oma allerdings sein ausgedünntes, graues Haarzopferl entdeckte, ignorierte sie seine ausgestreckte Hand und lächelte stattdessen den adrett gekleideten Mann hinter ihm freudig an.

»Emma Schöffel, freut mich sehr.« Sie fuhr Hans Gruber mit ihrem Rollator ein wenig über die Zehen, weil er nicht rechtzeitig aus dem Weg gesprungen war.

Renate ging in Deckung. Sie verstand die Freude von Josefs Oma über den schnauzbärtigen Gast. Der alte Schöffel war der Einzige im Raum, der in Auftreten und Persönlichkeit wirklich hierher zu Emma passte. Seine Anwesenheit musste sie an frühere Zeiten erinnern, als sie noch regelmäßig standesgemäßen Besuch zu ihren gediegenen Nachmittagseinladungen empfangen hatte und nicht nur ihr Enkel und die Heimhelferin bei ihr vorbeischauten. Renate stupste ihren Vater an, der sich vom gedeckten Tisch ein Stück Würfelzucker in Form eines Spielkartensymbols gemopst hatte und es sich jetzt schmatzend auf der Zunge zergehen ließ. »Schau, da kannst du noch was lernen, Hans!«

Joseph Schöffel war gerade dabei, einen Handkuss anzudeuten. »Schöffel! Na, was Sie nicht sagen, das ist aber kurios, ich bin auch ein Schöffel, angenehm.«

»Nein, so was!« Emma schien einer Ohnmacht nahe.

»Ja, erstaunlich, nicht wahr? Aber bei so einer großen Familie wie der meinigen durchaus möglich, dass wir verwandt sind. Ich habe acht Geschwister! Dennoch habe ich noch von keiner Emma gehört.«

»Ja nun, eigentlich war mein Mann der Schöffel, ich bin nur angeheiratet.« Bei dem Wort »angeheiratet« war Emmas deutliche Aussprache in ein eigenartiges Murmeln übergegangen.

»Mein Mann war der Ernst Schöffel.«

»Ernst Schöffel, nun ich muss überlegen, bei acht Geschwistern und dazugehöriger Entourage und den bewegten Zeiten, in denen wir leben, entfällt einem schon einmal der eine oder andere Name!«

»Natürlich, das ist doch verständlich, machen Sie sich keine Gedanken, lieber Herr Schöffel. Bitte, nehmen Sie Platz, das können wir alles später noch in Ruhe erörtern. Ich freue mich sehr, dass Sie hier sind. Jetzt gibt es zuerst einmal eine Stärkung.« Sie machte eine wedelnde Handbewegung in Richtung Josef und signalisierte ihm, den Kaffee einzuschenken.

»So, bitte«, nun deutete sie auf Hans und Renate: »Stehen Sie doch nicht so ungemütlich hier im Weg herum, es ist doch Platz für alle!« Sie wies auf die restlichen freien Stühle neben dem alten Schöffel.

Renate bedankte sich und setzte sich vorsichtig auf einen der *Thonet*sessel, dessen Rattangeflecht auf der Sitzfläche schon leicht durchhing. Behutsam lehnte sie sich zurück und atmete erleichtert aus. Scheinbar hatte sie, ohne es zu merken, schon seit Längerem die Luft angehalten. Sie blickte sich um. Eigentlich war es recht gemütlich hier in der Wohnung der alten Dame. Es war schön warm und unter ihren Füßen spürte sie einen weichen Perserteppich, der vor Jahren bestimmt einmal teuer als Wertanlage gekauft worden sein musste und mittlerweile keine fünfzig Euro mehr wert war. Trotzdem ein Wunder, dass er überhaupt zum Einsatz kam und nicht gut versteckt vor kleckernden Gästen in Mottenpulver eingewickelt irgendwo in einem Kasten sein Dasein fristen musste. Aber das Repräsentieren schien im Leben von Josefs Oma dann doch eine noch größere Rolle zu spielen als das Aufpassen und Bewahren all ihrer schönen Dinge. Und ein standesgemäßer Teppich gehörte bei ihr eben zum guten Ton, genauso wie das *Augarten*-Geschirr. Renate grinste, die Alte musste Blut und Wasser schwitzen gerade. Hin- und Hergerissen zwischen der Angst um ihre Sachen und der Angst vor einer schlechten Nachrede musste sie sein. Ob sie wohl diese Tapete, eine floral bedruckte Scheußlichkeit in Pastell, jemals wirklich hübsch gefunden hatte? Oder hatte sie nur einen klingenden Namen wie »Apricot de Printemps« oder so gehabt und war ihr vom Herrn Innenarchitekten als der »Dernier Cri« für den »Living Room« angepriesen worden? Da hatte Emma wohl nicht lange gefackelt und bestellt, das Wichtigste war doch, etwas zu haben, das ihre Freundinnen noch nicht hatten, stellte sich Renate vor. Direkt gegenüber vom Esstisch thronte Emmas Bibliothek in einem schweren dunkelbraunen Wandverbau. Renate tippte auf eine jahrzehntelange Mitgliedschaft bei der Buchgemeinschaft *Donauland*. Rücken an Rücken stand hier der gesamte deutschsprachige Literaturkanon in pompöser Billigausstattung und verstaubte. Renate fand es faszinierend, wie sehr sich die Wohnungen einer gewissen Generation und Gesellschaftsschicht glichen, bei ihren ehemaligen Schwiegereltern hatte es genauso ausgesehen. Bei ihren eigenen Eltern, sie warf einen kurzen Seitenblick auf Hans, nun ja. Da waren mehr Mao-Bibel und billige Raubdrucke linker Theorie als deutschsprachige Klassiker im zusammengeschusterten Bücherregal vom Sperrmüll. In den Lücken zwischen den Büchern hatte Josefs Oma Trophäen von ihren einstigen Reisen platziert, kleine

Vasen und sonstigen Nippes, um ihren Gästen wie nebenbei von ihrer Weltläufigkeit zu erzählen. Renate vermutete, dass der Alten eigentlich gar nichts so richtig davon gefiel, sondern dass sie die Dinge nur nach ihrem Erscheinungsbild im heimatlichen Wohnzimmer ausgesucht hatte. Na, wenigstens war sie keine Großwildjägerin gewesen. Tote Tiere wähnte Renate hier eher zu Schnitzeln geklopft auf Emmas Teller oder zu einem Pelzmantel oder zu einer Handtasche verarbeitet auf diversen Haken im Schrank.

Josef hatte mit dem Einschenken des Kaffees begonnen. Die Alte betrachtete ihn dabei mit Argusaugen, Renate wurde nur vom Zuschauen schon ganz nervös. Am liebsten hätte sie ihm die Kanne aus der Hand genommen und selbst eingeschenkt, um ihn zu entlasten.

»Jetzt pass doch auf, wo du hinschüttest! Vorsicht, die Kanne tropft! Jetzt ruinier doch dem Herrn Schöffel nicht sein vornehmes Sakko mit einem Kaffeefleck! Geh her, du musst das so halten!« Die Alte gestikulierte wild: »Jetzt schau einmal her, so!«

Josef schenkte tapfer lächelnd weiter ein.

»Und was anderes hast du nicht im Schrank gefunden für heute?«, zischte Emma, als Josef knapp neben ihr stand, und verzog abschätzig das Gesicht. Josefs Einschenkbewegung erlahmte und die *Augarten*-Porzellankanne schwankte bedenklich in seinen zitternden Händen. Erschrocken sah er an sich hinunter.

»Willst du mich absichtlich bloßstellen?«, zischte die Alte weiter. »Kannst du mir nicht einmal einen Gefallen tun und dich ein bisserl netter anziehen?«

Renate beschloss, dass es Zeit war, etwas zu unternehmen: »Wir haben noch eine Sachertorte mitgebracht, gnädige Frau. Ihr Enkerl hat uns verraten, dass Sie die so gerne mögen.« Renate stellte schnell den Karton einer örtlichen Konditorei auf den Tisch, damit Josef zumindest für einen Moment aus dem Blickfeld der Alten verschwand. Der deutete ihr lauter zu sprechen, aber Emma schien alles verstanden zu haben. Sie lächelte sogar freundlich.

»Das ist aber lieb von Ihnen, Regina!« Sie schaute auf das Etikett und nickte. »Stellen Sie sie doch zu den Kardinalschnitten auf den Teller dazu!«

»Ähm, Renate, ich heiße Renate. Darf es denn auch gleich ein Stück sein, liebe Frau Schöffel?«

Emma lächelte huldvoll und deutete auf den alten Schöffel: »Zuerst ein Stück für unseren Ehrengast und Namensvetter, ich muss ohnehin auf meinen Cholesterinspiegel achten.«

Joseph Schöffel blickte erfreut. »Das ist aber sehr liebenswürdig von Ihnen, da sag ich nicht nein!« Auf dem filigranen Teller vor ihm stapelte sich nun eine ansehnliche Menge an Kardinalschnitten- und Sachertortenstücken, alles schwankte ein wenig und vor allem die luftig-leichte Eischnee-Cremekonstruktion drohte alsbald über den porzellanenen Rand auf die handbestickte Tischdecke zu kippen. Aber die Höflichkeit verbot es Joseph Schöffel sichtlich, gegen die Schwerkraft anzuarbeiten und als Erster loszujausnen.

Emma blickte sich prüfend um. Auf dem Tisch schien alles zu ihrer Zufriedenheit zu sein, und vielleicht hatte sie sogar ihr Missfallen über Josefs Outfit vergessen. Renate entspannte sich wieder. Sie beschloss, dass es Zeit war, einen Schluck Kaffee zu nehmen und die skurrile Situation ein wenig zu genießen.

»Halt!«

Erschrocken setzte Renate die Tasse wieder ab.

»Josef!« Die Alte schaute erbost zu ihrem Enkel, dann lächelte sie Renate an. »Entschuldigen Sie, meine Liebe, aber Sie werden doch nicht auf ein Löfferl Schlagobers auf Ihrem Kaffee verzichten, nur weil mein Enkel wieder einmal seine Manieren zu Hause vergessen hat! Josef! Das Obers! Die Bedienerin hat sicher eines geschlagen. Wieso steht das nicht auf dem Tisch? Ich muss mich wirklich bei Ihnen entschuldigen. Wissen Sie, alt werden ist kein Spaß. Ständig ist man auf andere angewiesen, deren Standard halt nicht dem eigenen entspricht. Ich sag ja immer: andere Länder, andere Sitten bei den ganzen Bedienerinnen, aber beim eigenen Enkel ist es dann halt schon eine große Enttäuschung, wenn nicht einmal die kleinsten Selbstverständlichkeiten sitzen.«

»Vielen Dank, Frau Schöffel, das ist sehr aufmerksam, aber für mich braucht's wirklich gar kein Schlagobers!«

Josef starrte alarmiert in ihre Richtung. Hatte sie gerade gewagt, etwas abzulehnen? Aber die Alte lächelte ihr verschwörerisch zu: »Ah, ich verstehe!« Sie nickte. »Sie schauen auf Ihre Linie! Vorbildlich ist das.« Sie seufzte. »Ach, an Ihnen könnte sich mein Enkel wahrlich ein Scheiberl abschneiden. Schau nur, Josef, dein Gast nimmt kein Schlagobers, weil sie weiß, dass das nicht gut für die Linie ist!«

Josef nickte: »Ich nehme eh auch nie eines, Oma, kannst dich nicht erinnern? Ich vertrag das nicht so gut.«

»Aber so ein Blödsinn, das höre ich heute zum ersten Mal! Natürlich magst du Schlagobers! Jetzt tu doch nicht so g'schamig vor den Leuten, das hast du doch immer so gern gehabt.«

»Als Kind vielleicht, Oma ...«

Sie wandte sich ab. »Nun, dann nehmen Sie sich doch etwas Schlagobers, wenn es der Bub auf einmal nimmer mag.« Emma wandte sich an Hans Gruber, aber der schüttelte den Kopf: »Nein danke, nichts für mich, ich lebe vegan.«

»Bitte?«

»Er lebt vegan, Oma. Er nimmt keine tierischen Produkte zu sich!«, versuchte Josef es mit einer Erklärung.

»Ja, wegen dem Tierleid und dem Planeten. Ist Ihnen klar, was Sie alleine wegen Ihrem Schlagobers und der Milch im Kaffee für eine Quälerei verursachen? Durch gedankenlose Leute wie Sie passiert es, dass ...«

Renate begann wieder zu schwitzen: »Ach, wissen Sie«, sie nahm Emma vertrauensvoll am Arm, »mein Vater trinkt den Kaffee einfach lieber schwarz.«

»Also das ist so nicht ganz korrekt! Gegen eine gute österreichische Hafermilch hätte ich nichts einzuwenden, als Alternative zu Ihrer Qual-Milch! Alleine wenn man die CO_2-Bilanz vergleicht, bei der Herstellung, also ...«

Renate schloss ermattet die Augen.

»Aha.« Emma hatte sich abgewandt und damit begonnen, sich mechanisch Schlagobers aus einer eleganten Schale auf den Kaffee zu schaufeln.

»Jetzt kränken Sie sich doch nicht, meine liebe Frau Schöffel!« Joseph Schöffel lächelte und nahm ihr das Gefäß mit der geschlagenen Sahne begeistert aus der Hand. »So bleibt mehr für uns!«

Emma nickte schmallippig. Dann rührte sie ein wenig in ihrem Kaffee und nippte. Sie verzog das Gesicht.

»Was ist denn los, Oma?« Josef schaute besorgt.

Renate öffnete schlagartig wieder die Augen.

»Das darf doch nicht wahr sein, geht denn heute alles schief?« Die Alte starrte in ihre Kaffeetasse.

»Was ist denn? Ist der Kaffee schlecht?«

»Ja, natürlich ist der Kaffee schlecht! Der Trampel hat vergessen das Schlagobers zu süßen! Dafür übergießt sie zum Ausgleich immer meine armen Blumen.« Entsetzt starrte Emma den alten Schöffel an, der bereits damit angefangen hatte, sich das ungesüßte Schlagobers samt Kaffee und Torte in den Mund zu schaufeln.

»Nicht!«, rief die Oma.

»Ganz vorzüglich«, lobte Schöffel mit vollem Mund und schob gleich noch ein Stück hinterher. »Mmmhhmm.«

»Aber das Schlagobers!«

»Auch das, ganz vorzüglich!« Er nahm gleich noch einen Schluck Kaffee. »Mmh, ein Gedicht. Ach, es geht doch wirklich nichts über eine gescheite Portion guten Oberskaffee. Sie können sich alle gar nicht vorstellen, was uns früher bei der Armee für ein Gschloder vorgesetzt worden ist! So ein richtig abscheuliches, braun gefärbtes Wasser war das, mit dem wir da ex officio getränkt wurden. Verstecken Sie sich nicht, meine Liebe, Sie haben uns hier eine ganz wundervolle Jause gezaubert.« Er nahm eine Serviette, betrachtete sie anerkennend und führte sie an den Mund. »Und Ihnen entgeht wirklich kein Detail, was für ein schönes Motiv, passend zu der Tischdecke.«

Emma hob abwehrend die Hände: »Ich bitte Sie, das sind doch nur Kleinigkeiten.«

»Ja, für Sie als vollendete Gastgeberin sind es vielleicht Kleinigkeiten, aber für einen wie mich, aus einfachen Verhältnissen kommend, der es gewohnt war, hauptsächlich von Erdäpfeln in Montur zu leben und außer Wasser nie ein anderes Getränk auf einem hölzernen Tisch stehen zu haben, ist so eine schöne Kaffeejause stets etwas Besonderes!«

Emma nickte beipflichtend. »Ja, früher war alles anders. Da war man auch mit einfachen Dingen zufrieden. Ein Mahl aus Suppe, Rindfleisch und Gemüse, mehr hat es da gar nicht gebraucht.« Sie zupfte am Tischtuch.

»Sehr richtig, liebe Frau Schöffel!«

Renate beobachtete Emma dabei, wie sie ihre Mehlspeise gar nicht richtig genießen konnte, permanent war sie damit beschäftigt, ihre Tafel zu beobachten. Sie rückte die Gläser ihrer tollpatschigen Gäste zurecht, wenn die sie zu nahe an den Tischrand stellten. Sie erklärte Josef weiterhin, wie er den Kaffee richtig einschenkte, damit es nicht tropfte. Dazwischen machte sie Bemerkungen über das Wetter und lokalen Tratsch, um allen zu zeigen, dass sie immer noch informiert war. Sie musste nicht das Haus verlassen, um besser als alle anderen zu wissen, ob es heute regnen würde. Renate lauschte fasziniert ihren Ausführungen, die sie ausschließlich an den alten Schöffel richtete. Ihr Vater schien indessen in der warmen Wohnung leicht eingenickt zu sein oder er versuchte, seinen Kaffee zu hypnotisieren oder den Sud zu lesen. Amüsiert blickte sie zu Josef, ob er es auch bemerkt hatte. Der war plötzlich ganz entspannt, seit sich seine Oma ganz auf den alten Schöffel konzentrierte. Er beugte sich ein wenig zu ihr hinüber und begann wie ein irrer Simultandolmetscher leise flüsternd den exakten Wortlaut der alten Dame wiederzugeben, allerdings immer ein paar Sekunden, bevor sie etwas sagte.

»Hör auf«, flüsterte sie, »ich muss ur lachen.« Josef setzte eine übertrieben ernste Miene auf und flüsterte weiter. Sie musste sich total zusammenreißen. »Oh Gott, das ist ja schrecklich! Weißt du jedes Mal schon, was sie als nächstes sagen wird?«, wisperte sie.

Josef nickte. »Ihr Repertoire ist über die letzten Jahre auf ungefähr zehn Geschichten inklusive dazu passender Phrasen zusammengeschrumpft. Pass auf, jetzt sagt sie gleich: ›Ja, so ist halt das Leben.‹«

»Ja, so ist halt das Leben«, sinnierte Emma gerade. »Alles verändert sich.«

»Sehr richtig«, pflichtete Schöffel ihr bei. »Wenn ich denke, zu meiner Zeit haben wir noch die Klassiker im Urtext gelesen, während die heutigen Gymnasialschüler nur einige wenige dieser Texte verstümmelt kennenlernen. Und die Maturitätsprüfung heutzutage, diese Missgeburt bureaukratischer Pädagogik, wo nur bis zur Bewusstlosigkeit zusammengebüffelt, aber sich nichts mehr fürs Leben gemerkt wird! Reine Verdummungsanstalten, diese Schulen von heute, die nur das geistige Helotentum befeuern, anstatt unsterbliche Geistesheroen und Vorkämpfer für Freiheit und Menschenrechte heranzuziehen.«

Emma nickte beipflichtend. »Wo sind Sie denn zur Schule gegangen?«

»Ich war bei den Piaristen.«

»Bei den Piaristen, herrlich. Eine sehr gute Adresse.«

»Ja, in Budweis.«

»In Budweis?« Jetzt rümpfte die Alte die Nase.

Josef Schöffel grinste. »Sie ist so ein Snob.«

Renate stieß ihn in die Seite.

»Was würdest du denn gerne hören?«, flüsterte er.

»Wie meinst du das?«

»Na ja, je nachdem was du gerne hören möchtest, würde ich ihr ein Stichwortstöckchen zuwerfen, und sie wird mit einer Anekdote loslegen. Stell dir einfach eine Jukebox vor, die nur zehn Songs spielen kann.«

Renate sah ihn mitfühlend an. »Und so geht das jeden Sonntag?«

»Ach, das kann durchaus ganz angenehm sein. Du weißt schon, wenn man sich nicht durch eine Unterhaltung quälen mag. Dann drückt man einfach auf einen Knopf, und je nach Stichwort erzählt sie dir was. Pro Geschichte sind das dann ungefähr, na, so im Durchschnitt sagen wir fünf bis sieben Minuten. Wenn du dich richtig schlau anstellst, kannst du auf diese Art also gut eine Stunde Besuchszeit relativ gemütlich herunterbiegen, ohne dich komplett heiser zu schreien.«

Renate wusste nicht, ob sie in Gelächter oder doch lieber in Tränen des Mitleids ausbrechen sollte. Sie entschied sich dazu, kurz Josefs Hand zu nehmen und sie fest zu drücken.

In dem Moment entdeckte Emma Josefs leeren Teller. »Geh, Schatzi, nimm dir doch noch Torte!«

Josef schüttelte den Kopf. »Nein danke, Oma, es passt schon.«

»So nimm dir doch ein Stück!«

»Nein danke, Oma, ich mag gerade gar nichts.«

»So ein Unsinn, früher war das dein Lieblingskuchen, komm her, ich gebe dir noch etwas.« Emma säbelte nun selbst ungelenk an der Kardinalschnitte herum. Josef streckte ihr müde seinen Teller entgegen, dann schob er sich mechanisch den Kuchen in den Mund. Emma lächelte ihn an. »Wusste ich doch, dass du gern noch ein Stückerl haben wolltest. Ich kenn dich doch. Hast dich nur nicht getraut zu fragen, gell!« Sie kaute versonnen. »Du solltest wirklich mehr auf deine Linie achten, weißt du, Schatzi.« Sie deutete mit der Gabel auf ihn. »Sieht man ihm an, wie gern er Kuchen isst, nicht wahr?« Sie zwinkerte den beiden älteren Herren zu. »Sie waren in seinem Alter sicher nicht so dick, Herr Schöffel.«

Der räusperte sich. »Ja nun, ähm, gnädige Frau, Sie dürfen nicht vergessen, da war ich noch beim Militär, da war die Verpflegung so schlecht und ich war stets unterwegs von einem Regiment zum nächsten, da konnte man gar nicht dick werden. Aber später dann, als ich verheiratet war, meine Frau, Gott hab sie selig, hat einfach zu gut gekocht.«

»Ihre Frau ist verstorben? Mein herzliches Beileid zu Ihrem Verlust.«

»Danke, das ist sehr ...«

»Ich bin ja auch verwitwet.«

»Ach, das tut mir sehr leid, Frau Schöffel.«

Emma machte eine beschwichtigende Geste. »Das muss Ihnen nicht leidtun, ist schon lange her. Ich habe mein Leben neu organisiert.«

»Aber haben Sie denn nie daran gedacht, noch einmal zu heiraten?« Er deutete auf eine gerahmte Schwarz-Weiß-Fotografie an der Wand. »Eine Dame wie Sie bleibt doch nicht lange alleine?«

»›Männern und der Tramway‹, hat meine Mutter immer gesagt, ›denen läuft man nicht hinterher‹, und daran habe ich mich gehalten. Ich stelle mich doch nicht mit einem Lasso an die Straßenecke und fange mir einen neuen ein, wie manch andere lustige Witwe.« Sie drehte sich zu Renate. »Wo ist denn Ihr Gatte heute? Sie sind doch sicherlich verheiratet, so hübsch und schlank, wie Sie sind! Wahrscheinlich passt der gerade auf die Kinder auf, die Männer heutzutage sind ja ganz anders.«

»Sie ist geschieden.« Hans Gruber deutete auf Renate und biss in einen Apfel, den er sich mitgebracht hatte.

Emma schaute irritiert, Renate hatte Lust, im Boden zu versinken.

»Aber, Herr Gruber, so nehmen Sie sich doch lieber etwas von den köstlichen Kuchen!«

Hans Gruber schüttelte den Kopf. »Nein danke, alles voller Tierleid, Ihre Kuchen. Allein was da an Legebatterie-Eiern drinnen verarbeitet ist, ich will das gar nicht wissen, da vergeht mir schon der Appetit.«

»Aha.« Emma platzierte ihre Gabel auf dem Tischtuch.

»Aber«, fuhr er fort, »wie der Herr Schöffel vorher schon richtig gesagt hat, kränken Sie sich nicht, bleibt mehr für Sie und den Junior übrig. Da kann er morgen auch dem Bürgermeister noch ein Stückerl ins Büro mitnehmen! Der freut sich bestimmt!«

»Eine ganz hervorragende Idee!« Emma nickte beifällig. »Der ist ohnehin so sympathisch, der Herr Stefan. Haben Sie gewusst, dass die beiden Buben einmal gemeinsam in der Schule waren?«

»Nein, das wusste ich nicht«, feixte Hans Gruber. »Na, schau dir das an.«

»Doch, doch«, Emma nickte bestätigend und verlor dabei ein Stück Sachertorte, das sie sich gerade in den Mund hatte schieben wollen. Es landete mitten auf der hellsten Stelle ihres schönen Perserteppichs. Sie hüstelte und gabelte sich schnell ein neues Stück auf, alle anderen taten aus

Höflichkeit so, als hätten sie den Fauxpas nicht bemerkt. »Unzertrennlich waren die zwei, der kleine Stefan war oft nachmittags bei uns zum Spielen.«

»Was Sie nicht sagen.« Renate stieß ihren Vater in die Rippen.

»Ein tüchtiges Kind! Immer sehr selbstständig und sportlich war der! Da hat man damals schon gemerkt, aus dem wird einmal was. Gell, Josef«, sie wandte sich an ihren Enkel, »der Stefan, der war dir immer schon weit voraus. Ein wirklich positiver Einfluss war diese Freundschaft für meinen Buben.«

Renate betrachtete Josefs angespanntes Gesicht. »Stöckchen?«, flüsterte sie ihm zu. »Ganz schnell neues Stöckchen? Was gäb's denn zur Auswahl an Geschichten?«

Aber noch bevor Josef reagieren konnte, rief Joseph Schöffel begeistert aus: »Einen ganz einzigartigen Teppich haben Sie da, Frau Schöffel.«

Der hing wohl gedanklich noch bei dem Kuchenstück, das die Alte vorhin auf den Boden fallen gelassen hatte. Vermutlich rang er innerlich mit sich, ob er es als Gentleman nicht doch aufheben oder sie zumindest darauf hinweisen sollte, wusste aber nicht, wie das möglich war, ohne sie coram publico zu blamieren.

»Ach, das alte Ding, vielen Dank! Der ist von *Adil Besim*, vom Graben, hat mir damals der Chef persönlich empfohlen.« Emma strahlte.

»Adil Besim? Nein, der sagt mir nichts, die schönsten Perserteppiche, die ich jemals gesehen habe, die waren bei Osman Pascha, im Jahr neunundfünfzig.«

»Ach, wo hat der seinen Sitz?«

»Nun, das war in Belgrad.«

»In Belgrad?« Die Alte rümpfte schon wieder die Nase.

»Ja, das waren Zeiten damals, ich war viel unterwegs mit dem Bataillon.«

»Oh, wie interessant«, rief Hans Gruber. »Erzählen Sie uns doch noch ein wenig von Ihren militärischen Abenteuern, wir sind ganz Ohr. Aber auch ein paar Schnurren aus Josefs und Stefans Kindheit würden uns sehr erfreuen, liebe Frau Schöffel.«

Renate stieß ihren Vater erneut in die Seite. »Du bist so gemein!«, flüsterte sie.

Er schüttelte den Kopf. »Nein, du verwechselst da was, ich bin nicht der Gemeine hier, sie ist gemein. Mir ist nur ein bisserl fad gerade, bei den ganzen Wer-hat-den-älteren-Teppich-Geschichten.« Er verdrückte den letzten Bissen von seinem Apfel und warf den Butzen auf seinen *Augarten*-Teller.

»Nun ja, wenn Sie noch eine Schnurre hören wollen«, hob Joseph Schöffel derart befeuert wieder an: »Kurz darauf wurde unser Regiment von Belgrad nach Budapest abberufen. Da ging es lustig her, das kann ich Ihnen sagen! Die meiste Zeit dort habe ich im Theater verbracht, quasi gelebt haben wir dort seinerzeit, wenn ich ehrlich sein soll.« Er schaute wehmütig in die Ferne.

»Oje«, seufzte Hans. »Da waren mir ja die Teppiche noch lieber.«

»Ach, das Theater!« Emmas Augen begannen zu glänzen. »Ich bin ja leider Gottes aufgrund meiner schlechten Beine an die Wohnung gefesselt, aber früher, als ich noch jünger war, da gab es für mich wirklich nichts Schöneres als das Theater.«

»Das versteh ich, liebe Frau Schöffel. Ihnen kann ich's ja anvertrauen, in Budapest damals war ich kurz davor, den Militärdienst zu quittieren, um Schauspieler zu werden, können Sie sich das vorstellen?« Er gluckste.

»Oh ja«, sie seufzte, »sehr gut sogar.«

»Na, schau dir deine Oma an, wer hätte das gedacht?« Renate blickte zu Josef, aber der machte nur eine wegwerfende Handbewegung und flüsterte: »Der Fred Liewehr, das war der Größte für mich, jeden Abend, wenn der gespielt hat, waren wir auf Stehplatz im Burgtheater, und nach der Vorstellung haben wir an der Bühnentür auf ihn gewartet. ›Der Liewehr-Bund‹ haben wir uns genannt, meine Freundinnen und ich.«

»Der Fred Liewehr, der war der Größte für mich«, rief Emma jetzt aus. »Jeden Abend, wenn der gespielt hat, waren wir auf Stehplatz im Burgtheater, und nach der Vorstellung haben wir an der Bühnentür auf ihn gewartet. ›Der Liewehr-Bund‹ haben wir uns genannt, meine Freundinnen und ich.«

Renate unterdrückte ein Lachen.

»Fred Liewehr, der sagt mir leider nichts«, Joseph Schöffel schaute bedauernd, »aber die Charlotte Wolter und die Josefine Gallmayer, haben Sie die jemals erlebt? Oder den Hugo Müller? Die waren damals alle am Theater in Pest!«

»Selbstverständlich«, Emma nickte wissend.

»Ich wette mit dir, von keinem hat sie je gehört«, flüsterte Josef.

»Und warum hast du's nicht gemacht?« Hans saß mit verschränkten Armen da und deutete auf Joseph Schöffel.

»Was denn?«

»Na, hast aufs Militär gepfiffen und bist Schauspieler geworden, so wie du hier behauptest?

»Nun, mein Schwager hat interveniert und mich von diesem Schritt abgehalten.«

»Dein Schwager hat interveniert.«

»Ja.«

»Und du hast auf ihn gehört?«

»Selbstverständlich hab ich auf ihn gehört.«

»Selbstverständlich.« Hans Gruber schüttelte den Kopf und gähnte demonstrativ.

»Um ein Haar hätte ich mich in aller Öffentlichkeit zum Narren gemacht und für immer meinen Ruf ruiniert, meine Karriere wäre dahin gewesen. Ich bin ihm sehr dankbar, dass er eingeschritten ist, denn ich habe so einige tüchtige Offiziere erlebt, die nach dieser Episode, so anregend sie kurzfristig auch gewesen sein mag, schuldenhalber den Dienst quittieren mussten.«

»Schade drum, du scheinst ja recht talentiert zu sein.« Hans grinste. »Den Schöffel spielst du ja sehr überzeugend, muss ich sagen. Aber wer sich lieber jeden Tag von seinem Kommandanten oder wie der heißt niederbrüllen lässt und seine Bettdecke akkurat faltet oder was man da so macht beim Heer, bitte schön.«

»Möchte noch jemand Kaffee?« Renate versuchte ihren Vater zu übertönen.

»Josef!« Emma schnippte. Mach uns doch noch eine frische Kanne. Der ist ja schon ganz kalt geworden.« Sie beugte sich verschwörerisch nach vorn. »So, und jetzt sagt einmal, was ist denn das für eine Geschichte aus dem Fernsehen, was wurde da Spektakuläres gefunden auf deiner Baustelle, Josef? Spannt mich doch nicht noch länger auf die Folter!«

Josef machte eine beschwichtigende Handbewegung. »Gefunden haben wir noch gar nichts, Oma. Aber er«, er deutete auf den Schöffel-Imitator, »konnte durch die Vorlage bislang unbekannter historischer Quellen glaubhaft darlegen, dass dort ein alter Schatz von hohem kulturellen Wert vergraben liegt, und das wird jetzt professionell untersucht.« Er wandte sich Richtung Küche, um neuen Kaffee aufzusetzen.

»Ja, aber das weiß doch jedes Kind, dass dort oben am Waldrand irgendwo der Schatz vom Fabian Pista vergraben sein soll!«, meinte die alte Frau kopfschüttelnd. »Das ist doch wirklich nichts Neues. Und außerdem ein Märchen! Ich dachte, du hättest etwas von Bedeutung, so etwas wie, nun ja, ein zweites Pompeji entdeckt, Josef!«

»Wie bitte?«

»Na, dass du etwas Relevantes entdeckt hättest, das habe ich gedacht! Aber doch nicht, dass du einem Ammenmärchen aufsitzt!«

Josef schaute sie verständnislos an.

»Ach Josef, kannst du dich denn gar nicht mehr an die alte Sage erinnern? Dabei hab ich dir die doch so oft erzählt als Kind!« Josef räusperte sich verlegen und fixierte die Kaffeekanne in seiner Hand.

»Es war einmal ein Räuberhauptmann.« Sie machte eine Pause. »Na? Klingelt da gar nichts mehr bei dir?« Josef schüttelte kleinlaut den Kopf, also blickte die alte Dame erwartungsvoll in die Runde. Hans Gruber gähnte. Renate rührte eifrig in ihrer leeren Kaffeetasse. Joseph Schöffel zwirbelte gedankenverloren seinen Schnauzbart. Emma seufzte und hob ein wenig konsterniert erneut an: »Es war einmal ein Räuberhauptmann namens Fabian Pista, und er war der letzte Raubritter der Puszta. Es hieß, der Honvéd führte zusammen mit einer großen Anzahl an befreundeten Banditen eine Art Guerillakrieg im Habsburgerreich, von der Theißgegend bis an die untere Save. Eines Tages, der Räuber hatte es sich gerade mit seiner Entourage in einer versteckt gelegenen Csárda gemütlich gemacht, als ein armer, von einem langen Ritt über die unendliche Puszta völlig durchnässter und schlammbedeckter Soldat just in dieses Gasthaus stolperte, um sich dort am offenen Feuer zu wärmen und zu trocknen. Es war eine lustige Atmosphäre, die Musiker spielten auf, Männer und Frauen tanzten, tranken und sangen. Als er das Lokal betrat, erkannte der brave Soldat zu spät, in was für eine Gesellschaft er da geraten war. Alle Blicke hatten sich auf ihn gerichtet, es gab keine Möglichkeit zu Umkehr oder Flucht. Also entschloss er sich, so unbefangen wie möglich aufzutreten, grüßte ringsherum, bestellte eine Flasche Wein und setzte sich ans Feuer.

›Éljen őrmester úr! Sie sollen leben, Herr Wachtmeister‹, begrüßte ihn der Räuber. Ob er denn wisse, wen er vor sich habe? Der brave Soldat verneinte und Fabian Pista schlug belustigt die Hacken zusammen und rief: ›Hát, Fabian Pista vagyok én! Ich bin der Fabian Pista, und das‹, er deutete auf die anderen Kerle, ›sind meine Kumpel, und die dort drüben, die mutigste und wildeste von allen, ist mein Mädchen.‹

Der Soldat nickte verängstigt, während der Räuber einen Arm wie einen Schraubstock um seine Schulter legte und sich zu ihm setzte. Was ihn denn zu ihnen führe, wollte er wissen, und während alles ringsherum schwieg, stammelte der Soldat, dass er auf dem Weg zum nächsten Stationskommando nach Szalónta unterwegs gewesen war, um schnellstmöglich eine Depesche zu überbringen. Dabei sei er mit seinem Leiterwagen und den vier davor gespannten Pferden im dichten Nebel in einen Sumpf geraten und er habe den Wagen im Stich lassen müssen. Er sei zu Pferde weitergeeilt, da die Nachricht keinen Aufschub dulde. Allerdings hatte er dabei die Richtung verloren, und so war ihm nichts anderes übrig geblieben, als in eben diese Csárda einzukehren und um Hilfe zu bitten.

Die Menge hielt den Atem an, bis Fabian Pista ein vergnügtes ›Gut ist, ich glaube Ihnen!‹, brüllte, ihn als ›Szegény Legény‹, wie er selbst einer sei, bezeichnete und ihn dazu aufforderte, seine Waffe abzulegen, mit ihm Bruderschaft zu trinken und dann mit seiner Braut zu tanzen. Alles atmete auf und die Gesellschaft feierte fröhlich weiter, nur der Soldat war in einer schlimmen Zwickmühle. Zwar war er in diesem Moment mit dem Leben davongekommen, aber überbrachte er die Depesche nicht bis zum nächsten

Morgen zeitgerecht, so drohte ihm der Tod durch das Militärgericht. Er trank und tanzte also die halbe Nacht, dabei den Hals wie zugeschnürt vor lauter Angst und ratlos, wie er weiter vorgehen sollte. Irgendwann schlich er sich, ohne Waffe und Mantel, einfach so wie er war unter dem Vorwand frische Luft schnappen zu wollen, aus dem Lokal hinaus. Er versuchte, sich in der Absicht, die letzte Dunkelheit zur Flucht zu nützen, zu entfernen. Aber gerade als er die Mauer, die die Czárda auf der Rückseite umgab, überklettern wollte, spürte er eine harte Hand auf seiner Schulter. ›Wohin willst du?‹

Es war Pista! Entsetzt ließ sich der Soldat wieder auf den Boden fallen und erklärte dem Räuber freimütig seine Lage. Was blieb ihm denn übrig, er würde sterben, so oder so.

Pista betrachtete ihn eine Weile schweigend, dann ließ er seinen Mantel und die Waffe holen. ›Wieso fragst du nicht deinen neuen Freund um Rat? Der nämlich würde dich fahren.‹

Und so schnell konnte der Soldat gar nicht schauen, ließ der Räuber anspannen und führte ihn schließlich persönlich aufrecht auf der Deichsel stehend, in der Linken die Zügel der Pferde, in der Rechten die Csikospeitsche schwingend in Richtung seines Stationskommandos. Wie eine Windsbraut rasten sie über die nebelige Puszta, bis der Räuber ihn an einem sicheren Platz mit den Worten ›Hier sind wir!‹ abzusteigen hieß. Als der redliche Soldat ihn fragte, wie er ihm das jemals würde vergelten können, meinte Pista, er müsse ihm einfach einmal behilflich sein, wenn er in eine Notlage käme und ihn bräuchte. Der Soldat versprach dies freudig und sie verabschiedeten sich.

Über viele Jahre hinweg dachte der Soldat an diese Episode nur noch, wenn er sie in geselligen Runden zur Unterhaltung der Gäste zum Besten gab. Doch eines Abends, als er schon längst pensioniert war und ein gutbürgerliches

Leben als wohlsituierter Gentleman führte, klopfte es an seiner Tür. Fabian Pista stand davor, stark gealtert zwar, aber immer noch furchteinflößend wie zu seinen wildesten Zeiten. Er baute sich im vornehmen Salon des ehemaligen Soldaten auf und meinte, dass es nun an der Zeit wäre, seinen Teil der Abmachung einzuhalten. Er, Pista, sei umzingelt von Verfolgern und Feinden und habe deswegen all seine Schätze und Besitztümer, die er auf seinen jahrelangen Raubzügen erbeutet hatte, im Wienerwald an einigen sicheren Orten vergraben. Er zog ein Schriftstück aus der Tasche. Es gäbe nur diese eine Karte von den richtigen Stellen, und die würde er nun ihm zur Verwahrung geben, dem einzigen redlichen Menschen, den er noch kannte und dem er vertrauen konnte, weil er in seiner Schuld stand. Der Soldat müsse ihm versprechen, die Karte so lange aufzubewahren und nicht nach den Schätzen zu suchen, bis er von Pistas sicherem Tod erführe. Ab diesem Moment würde der Schatz ihm gehören. Würde er sich aber nicht an sein Versprechen halten und sich noch zu Pistas Lebzeiten an seinen Besitztümern bereichern wollen, dann würde er ihn und seine Seele holen kommen.

Der pensionierte Soldat nickte und nahm die Karte an sich, was blieb ihm denn auch anderes übrig, er hatte es dem Räuber schließlich vor vielen Jahren per Handschlag versprochen.« Emma räusperte sich. »Und so liegt in irgendeinem alten Herrenhaus, irgendwo am Fuße des Wienerwaldes versteckt, die Karte zum Schatz des Fabian Pista, dem letzten Raubritter der Puszta, denn niemand hat je seinen Tod bestätigt.«

Emma schwieg, und alle hingen ihren Gedanken nach, bis Hans Gruber dem alten Schöffel anerkennend auf die Schulter klopfte. »Und dieser Teufelskerl hat die Schatzkarte, die dem Soldaten in der Sage anvertraut wurde gefunden, stellen Sie sich das einmal vor, Frau Schöffel! Und ich hab sie zerrissen, ich Idiot. Na ja, jedenfalls konnten wir dank dieser historischen Pläne, ob zerrissen oder nicht, den Bürobau vorerst stoppen!«

»Der Bürobau wurde gestoppt?«, fragte die alte Dame alarmiert.

»Ja natürlich, Frau Schöffel, man darf doch nicht wissentlich auf etwaige historische Schätze einfach ein Bürogebäude oben draufstellen!«

»Aber das ist ja lächerlich!« Emma schnaubte. »Aufgrund einer Sage, die außerdem weithin bekannt ist, so einen Bau abzubrechen! Josef!? Das kann doch nicht stimmen!«

Josef hob verteidigend die Arme. »Doch, Oma, das ist jetzt so. Es gibt da anscheinend mehrere historische Quellen, die im Zuge von Herrn Grubers Interventionen aufgetaucht sind, und jetzt muss das alles in einem längeren Verfahren überprüft werden.«

»Das darf doch nicht wahr sein!« Kraftlos ließ sich die Alte in ihren Stuhl zurücksinken.

»Ist es aber«, grinste Hans Gruber. »Jetzt bleibt uns nur zu hoffen, dass dieser Fabian Pista wirklich seinen Schatz dort vergraben hat, denn dann darf an dieser Stelle mit Sicherheit nie wieder etwas gebaut werden. Und für unseren armen Kollegen hier«, er deutete lachend auf den alten Schöffel, »heißt es jetzt, ordentlich zu beten, dass dieser Räuberhauptmann fix mausetot ist, sonst verfolgt er ihn noch und holt sich gar seine Seele, weil er seinen Schatz ausgraben wollte, gell, Joseph?!«

Der alte Mann nickte abwesend. »Aber vielleicht ist er ja gnädig mit dir und verfolgt lieber unseren tüchtigen Bürgermeister.«

Josef und Renate konnten nicht anders, sie mussten lachen, obwohl Josef wusste, wie viele Stunden eisiges Schweigen der Alten ihn dieses Verhalten wieder kosten würde. Aber es war ihm egal. Gerade fühlte es sich so an, als würde ihm die Oma nie wieder etwas anhaben können. Die saß mittlerweile ohnehin nur noch schmallippig und kopfschüttelnd da, die Enkel-Enttäuschung tief ins Gesicht geschrieben. Von ihrer professionellen Gastgeberinnenfassade war nicht mehr viel übrig geblieben.

Auch der Schnauzbart-Schöffel war nicht mehr in Küss-die-Hand-Form. Er schien vollkommen vergessen zu haben, wo er sich gerade befand. Blass starrte er vor sich hin, zurückversetzt in eine Zeit, als er als junger Soldat einmal damit beordert worden war, mit einem vierspännigen Leiterwagen über die nebelige Puszta nach Szalónta zu fahren, um dem dortigen Stationskommando eine wichtige Depesche zu überbringen ... Nervös zwirbelte er seinen Schnauzbart. War Fabian Pista nach dessen Besuch, als er ihm die Schatzkarte anvertraut hatte, wirklich von seinen Verfolgern geschnappt und gehenkt geworden, so wie es seinerzeit überall herumerzählt worden war? Er hatte es immer bezweifelt. Hatte er also sein Wort gebrochen und versucht, sich an den Schätzen seines Bekannten zu bereichern, die der ihm in einer Notlage anvertraut hatte, um seine eigene Delogierung zu verhindern? Nun, wer könnte es bestreiten? Er seufzte. Er wohl am allerwenigsten.

*

Erleichtert schlug Josef die einbruchssichere Wohnungstür der Oma hinter sich zu. Es war wieder einmal geschafft. Der beste Moment der Woche war angebrochen, der, wenn der nächste Großmutterbesuch am weitesten weg war. Er atmete tief durch.

»War doch gar nicht so schlimm, oder?« Renate lächelte aufmunternd.

Nein, diesmal war es gar nicht schlimm gewesen. Nicht einmal Lust zu essen hatte er jetzt. Er hatte eher Lust, noch etwas zu unternehmen. Zu viert stapften sie die Treppen hinunter.

»Hast du gesehen, wie sie verfallen ist, weil dein Waldbüro wahrscheinlich doch nicht gebaut wird?«

Josef lachte. »Bester Moment! Aber dem lieben Herrn Stefan einen Kuchen mitzugeben, hat sie trotzdem nicht vergessen.« Er hob eine speckige alte Tupperdose in die Höhe und schüttelte sie.

»Apropos, du schuldest mir einen Vollrausch.« Renate deutete auf die Kardinalschnitten.

Josef schüttelte den Kopf. »Okay, du hast keine Torte gegessen, aber sie hat's dir auch leicht gemacht, es abzulehnen!«

»Stimmt«, musste Renate zugeben. »Dann halt nur ein Getränk und wir sind quitt. Aber ein starkes!« Sie schlugen ein.

»Und jetzt?« Hans Gruber schaute fragend in die Runde, als sie vor dem Haus angekommen waren. »Ich habe das Wort Getränk gehört?«

Joseph Schöffel erwachte aus seiner nachdenklichen Stille. »Also ich würde mich gerne in Richtung Ausgrabungsstätte aufmachen, vielleicht gibt es schon erste Ergebnisse?« Er zwirbelte immer noch hochnervös an seinem Bart.

»Das kann ich mir nicht vorstellen, dass die so schnell etwas finden, Joseph. Jetzt gehen wir doch lieber zuerst einmal was trinken, wir haben ja noch gar nicht richtig angestoßen auf unseren Erfolg!«

Josefs Handy begann zu klingeln. Hoffentlich war es nicht die Oma und sie mussten zurück, weil sie irgendetwas vergessen hatten! Alarmiert schaute er auf das Display. Aber es war der Steff.

»Der Steff ruft an! Komisch. Vielleicht gibt's ja doch was Neues zur Ausgrabung oder zu euren Sachen?« Er wischte zum Abheben.

»Herr Bürgermeister? Ja. Aha, ja. Ja, richte ich aus, kein Problem.« Er lächelte, hob einen Daumen. »Wie es der Zufall will, sind sie eh noch hier bei mir, haha, ja. Wie? Wie bitte? Was?« Er drehte sich ein wenig von der Gruppe weg, ging ein paar Meter. »Aha. Aha, verstehe. Ach so, ja. Aha. Haha.« Er schwieg. Aus dem Telefon bellte die Steff-Stimme. »Da kann man dann wohl nichts machen, nicht wahr? Ja, nun gut. Dann, ja. Okay. Na gut. Ja dann, ähm, bis morgen. Baba.« Josef Schöffel starrte auf das Display seines Handys, der Steff hatte längst aufgelegt.

»Was ist denn los?« Renate schaute ihn besorgt an. »Ist was passiert?«

»Wir können unsere Sachen morgen am Gemeindeamt abholen.«

»Unsere Sachen?« Renate sah ihn belustigt an. »Wusste gar nicht, dass du auch was im Camp hattest?«

»Ach so, nein. Die Sachen aus meinem Büro kann ich dann auch gleich mitnehmen.«

»Wieso solltest DU Sachen holen?« Hans Gruber starrte ihn an. »Bauen die über Nacht doch noch schnell dein Fertigteilwaldbüro und du ziehst morgen dort ein, oder was? Ich geh gleich wieder weiterdemonstrieren!«

»Nicht nötig.« Josef winkte ab. »Ich bin raus.«

»Wie bitte?«

»Paragraph 39, Gemeinde-Vertragsbedienstetengesetz.«

»Aha.«

»Ja.«

»Geht's vielleicht ein wenig konkreter?«

»Ich bin gefeuert. Entlassen. Rausgeschmiss...«

»Oha!« Hans Gruber streckte ihm die Hand entgegen. »Ich gratulier dir, Sepperl, na endlich! Siehst, jetzt wird vielleicht doch noch was aus dir, in dem nichts bei denen aus dir wird.«

»Danke.« Abwesend schüttelte er Grubers Hand.

»Papa, bitte!« Renate schob ihren Vater zur Seite.

»Aber der kann dich doch nicht einfach so kündigen! Das ist doch illegal!«

»Du sollst mich nicht immer Papa nennen!«

Josef Schöffel zuckte mit den Schultern. »Ich darf dir den Steff zitieren: ›Wenn der Vertragsbedienstete seinen Dienst in wesentlichen Belangen erheblich vernachlässigt oder wenn er sich weigert, seine Dienstverrichtungen ordnungsgemäß zu versehen oder sich dienstlichen Anordnungen seiner Vorgesetzten nicht fügt‹ und das habe ich alles seiner Meinung nach getan, nun, dann ist es wohl okay.«

»Das tut mir wirklich sehr leid, Josef. Aber ich kann mir nicht vorstellen, dass er damit durchkommt, den verklagen wir!«

Hans Gruber brach in schallendes Gelächter aus. »Verklagen! Tochter, sei doch nicht immer so melodramatisch, wir sind nicht in einer amerikanischen Serie!«

»Was stimmt eigentlich nicht mit dir?« Renate starrte ihren Vater wütend an. »Für den Wald demonstrieren, aber aufs Arbeitsrecht pfeifen? Da muss man doch zur Arbeiterkammer! Oder zum Betriebsrat! Gibt's für Gemeindebedienstete eigentlich einen Betriebsrat?«

»Wer würde denn für so einen Posten kämpfen wollen? Froh soll er sein, dass er dort weg ist, aus diesem politischen Schmierentheater. Außerdem, seit wann seid ihr zwei eigentlich per Josef? Das hat mir bislang auch noch keiner erklärt!«

»Papa! Wir sind schuld, dass er gerade seinen Job verloren hat, reiß dich zusammen und denk nach! Kennst du nicht irgendwen bei der Gewerkschaft, den wir anhauen könnten, von deinen tausend Spezln?«

»Nein, nein.« Josef hob abwehrend die Hände. »Bitte nicht, ihr beide habt schon genug getan, macht euch keine Umstände, es passt schon.«

»Na siehst du, Renate, der Schöffel braucht eh gar keine Hilfe von uns. Deswegen: Alkohol! Trinken hilft, kommt Kinder, ich lad euch ein, die Conny hat ausg'steckt!« Und ohne auf ihre weitere Reaktion zu warten, machte er sich auf den Weg.

Renate seufzte. »Es tut mir leid. Wirklich. Also alles.«

Josef nickte und schaute sie an.

»Ist was?«

Er starrte weiter.

»Josef? Was ist los mit dir? Alles in Ordnung? Bist du sauer auf uns wegen dem Job? Oder hab ich was im Gesicht kleben?«

»Nein, nein, entschuldige, es passt eh alles, du, also, du schaust super aus.«

»Bist du sicher?«

»Ja, ja.«

Josef starrte weiter und dann grinste er plötzlich. »Jetzt weiß ich's!«

»Bitte?«

»Endlich!«

»Josef, wovon sprichst du? Meinst du die Kündigung?«

»Nein, vergiss die Kündigung, die ist wirklich wurscht jetzt, woher ich dich kenne, das weiß ich endlich!«

»Was?«

»Seit ihr mit dem Protestcamp da oben angefangen habt, kommst du mir so bekannt vor. Und ich hab die ganze Zeit nicht gewusst, wo ich dich hintun soll. Aber jetzt!«

»Na ja, ich bin halt manchmal in den Medien, du weißt schon, als ›renommierte Wissenschaftlerin und Umweltexpertin‹.«

»Ja, das hab ich auch kurz überlegt, aber ich fürchte, dass ich dich nicht von meiner detaillierten Auseinandersetzung mit dem Klimawandel kenne, ich kenne dich von früher. Aus dem Ozonloch- und FCKW-Zeitalter, wenn du so willst ... Und zwar aus der Kellerdisco vom *Freude*-Gasthaus, du warst eine Zeit lang Kellnerin dort, oder?!«

Sie grinste. »Schon möglich.«

»Angie!«, rief er. »Nach der Znaimer Urstrumpftante Angela.«

»Hat sich aber nicht durchgesetzt.« Sie hob mit gespieltem Bedauern die Arme.

»Offensichtlich irgendwie schon. Also zumindest bei mir.«

»Stimmt.« Sie lächelte.

Langsam spazierten sie hinter Hans Gruber in Richtung Heurigen.

»Hat mir gefallen, dass du dir damals David Bowie ausgesucht hast, beim Wurlitzer.«

»Daran kannst du dich erinnern?«

»Klaro, das hat sich sonst nie jemand gewünscht.«

Er lächelte leise vor sich hin. »War ja nicht so, dass ich es ohne Hintergedanken gespielt hätte.«

»Ach.«

»Vielleicht wollte ich dich ja ein kleines bisschen beeindrucken damit, könnte sein.«

»Hm. Könnte vielleicht auch sein, dass das ein kleines bisschen geklappt hat.«

»Aha.«

»Ja.«

Irgendetwas rauschte in Josef Schöffels Ohren, und es fiel ihm plötzlich schwer, sich daran zu erinnern, wie man einen Fuß vor den anderen setzt.

»Ich hab ihn übrigens angezeigt.« Hans Gruber hatte sein Tempo gedrosselt und sich zu ihnen umgedreht.

»Bitte?«

»Den Bürgermeister, den hab ich angezeigt.«

»Was?«

»Könntet ihr zwei bitte ein bisserl schneller gehen, es ist saukalt.«

»Und könntest du dich bitte ein bisserl weniger kryptisch ausdrücken, Papa?«

Hans hob warnend den Zeigefinger. »Hans.«

»Hans.« Renate verdrehte die Augen.

»Also, ich probiere, dass ein Amtsenthebungsverfahren eingeleitet wird gegen unseren Lieblings-Steff. Zumindest einen nervigen kleinen Misstrauensantrag gegen ihn wird es also hoffentlich bald geben, und wer weiß?« Hans Gruber grinste diabolisch. »Vielleicht wirst du ja unser nächster Bürgermeister, Sepperl, jetzt wo du einen neuen Versorgungsposten brauchst. So, und ich brauch jetzt erst mal einen gescheiten Verdauungsschnaps, mir ist ganz schlecht nur vom Zuschauen, wie sich deine Oma diese ganzen Cremeschnitten und das Schlagobers da reingestellt hat. Können wir bitte alle hineingehen und anstoßen?«

»Apropos alle«, Josef drehte sich erschrocken um. »Ich glaub, wir haben jemanden verloren! Wo ist denn unser verwirrter Schöffel-Imitator geblieben? Den hab ich ganz vergessen!«

»Ah ja, stimmt.« Renate schaute alarmiert. »Der ist weg!«

Hans zuckte mit den Achseln. »Den hat bestimmt der Fabian Pista geholt, weil er seinen Schatz ausgraben wollte. Kommt, ist doch wurscht jetzt, wo der ist, der ist erwachsen, der schafft das schon allein. Und mir ist kalt und durstig bin ich auch.« Ohne noch länger zu warten, stürmte er in den Heurigen hinein.

»Warte kurz!« Renate hielt Josef zurück, der achselzuckend hinter Hans in das Lokal treten wollte. Sie öffnete die Tupperdose, die ihnen die Oma mit ganz lieben Grüßen für den Bürgermeister mitgegeben hatte, holte ein Stück Kardinalschnitte heraus und schmierte es dem Steff mitten in sein Plakatgesicht, das neben dem Lokal auf der örtlichen Aushängetafel angepinnt war. »Onehundredandeighty!«, rief sie fröhlich und dann ging sie zur Seite, weil sie wusste, dass da gleich noch ein Batzen Sachertorte hinterhergeflogen kommen würde.

*

Und dann waren sie mit einem Schlag alle wieder weg. Zurückgelassen hatten sie ihr diese Hiobsbotschaft mit Josefs Bürogebäude und auf dem Tisch jede Menge dreckiges Geschirr. Die Gäste hatten zwar mit Nachdruck darauf bestanden, alles wegzuräumen, aber bis auf den einen oder anderen Teller, bei dem sie es nicht geschafft hatte zu verhindern, dass sie ihn in die Küche brachten, hatte sie alle davon abhalten können, aufzuräumen. Das wäre ja noch schöner, wenn ihre Besucher hier auch noch Ordnung machen mussten. Wenn sich das herumsprach! Dass die Frau Schöffel nicht mehr in der Lage war, ihre Gäste anständig zu bewirten, so wie es sich gehörte. Und dass sie bei der Frau Schöffel ihr Geschirr selber abservieren und dann auch noch abspülen und wegräumen müssen. Wie peinlich! Wozu zahlte sie eine Bedienerin? Sie spürte, wie ihr Puls anstieg, alleine bei dem Gedanken daran. Und Josef hätte sie fast bloßgestellt, indem er länger hatte dableiben und ihr helfen wollen. Sie war entsetzt gewesen. Hatte dieses Kind denn gar kein Gespür für die Situation? Natürlich musste er alles aufräumen, wenn sie zu zweit waren, das war klar, das war seine Enkelpflicht. Aber doch nicht, wenn andere Leute zu Besuch waren, wie schaute das denn aus? Sie war doch keine Großmutter, die ihren Enkelsohn putzen ließ! Er hatte die Gäste hinauszubegleiten und fröhlich mit ihnen nach

Hause zu gehen. Sie schüttelte den Kopf, versuchte sich zu beruhigen, aber ihr Herz raste immer noch vor Ärger.

Nun, das Chaos auf dem Tisch war ohnehin gar nicht so schlimm, die einzige wirkliche Gefahr, die drohte, war, dass die Bedienerin beim Abservieren und Spülen nicht sorgsam mit dem *Augarten*-Porzellan umgehen würde. Aber sie hatte schon des Öfteren sehr deutlich erwähnt, dass etwaige Beschädigungen an ihren wertvollen Sachen sofort vom Lohn abgezogen werden würden, der Trampel würde also hoffentlich aufpassen.

Was ihr gerade viel mehr Sorgen bereitete als ihr teures Service war das Stückchen Sachertorte, das ihr so unglücklich von der Gabel gefallen war. Kalter Schweiß trat ihr auf die Stirn. Sie sah ganz genau, wo es lag, da, direkt auf der hellsten Fläche ihres besten und teuersten Perserteppichs. Sie beugte sich langsam und vorsichtig aus ihrem Sessel und versuchte es aufzuheben. Ihr Puls raste, aber so sehr sie sich auch bemühte, sie erwischte es nicht. Stattdessen tat ihr nur der Rücken weh von der ungewohnten Vorbeugebewegung, ihr wurde auch leicht schwindelig. Der Gedanke, dass dieser Riesenkrümel dort bis zur Ankunft der Heimhelferin liegen würde, war ihr unerträglich. Was, wenn der Trampel versehentlich den Kuchen noch weiter in den Teppich eintrat, anstatt ihn sorgsam aufzuheben? Ganz eng um die Brust wurde ihr bei diesem Gedanken. Nein, sie musste das dumme Kuchenstück selbst aufheben, und zwar *bevor* die Bedienerin kam und alles falsch machte. Sie atmete tief durch. Konzentrierte sich. Und beugte sich dann so weit nach vorne wie möglich. Das konnte doch nicht so schwierig sein, so ein Bröckerl Kuchen zu erwischen! Emma wurde zornig. Sie verfluchte ihre Unachtsamkeit, sie verfluchte ihren alten, ungelenk gewordenen Körper. Und dann merkte sie, wie sie auf einmal auf den Krümel zustürzte. Wie schnell und leicht das plötzlich ging, mithilfe der Schwerkraft. Glücklich streckte sie die Hand aus, gleich, gleich hatte sie ihn!

Emma war vom Stuhl gefallen und mit so einer Wucht aufgekommen, dass sie den Kuchen dabei fest mit ihrem gesamten Körpergewicht in den Teppichboden gedrückt hatte. Sie heulte auf. Tränen der Wut über ihre Ungeschicklichkeit traten ihr in die Augen. Jetzt half nur noch zu rubbeln und zu kratzen, um den Schaden irgendwie wiedergutzumachen! Verzweifelt nahm sie alle Kraft zusammen. Ihr Brustkorb brannte, der Rücken schmerzte, sie rieb und schwitzte und fluchte und zupfte und transformierte den Brösel in eine schokoladenbraune Fläche mitten auf dem schönen Teppich. Alles, wirklich alles machte sie nur noch schlimmer! Sie lag da, schrubbte und schabte. Plötzlich tanzten ihr Krümel vor den Augen, die waren auf einmal überall! Wie war das möglich? Sie schnappte nach ihnen, versuchte sie wegzuscheuchen, wie lästige Fliegen kreisten die um sie herum. Alles wollten ihr diese flirrenden Krümel dreckig machen und vollpatzen mit Schokolade, das wusste sie genau! Beschützend streckte sie sich auf ihrem Teppich aus, versuchte mit ihrem Körper so viel an Fläche zu bedecken, wie ihr irgendwie möglich war, um ihn abzuschirmen von all den fliegenden Schokoladebröseln, die sich da auf ihn legen wollten.

Die Finger krallte sie dabei so fest ins Gewebe, dass die Sanitäter einige Minuten brauchen würden, um ihren Leichnam aus der teuren Schlingwebung des Teppichs zu befreien.

*

Nachdem er sich unauffällig von den anderen entfernt hatte, stand Joseph Schöffel am Rand der Baugrube und sah zu, wie Fabian Pistas Schatz gehoben wurde. Der Räuber hatte ihn nicht angelogen, natürlich nicht. Dessen Schatzkarte schien auf den Meter genau zu stimmen, und ein wertvoller Gegenstand nach dem anderen wurde vor seiner Nase aus der Erde befördert. Keinen davon würde er jemals in Händen halten, geschweige denn würde er sich mit seinem Gegenwert vor dem angeblichen Bankrott retten können. Er hatte einfach Pech gehabt. Obwohl. In Wahrheit wäre ihm von Pistas Beute ohnehin nichts zugestanden und es hätte nicht zu seinem Charakter gepasst, sich an den geraubten Besitztümern zu bereichern. Fast schämte er sich ein wenig für das, was er da in den letzten Tagen aufgeführt hatte. Einen grotesken alten Narren hatte er aus sich gemacht. Oder, wie seine Frau es seufzend formuliert hätte: »Dieser Sturschädel kennt wirklich kein Alter.« Aber wenigstens würde wegen seiner Interventionen dieses Waldbureaugebäude nicht errichtet und kein Baum dafür gefällt werden. Fast sah es so aus, als hätte er den Wienerwald dank dem alten Räuberhauptmann und seiner Schatzkarte unabsichtlich noch ein zweites Mal gerettet. Also, zumindest ein kleines Fleckerl davon. Wie der Kehrreim eines sehr hartnäckigen Gassenhauers schien diese Wienerwald-Angelegenheit immer wieder in sein Leben zurückzukehren, aber nun reichte es dann auch. Selbst er musste irgendwann einmal Ruhe geben. Sollten doch seine neuen Bekannten mit ihrer exaltierten Garderobe und ihrem merkwürdigen neumodischen Dialekt seine Agenden übernehmen, er hatte ausgedient. Aber es war beruhigend zu wissen, dass es noch ein paar engagierte Leute gab, die an mehr interessiert waren als an ihrem eigenen armseligen Ich, wie es überall sonst gang und gäbe war, was er nach seiner dreißigjährigen Tätigkeit im parlamentarischen Leben und einem ebenso langen Wirken in der autonomen Verwaltung nur allzu gut wusste. Und wenn die Frauen dabei Pumphosen trugen, wie diese Renate, dann sollte es ihm recht sein, bei Wilhelmine hatte da ja auch nicht mehr viel gefehlt. Und so trat er zwar mit leeren Händen, aber trotzdem angenehm beschwingt und mit einer längst verloren geglaubten Leichtigkeit den Weg zurück nach Hause an. Ein wenig fühlte er sich wieder so wie als junger Heißsporn auf seinen Wanderungen, eins mit sich und der Welt. Von den Arbeitern unbemerkt schlüpfte er in seinen Höhleneingang und verschwand durch den Tunnel.

Auf der Bank vor seiner Haustür saß immer noch der Mann und wartete. Und obwohl Joseph Schöffel ihn anderntags bei seiner Flucht durch die Hintertür nicht gesehen, sondern nur mit der Nachbarin plaudern gehört hatte, war er sich sicher, dass es sich dabei um denselben Kerl wie neulich handeln musste. Die Hunde lagen mittlerweile friedlich zu seinen Füßen, sie schienen sich an seine Anwesenheit gewöhnt zu haben.

»Joseph.« Der Mann war aufgestanden, um ihn zu begrüßen und wies dann auf den Platz neben sich. »So sieht man sich wieder.«

Joseph Schöffel lüpfte ungelenk seinen Hut und setzte sich.

»Mir ist zu Ohren gekommen, du warst in letzter Zeit auf Schatzsuche?«

»Ach, das hast du gehört?«

Der Mann nickte.

»Tja dann wird's wohl stimmen, wenn du das so gehört hast, nicht wahr.«

»Das ist wirklich sehr bedauerlich. Denn diese Schatzsuche, die bringt dich und mich in eine ziemlich unangenehme Lage.«

Schöffel nickte. »Ich habe unglücklicherweise nichts zu meiner Entlastung vorzubringen. Außer dass ich dir versichern kann, dass ich diskreter hatte vorgehen wollen. Es ist dann alles ein wenig, nun ja, aus dem Ruder gelaufen. Aber das macht es natürlich nicht weniger ... unangenehm.«

Fabian Pista lachte. »Ich hatte mich schon gewundert. Du warst zwar nie für deine feine Klinge bekannt, aber ich hätte mir schon gedacht, dass du vielleicht ein bisschen weniger dilettieren würdest.«

»Tja.«

»Tja.«

Die beiden schwiegen.

»Schöne Aussicht hast du da, Joseph. Ist mir bei meinem letzten Besuch schon aufgefallen.«

»Oh, danke.« Er blickte sich um, als sähe er die Gegend vor seinem Haus zum ersten Mal. »Stimmt. Ich glaube, ich bin meinen Lebtag nicht auf dieser Bank gesessen. Ich hab sie nur aufstellen lassen. Zur Ortsverschönerung.«

»Dann wollen wir doch noch ein wenig die Aussicht genießen gemeinsam.«

»Wenn wir es nicht eilig haben, gerne.«

»Nein, eilig haben wir beide es bestimmt nicht mehr.«

Schöffel seufzte. »Vielleicht bin ich generell ein bisserl zu wenig gesessen und hab einfach nur in die Gegend geschaut, wenn ich so zurückblicke.«

»Müßiggang war nicht deine Stärke, was man so hört.«

»Ach so, hört man das auch?«

Sein alter Bekannter schmunzelte. »Jetzt ist vielleicht eine gute Gelegenheit, das nachzuholen.«

Schöffel nickte. »Und die letzte.«

»Und die letzte, ja.«

Die beiden schauten in die Landschaft, überall satter Nadelwald, so weit das Auge reichte, die Luft war frisch, das Dämmerlicht gab allem eine geheimnisvolle Aura.

»Warum hast du dich eigentlich nicht an unsere Abmachung gehalten, Joseph? Wir waren doch so was wie Brüder.«

Joseph Schöffel räusperte sich betreten. »Ich war in einer Notlage. Und ich hatte wohl einfach nicht damit gerechnet, dass du, also«, er räusperte sich erneut, »dass du noch am Leben bist. Es wurde seinerzeit glaubhaft versichert, man hätte dich, nun ja, erhängt.«

»Einen Fabian Pista hängt doch keiner auf.«

Schöffel nickte. »Natürlich nicht. Ich hätte es besser wissen müssen.« Er sah den alten Räuber an. »Es tut mir leid.«

»Mir auch, mein Lieber, mir auch.«

Die Sonne war untergegangen und hatte den Himmel in ein beeindruckendes Farbenspiel getaucht. Die beiden Männer saßen schweigend da, die Wipfel der sie umgebenden Föhren wippten sanft im Abendwind. Und so geschaukelt, umgeben von der Landschaft, die er liebte, atmete Joseph Schöffel plötzlich auf. Alle Anspannung fiel von ihm ab, und er überlegte, wie es wäre, wenn er damals nicht interveniert hätte und dieser Wald nicht mehr existieren würde. Wie es gewesen wäre, wenn alle Bäume gefällt, aber nie wieder aufgeforstet worden wären. Alles hier wäre nur noch verblasener Humus und weggewaschener Flyschsandsteinlehm, auf dem nichts mehr wachsen würde. Und ein Klima würde herrschen wie in Dantes *Inferno*. Es gäbe keine Sommerfrische und keine lustigen Tagesausflüge zum Einkehrgasthof mehr, um einmal wegzukommen vom Fiaker- und Abwassergestank, vom Baulärm und den unhygienischen Zuständen der Großstadt Wien.

»Woran denkst du gerade?«

»Ach«, Schöffel schmunzelte, »nur an Dantes *Inferno*.«

Pista grinste. »Wie passend.«

»Ja, nicht wahr? Wie passend ...«

Der Wind in den Bäumen rauschte weiterhin beruhigend. Bald würde es wieder Frühling werden. Aber was kümmerte es ihn? Fabian Pistas Hand lag schwer auf seiner Schulter.

»Zeit zu gehen, mein Freund.«

Joseph Schöffel nickte.

Epilog

Stickig war es in der *Freude*. Der Laden war bummvoll, es war Samstagabend, und das Vorglühen hatte begonnen. Josef hatte lange überlegt, ob er überhaupt hingehen sollte. Er traute sich nie so recht. In der *Freude*, da waren die coolen, älteren, die, die mit ihren Mopeds auch in die große Disco am Stadtrand fuhren. Würden sie sich über ihn lustig machen, wenn er jetzt auch hierherkam? Und was war, wenn er nur alleine in der Ecke herumstand, weil alle, die er eigentlich seit seiner Kindheit kannte, so tun würden, als hätten sie ihn noch nie gesehen, weil er nicht cool genug für sie war? Es war ein Risiko. Eine mögliche Blamage. Aber er wollte doch auch so gerne fortgehen wie die anderen. Er wollte laute Musik hören, Alkohol trinken und Zigaretten rauchen. Er wollte ein Leben haben. Ein Nachtleben.

Dreimal war er an diesem Abend betont entspannt und lässig am Lokal vorbeigegangen und hatte so getan, als ob er eigentlich ganz woandershin unterwegs wäre. Dann hatte er sich zum gefühlt zehnten Mal einen Kaugummi vom Automaten neben der Eingangstür geholt. So wie an all den anderen Samstagabenden auch, er traute sich einfach nie, einzutreten. Aber heute hatte er beschlossen, dass alles anders wäre. Heute hatte er beschlossen, dass er nicht nur zum Automaten und dann wieder nach Hause zu seiner Oma kroch. Er zählte bis zehn. Dann gab er sich einen Ruck, ging schnurstracks auf die Tür zu und öffnete sie. Dunkle Treppen führten in den Keller, aus dem laute Charts-Musik dröhnte. Aufgeregt stieg er hinunter, es roch ein bisschen modrig und nach Zigaretten, es roch genau richtig, es roch nach Nacht.

Er bog um die Ecke, und der Steff torkelte ihm entgegen. »Na, schau dir das an, der Josef ist auch da!« Der Steff haute ihm auf die Schulter. »Wird Zeit, sich ein neues Lokal zu suchen, wenn sie dich auch schon hier reinlassen.«

Seine Kumpels, die vor Kurzem noch mit Supertrumpfkarten gespielt und Sticker getauscht hatten, lachten laut. Sie bewegten sich so, als würden sie schon immer in diesem Lokal herumhängen. Josef lächelte nervös. Wie machten die das? Dass an denen alles so natürlich wirkte, und er war so verkrampft und ungelenk? Immerhin sprachen sie mit ihm und er stand nicht alleine herum.

»Komm, war doch nur ein Schmäh«, brüllte der Steff. Sein Atem roch nach Bier und Zwiebel. »Jetzt sauf einmal was, vielleicht entspannst du dich ja dann ein bisschen.«

Mit diesen Worten gab er ihm einen Schubser in Richtung Bar. Der Steff hatte recht. Er brauchte dringend ein Getränk in der Hand. Oder eine Zigarette. Oder beides. Josef sah sich um. Geräumig war sie nicht, die Bar vom Gasthaus *Freude*. In seiner Vorstellung war der Raum immer ein wenig größer gewesen und räudiger. Das Ganze hier erinnerte ihn eher unangenehm an das Interieur einer Skihütte als an einen coolen Club. Es gab einen langen Tresen aus Holz, ein paar zünftige Hocker davor, ein paar Stehtische, um die sich Leute gruppierten und ein bisschen tanzten und mitgrölten, wenn ein Hit gespielt wurde. Aber, was es auch gab, war ein Wurlitzer. Josefs Augen begannen zu leuchten. Mit schnellen Schritten war er bei dem Musikautomaten und klickte sich durch das Angebot. Er brauchte jetzt Unterstützung. Und zwar von David Bowie. Denn wer konnte ihm in dieser Kellerdisco in der Provinz besser beiseitestehen als er? David Bowie war doch quasi der Schutzpatron aller einsamen Teenager, die in einer feindlichen Umgebung gefangen waren. Schon mit den ersten Takten des Songs fühlte er sich ein wenig wohler. Jetzt musste er sich nur noch an die Bar trauen, um sich ein Getränk zu bestellen, aber das war gar nicht so einfach. Was sollte er machen, wenn die Typen, die dort saßen, ihn gar nicht durchließen? Das wäre ja total peinlich. Oder was, wenn die Kellnerin fand, dass er nicht lässig genug wäre, um überhaupt ein Getränk bei ihr ordern zu dürfen, und ihn einfach ignorierte? Ihn übersah, weil er so offensichtlich nicht hierhergehörte, zu Leuten wie ihr, unnahbar und abgeklärt, mit genau den richtigen Klamotten, der richtigen Frisur und den richtigen Tätowierungen und Piercings. Aber hier alleine im Weg herumzustehen, war natürlich auch keine Lösung. Er musste jetzt schnell die Kraft, die Bowies Song ihm verlieh, ausnutzen, um zur Bar zu gelangen. Er umklammerte den Fünfzigschillingschein in seiner Hosentasche, der ganz feucht war von seinem Schweiß. Das Geld hatte er nicht verloren, es gab also keine Ausrede mehr. »Put your helmet on«, sang David Bowie gerade, und er gehorchte und marschierte los.

Die Kellnerin lächelte ihn an. Er drehte sich um, ob irgendwer hinter ihm war, den sie gemeint haben könnte, aber da war niemand angestellt. Sie lächelte immer noch.

»Ich arbeite jetzt seit zwei Jahren hier.«

»Wie bitte?«, brüllte er gegen den Lärm. Irgendjemand hatte sich im Anschluss an Bowie »Zehn kleine Jägermeister« gewünscht.

»Ich arbeite jetzt seit zwei Jahren hier und noch nie hat sich jemand beim Wurlitzer David Bowie ausgesucht.«

»Wirklich?«

»Ja wirklich. Was trinkst du?«

Er überlegte. Was trank er bloß? Mist, Mist, Mist, das hätte er sich vorher überlegen sollen! Okay, schnell. Also eigentlich hasste er Bier. Aber man konnte sich sehr gut und lange daran festhalten, und, ein weiteres Plus, mit so einer Flasche in der Hand sah man cool aus. Er sah sich um. Die Burschen tranken alle Bier. Das mit dem Wein, das würde erst später kommen. Mit der Midlifecrisis. Da wurden dieselben Typen, die früher mit Bierflaschen in der Hand herumgestanden waren, dann alle zu Wein-Connaisseurs. Das wusste er von den Spaziergängen in den Weinbergen mit seiner Oma. Da saßen lauter rotwangige Männer um die vierzig oder so, jedenfalls uralt, und schwenkten ihre bauchigen Gläser und nickten bedächtig dazu. Seine Generation trank noch, ohne zu schwenken. Die trank um des Rausches willen. Scheiße, er musste sich entscheiden.

»Drei Cola-Rot und drei Tequila!« brüllte es hinter ihm.

»Kommt sofort!«, rief sie und wandte sich von ihm ab. Er hatte den Moment verpasst.

Irgendwann, nach Mitternacht, begann sich die *Freude* zu leeren. Bis auf ein paar wenige Dauergäste, die es nicht mehr vom Barhocker schafften, waren alle anderen weiter in die umliegenden Discos gezogen.

Es war Zeit, zu verschwinden, bevor es peinlich wurde. Josef hielt sich immer noch an der Flasche Bier fest, die ihm der Steff vor einer Ewigkeit in die Hand gedrückt hatte, als er im Überschwang eine Runde gezahlt hatte. Trotzdem war er betrunken. Denn der Preis, in Steffs Runde mit herumstehen zu dürfen, war gewesen, sehr viele Schnäpse mitzutrinken. Also betrieb er Stamperl-Mimikry und nutzte ansonsten jede Gelegenheit, einen heimlichen Seitenblick auf die coole Kellnerin zu werfen. Sie trug nur Schwarz. Trotzdem war sie kein Grufti, sondern eher ein Riot Girl. Die verstrubbelten Haare trug sie kinnlang, und sie hatte ein Piercing in der Augenbraue. Und oh, jetzt lächelte sie ihn schon wieder an. »Komm her, Major Tom! Du kriegst noch ein Getränk von mir.«

Er schwankte zur Bar. Passierte das gerade wirklich? War er jetzt bekannt mit der lässigsten Frau des Ladens, die noch dazu die Barfrau war? Er konnte sein Glück kaum fassen.

»Was magst du denn haben? Ich lad dich ein, zur Feier des Tages, ist mein letzter Abend heute. Dann hau ich hier ab.«

»Du haust ab?« Er bemühte sich, seiner Stimme einen gelassenen Ausdruck zu verleihen.

»Ja, würdest du denn nicht sofort von hier verschwinden, wenn du könntest?«

Er seufzte und zuckte mit den Schultern. Er wusste, was er jetzt antworten sollte. Aber es wäre gelogen. Denn würde er wirklich jemals von hier fortkommen? Er konnte es nicht sagen. Er dachte an die Großmutter und dass sie ihn niemals irgendwohin gehen lassen würde, außer auf die Universität, damit etwas wurde aus ihm, aber in ihrer Nähe.

»Ich habe hier Verpflichtungen«, meinte er lahm.

»Verpflichtungen?« Sie lachte. »Also bitte. Was bist du? Ein dreifacher Familienvater? Du hörst David Bowie. Du hast hier nichts verloren.«

»Ja, vielleicht.« Er lächelte sie an und dachte, dass sie irgendwie recht hatte. Ja, er würde abhauen, zumindest auf seine Art. Denn in seinem Kopf, da war er frei. Sein wahres Ich würde die Oma niemals bekommen. Zumindest darauf konnte er sich verlassen. In ihm, da ruhte ein unbeirrbarer, unverwüstlicher, autonomer Kern, auf den niemand einen Zugriff hatte.

»Ich bin übrigens die Angie.«

»Ja, ich weiß«, rutschte es ihm heraus. »Also die anderen, die haben dich so gerufen, deshalb hab ich mir gedacht ...«, stammelte er weiter.

Sie nickte belustigt. »Und du bist?«

»Der Josef.

»Josef?« Sie schaute ihn prüfend an. »Das passt ja überhaupt nicht zu dir. Das klingt, als wärst du einer von denen.«

Jemand schlug ihm auf die Schulter. »Komm endlich, Schöffel, du Trottel, und lass die arme Angie in Ruhe!« Der Steff lächelte die Kellnerin charmant an. »Entschuldige, dass dich der Fettfleck da belästigt hat!« Und dann, zum Josef: »Komm, jetzt sei keine Schwachstelle, wir gehen noch weiter zum Huber.«

»Nix«, meinte die Angie. »Der Major Schö und ich, wir gehen jetzt noch tanzen.«

Josef schaute sie verdattert an.

»Der Major Schö!«, lachte der Steff. »Der Josef und die Angie gehen jetzt noch tanzen, habt ihr das gehört?« Er beugte sich über den Tresen, ganz nah an Angies Gesicht heran. »Der Josef tanzt nicht, okay!« Und mit diesen Worten legte der Steff einen Arm um ihn und zog ihn davon. Er traute sich nicht, sich von ihm zu lösen. Er traute sich nicht, sich noch einmal nach Angie umzudrehen. Er traute sich gar nichts. Sie wankten gemeinsam die Stiegen hinauf. *Nichts macht dich so fertig wie deine Heimatstadt* hatte jemand an die Wand neben dem Ausgang gesprayt.

Am nächsten Wochenende stand dann ein neuer Kellner mit blondierten Haaren und Hang zu Techno hinter der Bar des Gasthaus *Freude*. Die Angie hatte er nie wieder gesehen.

*

»Na, werden alte Erinnerungen wach, Major Schö?«

Er lachte. »Wie stehst du eigentlich so zu zweiten Chancen, Angie?«

»Kommt immer darauf an.«

Er nickte und deutete auf das »Zu verkaufen«-Schild, das am alten Gasthaus *Zur Freude* hing. »Vielleicht sollte man da einmal anrufen, jetzt, wo ich geerbt habe und dein Vater eventuell unser zukünftiger Bürgermeister wird?«

»Ja, vielleicht. Vielleicht sollten wir aber auch einfach nur tanzen gehen und dann endgültig von hier verschwinden.«

Sie erdrehten sich zwei steinharte Kaugummikugeln am alten Automaten und dann noch zwei und noch zwei, und als sie kauend den Hauptplatz passierten, blickte ihnen die alte Schöffel-Statue gütig hinterher.

Quellen

Joseph Schöffel: »Erinnerungen aus meinem Leben.«, Jahoda, 1905

Joseph Schöffel: »Österreichs System als die wahre Ursache seiner Niederlagen«, Wilhelm Engelmann, 1866

Josef Fuchs: »Joseph Schöffel als Umweltpolitiker zum 75. Todesgedenkjahr des ›Retters des Wienerwaldes‹«, Universität Wien, 1985, Diplomarbeit

Ulrike Moßler: »Joseph Schöffel (1832–1910). Eine politische Biographie«, Universität Wien, 1972, Dissertation

»Zum Andenken an Josef Schöffel anläßlich seines 100. Geburtstages«, Verlag des Vereines der ehemaligen Zöglinge, 1932

Sabine Bode: »Kriegsenkel«, Klett-Cotta Verlag, 2020

Ferdinand Schlögl: »Wiener Blut & Wiener Luft«, Residenz, 1997

»Der Wanderer«, Ausgaben 13.6.1866 / 8.7.1866 / 15.8.1866 / 23.10.1866 / 29.6.1867 / 14.7.1867

»Neues Wiener Tagblatt«, Ausgaben 123, 134, 215–231, 1870

Österreichische Volks-Zeitung, 27.10.1929

»Der Parlamentarismus« und »Immunität und Incompatibilität« in »Die Fackel 4«, 1902

Video-Dokumentation von Josef Kovats: »Schöffel und Hyrtl – Der Praktiker, der Idealist und ihre sozialen Visionen.«, 2022

Video-Dokumentation »Erbe Österreich: Wienerwald – Habsburgs grüne Sünde«, ORF 2022

Hinweise

Die Schreibung des Namens Joseph Schöffel variiert in den historischen Quellen. Zugunsten der erzählten Geschichte wurde in der vorliegenden Publikation der Name in der Schreibung »Joseph Schöffel« verwendet.

Obwohl auf historischen Tatsachen und Recherchen beruhend, ist dies keine Abbildung der historischen Persönlichkeit Joseph Schöffel, sondern die Darstellung eines möglichen, »meines« Joseph Schöffel.

Danksagung

Mit herzlichem Dank für eure Unterstützung:

Edition Atelier

Das Team der Wundervollen Buchhandlung
Katharina Weck / Antiquariat Krikl
Sybill Dolenz
Österreichische Nationalbibliothek

Die Wendy Akademie des Lebens
Die Bachmann-Gang
Das Tramatische Trio
Usch Knoll

Hedi & Karl
Christoph & Fuji

& an alle Buchhändler*innen

Glossar

Aerar (Ärar): altösterreichische Bezeichnung für Staatseigentum / Vermögen eines Staates
Ally Pally: Alexandra Palace, London, Austragungsort der Darts-WM
Sich assentieren lassen: Stellung / Tauglichkeitsprüfung für die Militärdiensttauglichkeit beim K.-&-k.-Heer machen
Ausg'steckt: geöffnet (Heuriger)
Caritas omnia tolerat: Liebe erträgt alles.
»Der Hallo is scho gsturbn!«: Reaktion auf die unpassende, weil zu flapsige Anrede »Hallo«
Desavouieren: hier: jemanden in der Öffentlichkeit bloßstellen
Devastirung: Überbeanspruchung / Zerstörung einer Landschaft
Duckhüttler: im 17. Jahrhundert im Wienerwald angesiedelte Holzfäller
Dummrian: einfältiger Mensch
Ex officio: von Amts wegen
Faschingsgschnas: Kostümfest
Fideikomißbesitz: unveräußerliches und unteilbares Vermögen einer Familie
Finanz-Torquemadas: Anspielung auf Thomás de Torquemada, Großinquisitor der spanischen Inquisition
Geistiges Helotentum: geistiges Untertanentum / Unfähigkeit zum selbstständigen Denken
Geurasst, urassen: verschwenden
Gugelhupf vom Kaiser Joseph: »Narrenturm«, erste psychiatrische Klinik in Wien, 1784 gegründet von Kaiser Joseph II.
Honvéd: Vaterlandsverteidiger
Komissbrot: haltbares Brot zur Verpflegung von Soldaten
Kondolenzparasiten: Copyright Karl Kraus

Oh sancta simplicitas!: Oh heilige Einfalt! (Jan Hus zugeschriebener Ausspruch vor seiner Hinrichtung)

Parere: amtsärztliches Gutachten, das die Einweisung in Psychiatrie erlaubt

Restfettn: Restalkohol

Salubrität: gesunder Zustand

Sinekuren: Ämter mit Einkünften, ohne Verpflichtungen

Spezln: Freunde

Staatsgüter-Verschleuderungs-Bureau: Copyright Joseph Schöffel, ironisch für »Staatsgüter-Verschleißbüro«. Für den Verkauf von Staatsgütern zuständiges Amt in der K.-u.-k.-Monarchie zur Zeit der Wienerwaldaffäre

Status quo ante: der frühere Zustand

Subordinationsverbrechen: Befehlsverweigerung oder ungebührliches, widersetzliches Verhalten gegenüber Vorgesetzten beim Militär

Szegény Legény: Junggeselle, armer Kerl, Selbstbenennung der Räuber in Ungarn

Trumeau: schmaler, hoher Wandspiegel zwischen zwei Pfeilern

Venceremos: wörtl. »Wir werden siegen«, politisches Kampflied aus Chile

Windischgrätz-Tschako: militärische Kopfbedeckung, benannt nach General Joseph Prinz zu Windisch-Graetz

Barbara Kadletz: Im Ruin
Roman, 224 Seiten, 2021, 2. Auflage

Katharina betreibt im Wiener Bezirk Favoriten eine kleine Bar. Das »Ruin« ist Zufluchtsort und Auffangbecken so mancher gestrandeten Persönlichkeit. Hier sind alle willkommen, um sich ein wenig vom Leben zu erholen. Katharina und ihre unkonventionelle Freundin Sabina schmeißen den Laden mit viel Verve und Humor. Zumindest war das früher so. Denn nach dem Tod ihres Freundes David fällt es Katharina schwer, sich an ein neues Leben ohne ihn zu gewöhnen. Bis eines Nachts ein geheimnisvoller neuer Gast hereinschneit und es sich von nun an jeden Abend am besten Platz des Lokals bequem macht. Zwischen Ari und Katharina entsteht eine Freundschaft, die beide bitter nötig haben …

Ein charmantes und spritziges Großstadtmärchen über Freunde, jede Menge Musik und über Wien und die Ränder der Stadt.

Barbara Kadletz, geboren 1981, lebt und arbeitet als Buchhändlerin in Wien. Wenn sie nicht die Bücher anderer verkauft, schreibt sie an ihren eigenen Texten oder spricht über Literatur – als Moderatorin, Rezensentin oder in ihrem wöchentlichen Blog »Das Buch zum Wochenende«. Veröffentlichungen von Theaterstücken und Kurzgeschichten.

2. Platz beim FM4-Literaturwettbewerb Wortlaut 2018, Shortlist für den Buchblog Award 2019 & 2020, Bezirksschreiberin Mariahilf (Wien) 2021. Ihr Roman »Im Ruin« (2021, Edition Atelier) war Kandidat für die Hotlist 2021.

Erste Auflage

www.editionatelier.at
Cover: Jorghi Poll
Druck: Grafički zavod Hrvatske, Zagreb
ISBN 978-3-99065-109-4
E-Book ISBN 978-3-99065-115-5

Druckprodukt mit finanziellem
Klimabeitrag
ClimatePartner.com/17936-2401-1002

Gefördert von der Stadt Wien Kultur und dem Land Niederösterreich Kultur

WIEN KULTUR

KULTUR NIEDERÖSTERREICH

www.editionatelier.at